U0070308

福氣臨門

4

風文創
421

翦曉 著

目錄

第九十五章

郭老的手段很迅速，這邊剛剛決定買下鋪子，沒一會兒，他就讓顧秀茹召人來辦事。

顧秀茹得知九月竟主動邀請她和郭老回去同住，感動得老淚縱橫。

一個時辰後，九月姊妹們還在討論鋪子能做什麼營生，派出去的人便回來報告了，除了張師婆名下的兩個院子，其他的已經全部改成郭姓，而張師婆的那兩間，因為案情還沒有了結，她的財物暫時還不能動。

九月要知道的實在太多，看到那人剛剛從小衙門回來，忙問道：「可知道張師婆他們怎麼樣了？」

那人自然知道九月的身分，忙恭敬回道：「回九小姐，張師婆等人已經抓捕歸案，知府大人親自升堂，張師婆等人對所有事情供認不諱，如今已得了判決，張師婆私養暗妓、與人串通裝神弄鬼騙取錢財，還牽涉了幾樁命案，已判秋後處斬，其他幾個共犯也判了流放。」

「秋後處斬？」九月咋舌。

「是，因此案牽連甚大，再者，但凡斬立決都要上報朝廷，所以也只能秋後處斬了。」

男子說到這兒，私下看了看郭老。

郭老眼皮子也沒抬一下，逕自把玩著玉珠，一副置身事外的樣子。

九月也看了看郭老，男子的這一眼已經洩漏了訊息，看來張師婆的處決，郭老沒少出力了。

「那個趙老山呢？」九月點點頭。

「流放千里……」男子忍不住抽了抽嘴角。

按理，那趙老山雖唯恐天下不亂，出面指認九月，可罪不及此，可偏偏他們家王爺惱那廝口無遮攔，所以那廝就遭殃了，流放千里到了那荒蕪之地當苦役，還是沒有期限的。

「那種人，讓他吃吃苦頭也好。」

一提起趙老山，祈喜就義憤填膺，柳眉倒豎。「九月，妳就別管他死活了，當初他憋了一肚子壞水想對付妳，妳還救了他們三兄弟，可結果呢，他居然那樣往妳頭上潑髒水，依我看哪，知府大人真是英明。」

那男子忍不住又看了郭老一眼，不過很快就恢復成目不斜視，無比老實的樣子。

「縣太爺呢？」九月點頭。

「郝銀身為縣令，怠忽職守、草菅人命，已被知府大人革去縣令之職，打入大牢。」男子頓了一下。

聽他們說起郝銀，祈豐年身子一僵，有些奇怪地看著男子，直聽到郝銀已革去縣令之職打入大牢之後，他才暗暗鬆了口氣。

祈望看了看天色，等他們到家只怕要黃昏了，再加上早上出來時婆婆和嫂子們那一臉不願，今天回去少不了又要一番閒話，加上想到兩個孩子就這樣扔在家裡，她便坐不住了，和祈祝小聲地說了幾句後，她轉向祈豐年問道：「爹，時辰不早，我們得回去了，您要回去嗎？」

「回去吧。」祈豐年看看郭老，有些小心翼翼。

「還是住一晚再走吧。」九月看著祈豐年，心想著有些事想確定一下，便開口挽留。

祈豐年很意外地看了看九月，眼中隱隱的驚喜，沒想到經歷這一劫，她對他的態度也變了，當下點點頭。「那就明兒回吧。」

「那……外公，我們先回去了。」祈望點點頭，和楊大洪對視一眼，站了起來，跟著起來的還有祈祝和祈夢等人。

「天不早了，還是明兒回去吧。」郭老抬頭看著他們，期待地說道。

「不了，孩子們還在家呢，家裡……還有一大攤的事。」祈望訕訕地一笑，搖搖頭。

祈祝倒還好些，只有祈夢，聽到這話，臉色一白。

「三姊。」九月起身，手按在祈夢肩上，輕聲說道：「鋪子的事，和三姊夫好好商量，要是三姊夫覺得自己開鋪子人手不夠，那就租出去，讓他來幫我。」

「好。」祈夢點點頭，欲言又止。

「有什麼事只管找我們。」九月微微一笑。

她知道這位三姊回去還有一場大仗要打，可有些話，身為妹妹不能直接說出來，後面的事，也只有看三姊怎麼選擇了。

「嗯。」祈夢使勁地握了握九月的手，吶吶地說道：「妳也要好好的。」

「一定。」九月笑盈盈地點頭，姊妹倆的心意，在無聲中傳遞。

送走了祈祝、祈夢、祈望夫妻，楊進寶也起身告辭，他得了九月的這番話，正迫不及待想要回去把想法寫下來、畫出來。

「相公，你先回去吧，我和二姊一會兒就回去。」祈巧倒是不急著走，她還有事要向九月求證呢。

「好。」楊進寶點頭，轉身向郭老恭敬地行了個晚輩的禮，退後三步才轉身離開。

「我也有些乏了，先回去了。」郭老見人走得差不多了，也站起來，顧秀茹在廚房門口留意到了，忙過來扶住他。

九月幾人送他們到了鋪門口，看著二老進了對面的院子才回轉。

「九月，我有話要問妳，走，樓上說話。」剛到樓梯口，祈巧直接就拉著九月往樓上走。

「說什麼悄悄話呢？」祈願好奇地跟上去。

祈喜看看她們，眨眨眼，乖乖地去了廚房。姊姊只叫了九月，顯然是有事要說，她就不湊熱鬧了。

「四姊，什麼事啊？」九月嚇了一跳，在門口拖住祈巧，笑著問道，心裡卻想著——遊春耳力不凡，想來應該聽到動靜避了吧？

「妳的事，大事。」祈巧一瞬不瞬地盯著她，正色問道：「我問妳，妳和那位遊公子到底怎麼回事？」

「什麼……什麼怎麼回事？」九月心裡一突，訕訕地笑道。

「妳說呢？」祈巧看著九月，露出甜甜的笑。「妳要是和他沒什麼，他為什麼要說妳是他的妻呢？」

「啊……」九月頓時滿頭黑線。

「九月，那遊公子是誰啊？你們何時認識的？」祈願聽得清楚明白，也靠了過來，臉上寫滿擔憂。「妳該不會……已經……」

說著，一雙妙目直往九月身上掃。

「二姊，我沒有。」九月搖頭擺手。「我們什麼都沒有。」

「不對。」祈願瞇起眼，又湊近些，用三個人才能聽見的聲音說：「上次我去妳那兒的時候，就覺得不對，可偏偏我又想不起來哪兒不對……」

「二姊，哪兒不對啊？」九月維持著淡定。

「反正就是不對。」祈願紅唇一嘟。「九月，妳老實說，他把妳怎麼樣了？你們……那個了？」

「什麼這個那個啊？」九月眨眨眼，一臉無辜。

「哎呀。」

祈巧急了，一把拍開門，把九月拉進去，祈願立即跟上，飛快地關上門。「就是夫妻之間才能做的事，他是不是對妳動手動腳了？不然他為什麼那麼篤定說妳是他的妻？」

見屋裡空空的，九月才暗暗鬆了口氣。「四妹，妳家九月就這麼笨嗎？」

「那他為什麼說妳是他的妻？你們倆又沒有婚約。」祈巧一臉不信。

「他說……要上門提親的。」九月無奈，只好挑著不重要的說，比如她怎麼救人——當然，沒有提遊春傷勢的嚴重性，還有遊春感激想以身相許——當然，又略過了那些溫存纏綿——總之，她和遊春之間無非就是救了他一命，他感激她，兩人看對眼，然後他就說要提親的簡單故事。

「就這樣？」祈巧一臉狐疑。

「就這樣。」九月無比認真地點頭。

「呼——嚇死我了，我還以為妳和八妹一樣做了傻事。」祈巧撫著胸口吐出長長的一口氣，說罷，又一拍桌子說道：「告訴妳啊，這門親事，四姊我不同意。」

「為什麼呀？」九月一臉驚訝。

「他不是妳的良配。」祈巧哼道。

「一個男人面對救命恩人，心還那麼狠，明明可以早些救妳出來，讓妳少受些苦，他卻偏偏促成火刑，還非等點了火才動手救人，那是什麼心態？這樣的人以後能好好對妳嗎？男人和女人可不一樣，女人說報恩，以身相許了，那就是一輩子死心塌地忠於那人；可男人呢，無非就是許妳一個妻位，轉過頭照樣花天酒地。九月，那樣的日子不好過，妳還是找個可靠的，一生一世一雙人，過踏踏實實的日子吧。」

「聽四巧這麼說，這門親事確實不怎麼樣，不結也罷。」祈願聽罷，臉也沈了下來。

九月弄清祈巧和祈願反對的理由，不由笑了。

遊春的所作所為，她心裡明鏡似的，卻沒有加以辯駁，這會兒幫著遊春說話，只會火上澆油。

一番追根究柢後，祈巧、祈願才算滿意地放過九月，帶著楊妮兒和張嫂回了家。

送走了她們，九月才算大大鬆了口氣，轉身到了後院。張義和阿安這會兒也回來了，看到她無恙，兩人相視而笑。

「張義、阿安，麻煩一下，去把隔壁的院子收拾出來，再帶床新被褥過去，把房間布置一下，我爹今晚要住。」

九月還有許多事要詢問他們，不過這會兒還是先安排住處再說。她這後院裡，舒莫隔壁就是空房，卻不適合讓祈豐年住下。

「好。」張義和阿安接過鑰匙，再去找舒莫尋了一床被褥，帶著打掃用具去隔壁了。

等他們打掃完畢後，舒莫已經準備好晚飯，郭老那邊已有顧秀茹準備，便沒有過來，這邊只有九月父女三人和舒莫、張義、阿安、周落兒一起吃。

吃過之後，各自簡單地梳洗一番，九月便喊了阿安一起送祈豐年去隔壁休息。

隔壁屋子已打掃得乾乾淨淨，樓上也鋪了新被褥，窗戶也重新糊過，看著舒服許多。

祈豐年一直沈默，看著九月把小油燈放到桌上，他才低低地說道：「折騰了一天，快去歇著吧。」

「不急。」九月來這兒，是有事情要問，哪能馬上就走呢。「阿安，去外面守著。」

「嗯。」阿安點頭，帶上了門。

「有事？」祈豐年有些驚訝地看著九月，心裡隱隱猜測到了什麼。

「十六年前，遊大人一家是不是您行的刑？」九月也不坐，站在祈豐年面前直截了當地問。

「是。」祈豐年雖心理有了準備，可聽到九月這樣問，臉色還是變了。

「之前，您趕八姊出門、趕爺爺出門，想賣房子離開，是因為有人威脅您對不對？」九月又問。

「是。」祈豐年艱難地點頭，事到如今，他還能瞞得了什麼呢？

「您認得縣太爺？」九月點頭，這些事，她只是想確認一下，並不是重點。「當年遊大人家的事也與他有關嗎？」

「我不認識他。」祈豐年目光一閃，避開九月的眼神，伸手拿起桌上的茶壺，可茶壺是空的，這裡才剛收拾，還沒來得及倒上熱茶。

「爹，您幫幫他吧。」九月斂了眸，沈默一會兒才又輕輕開口。「這麼多年……他不容易。」

雖然九月沒有指名道姓，但祈豐年聽懂了，那個「他」指的是老魏等人口中的「遊少」吧？

「你們……」祈豐年把茶壺放回去，緊張地問道：「那個遊少把妳怎麼樣了？」為什麼要幫那個人說話？

「他沒把我怎麼樣。」九月搖搖頭，坐了下來。「我不知道當初究竟發生什麼事，也不知道您和遊家有何牽扯。可我看得出來，您手裡一定有他們想要的東西，這東西對他而言是平反的關鍵，可對某些人來說，那是致命的毒藥，所以有人找上您，您怕連累我們才會做出那麼多事。可是您有想過嗎？那些人勢在必得，您這樣不但護不住我們，反倒還會讓自己曝於危險之中，我們是平民百姓，他們要殺我們，易如反掌。」

祈豐年安靜地聽著，不置可否。

「我聽外婆說過，我出生的時候，您說我是冤魂來報復您的。從那時起，您就辭了劊子手的差事。我還聽說，為了回家過安穩日子，您做了許多隱匿形跡的事，您這樣做是為了什麼？」九月盯著他問道。「是您導致了遊家冤案嗎？還是您知道遊家是冤枉的，手裡握有能證明他們冤枉的證據，而您又沒能救下遊大人，您覺得愧對遊大人，怕他來找您質問，所以才這麼害怕？」

祈豐年盯著自己的腳尖沈默著。

「郝銀也與當年那件事有關對不對？」九月的聲音更輕。「在刑臺前，你們都認出了彼此，我看得很清楚，也聽得很清楚，而且他很害怕您，所以才那麼迫切想要置您於死地。」

「當年，他是班頭。」祈豐年也不知是想通了還是怎麼的，低低應了一句。

九月立即嚥下後面的話，等著他再開口。

他既然願意說，必是想通了。

「遊家所有人都是他抓進牢裡的，遊家床底下搜出來的罪證也是他放進去的。」

祈豐年閉著眼睛嘆了口氣，語氣極其疲憊，停了好一會兒，他才開口。

「遊大人被抓來第二天，就被判了斬立決，那天晚上我本該在屋裡休息，可郝銀帶著所有衙役都出去了，說是要抓捕遊家餘孽，整個衙門除了看守牢房的幾位兄弟，再沒有別人。到了半夜，我突然聽到有人喊『有人逃跑了』，我就跑出去，半路上遇到一個中年人，他腰腹中了一刀，膝上也中了一箭，我那時也不知怎的，就幫了他一把……」

「那人是遊大人嗎？」九月忍不住插嘴。

「不是。」祈豐年搖頭。「他說他是遊大人的隨從，和遊大人從小一起長大，感情甚好。他還說遊大人是冤枉的，只因收集了某人的所有罪證，那人才想殺人滅口，而他認為我一看就是個有良心的人，讓我務必把這些證據呈上去，要避開當時的知府大人，直接送到京裡去……妳說說，他是從哪裡來的信心，竟那麼相信我？」

九月沈默著，心裡也為那人的輕率皺眉。「興許，他就覺得您是個有良心的人吧。」

祈豐年一滯，苦笑著繼續說下去。

「那人把事情告訴我之後，就衝了出去，被亂箭射死……我當時懵了，也沒敢出去，偷偷溜回屋裡。第二天行刑後，我休沐，就直接和班頭打了個招呼說要回家，半路就溜過去找到那人說的罪證，滿滿一卷案紙，還有幾本沾了血的帳本。

「上面所有證據都指向當時的知府大人，那知府大人與人勾結，私下通匪，收受賄賂，傷天害理之事做盡，可明面上，他卻是個青天大老爺。郝銀就是那知府大人第六個小妾的親大哥，遊大人伏法後，郝銀就被調到那知府大人身邊，過沒多久，那位知府大人高升到京都，據說如今已是朝中二品大員了，而郝銀竟成了縣令。」

「您手上握有罪證，他們沒找您麻煩嗎？」九月深深地懷疑。

「我也不知道。」祈豐年搖搖頭。「我當時也害怕他們會來找我，就把東西藏起來，第二天硬著頭皮回衙門，一連好幾天，都沒見著有人來找我，我這心裡實在沒底，那時妳娘剛剛懷上妳，身體極不好，家裡……又不安生，我就向新任縣太爺辭了差事，回了家。」

「您就從來沒想過把罪證送上去？」九月不置可否地點頭。

「我去過。」祈豐年有些黯然。「一路乞討，好不容易到了京都，卻連喊冤的衙門也摸不著。天下的烏鴉一般黑，到了那兒我才知道，那位知府大人的後臺有多硬，要不是我機靈，連夜逃出京都，一路喬裝打扮、裝瘋賣傻，我的命都要丟在那兒了……」

聽到這兒，九月才算稍稍欣慰些，她的爹還是有點良心的。

「那年是大災年，到處饑荒，我好不容易回到家，才知道四巧把自己賣了，六雨和七琪也沒了……」

祈豐年痛苦地閉上眼睛，這許多年來，這份痛一直折磨著他，他硬是挺過來了，直到今天在小女兒面前，他才不吐不快。「妳娘傷心過度，加上饑荒，接著也離我們去了，再後來，就是妳出生……」

後面的事，他不說九月也明白了。九月看著花白頭髮的老人，心裡突然一痛。

「東西我都好好藏著，妳明兒通知遊公子來取吧。」祈豐年似乎想通了，起身往床邊走去，背影有些佝僂。

「嗯。」九月也站起來，點點頭。

「早些回去歇著吧。」祈豐年回頭看看她，難得溫柔地說道：「這幾天難為妳了。」

「沒什麼。」九月不自在地搖搖頭，往門邊走了幾步，突然停下來，轉頭問道：「還有個問題……」

「什麼？」祈豐年看著她。

「那個葛石娃是我親哥哥嗎？」九月眨了眨眼。

第九十六章

葛石娃是不是她的親哥哥？

這個問題還真的在九月心裡存了很久，從頭一次遇到葛玉娥，聽到那些瘋言瘋語，她就在猜測了——葛玉娥很有可能就是因為祈豐年才瘋的。

今天，總算是問出口了。

祈豐年聽到這個問題的時候，他便愣住了，看著容貌酷似妻子的九月，頓時羞愧滿面，心底塵封的記憶就這樣被輕易地翻出來。

猶記得那個大雨夜，家裡又因大房無男丁而鬧得不可開交，娘親指桑罵槐、三弟妹冷嘲熱諷、妻子無聲地哭泣……讓他心煩意亂，只好離開家，跑到村頭小鋪裡打了酒，把自己灌了個痛快，後來……後來他也不知道為什麼，醒來時他赤裸裸地躺在稻草堆裡，懷裡竟是她……

祈豐年老臉通紅，他能怎麼說？說他喝醉亂了性？

可是他有家有室，偏又不能負責。所以他逃了，趁著那女人還沒醒，他窩囊地逃了……

「可能是吧。」祈豐年躲開九月的目光，這一刻，他覺得女兒的目光竟如此犀利，讓他避無可避。

「喔。」九月卻雲淡風輕地點頭，扔下一句話就出門了。「您要是能確定是您做的，就把人家帶回來吧，虧待了這麼多年，也該盡盡一個男人、一個父親的責任了。」

祈豐年頓時啞然，這是……啥意思？

九月下了樓，就看到阿安在樓下候著。看到她下來，阿安細細地看了她一番，才明顯地鬆了口氣。

「怎麼了？」九月有些奇怪地看著他。

「沒什麼，沒事就好。」阿安低了眸，帶著某種說不出的憂鬱。

「說說這幾天的事吧。」九月點頭，微笑著說道，一邊往自己院子那邊走去。

阿安亦步亦趨跟著，低聲說起這幾天發生的事，說得倒是詳細，包括張義是遊春的人，他都知道了。

「竟是他的人……」九月訝異地喃道，唇邊綻放一抹笑意，如盛放的花朵般刺傷阿安的眼。

他微微落後一步，低頭收斂起心裡的失落，再抬頭已恢復了平靜。那個男人的力量很強大，一定能讓她安全無虞，這樣便足矣。

九月沒有留意到阿安的異樣，她還在想祈豐年說的話，那份罪證背後牽連的是如何滔天的勢力，突然間，後背一陣冷汗，遊春要是拿著這份罪證冒然進京，無疑是蚍蜉撼樹啊。

「當心。」突然，阿安拉了她一把，九月回過神，才發現自己險些撞到牆，不由尷尬地笑了笑，閃身進了門。

「不早了，都歇著吧。」九月也不覺得有什麼丟臉，朝阿安揮揮手，上樓去了。

這一夜，她想著遊春的事，祈喜則興奮於鋪子的事，嘰嘰喳喳地說個不停，兩人直到深夜才沈沈睡去。

第二天起來時，已是日上三竿，九月嗓子有些沙啞，洗漱完後就捧著茶壺喝個不停。

沒一會兒，祈願和祈巧都過來了。

「九月，今兒我要去落雲廟還願，陪我一起去吧。」祈願笑著說道。「好歹附近的廟宇都幫了妳不少忙，妳也該去一一答謝才是。」

「今天啊？」九月愣了一下，去答謝是應該的，可是遊春說了今天讓齊孟冬來接她的。「明天去吧，我今天還有點事。」

「這樣啊。」祈願點點頭。「那就明天吧。」

「九月，妳嗓子怎麼了？聲音這麼啞，著涼了嗎？」祈巧心細，察覺到九月的聲音有些不對。

「不是著涼，早上起來就這樣了。」九月搖頭。「興許是被昨天的煙嗆的吧，不礙事，過幾天就好了。」

「都是那個人出的餿主意，瞧瞧，現在出事了吧。」祈巧嘀咕道，越想越是不滿。

「四姊，我這只是小事，和人家沒關係啦。」九月幫遊春說了兩句。

「妳護著他也沒用。」祈巧白了她一眼。

「說真的，昨天那麼壯觀的場面，都是怎麼弄出來的？」祈願卻很好奇昨天的場面，她已經聽祈巧說了所有事，對游春雖然也不滿，不過理智如她，又在陳府鬥了這麼多年，對游春的用意焉能不懂。

「我也不知道。」九月搖頭。「等見了他，問問就是了。」

「他今天要來？」誰知，祈巧捕捉到她語氣中的意思，警惕地問。

「沒有。」九月連忙搖頭。

「九月。」所幸二掌櫃拄著枴杖走進來，不經意地替九月解了圍。

「你的腿還沒好呢，怎麼不在家歇著？」九月忙跑過去，扶著二掌櫃下臺階，舒莫則讓出椅子。

「昨兒進寶來找過我了，我哪還坐得住啊！」二掌櫃顯然還有些激動。「妳真的這麼信任我，要把鋪子都交給我管？」

「瞧你說的，不信你我還信誰呀。」九月笑著說道。「有你和我四姊夫坐鎮，我就能高枕無憂了。」

二掌櫃深深看了九月一眼，突然雙手作揖鄭重說道：「吳財生見過東家。」

呃……原來二掌櫃叫吳財生啊……九月一愣，立即便明白了，二掌櫃這是在表忠心。

「吳伯，你別這樣，還是和以前一樣叫我九月吧。」九月忙連連搖手。「這鋪子如何做，我也沒經驗，還得老伯多多指點呢。」

「好、好。」吳財生很高興，也不矯情地糾結於稱呼問題。

「這邊一共八間院子，你也知道，銀子是游公子出的，他有意把這些作為本錢投入生意，經營的事便由我們負責。得利五五分成，他那份，我是作不了主的，不過，我這五份裡，有你的一成、我四姊夫一成……」九月見吳財生急著拒絕，忙抬手阻止。「你聽我說完。」

吳財生只好點頭，靜靜聽著。

「自我開鋪子以來，一直都是你和我四姊夫一力扶持，這些是你和我四姊夫應得的。」九月微微一笑。「對面的房子我外公已買下，送給我們姊妹經營，如今我的幾位姊姊還沒定下來要不要自己開鋪子，若是她們不自己開，就我們租過來，統一安排人手進去，除了租金，再抽兩成利給她們。至於要經營什麼，還得你幫著規劃了。」

吳財生認真聽完，才問道：「那這香燭鋪還要開下去嗎？」

「自然要開的。」九月點點頭，這可是她的頭一桶金呢。「讓張信執掌香燭鋪、張義和阿安負責製作和進貨，香燭鋪裡的紅利分他們每人半成。」

吳財生看了看雜物房裡忙碌的阿安，笑了。「好。」

兩人又就著鋪子的事聊了一會兒，吳財生才拄著枴杖回到前面鋪子。

吃過了飯，齊孟冬仍不見人影，九月有些心不在焉，她急著想和遊春談一談呢。

可是齊孟冬沒來，坐在院子裡，又有祈願和祈巧頻頻投來的奇怪目光，九月只好進了雜物房，一邊掩飾自己的心不在焉，一邊想事情。

「東家，齊公子求見。」今兒鋪子已經重新開門，張信和幾個夥計也回來了，就在九月忐忑之時，張信匆匆進來回報。

「讓他進來。」九月一喜，立即到了門邊。

「齊公子又是誰？」祈巧和祈願兩人互相看了一眼，齊聲問道。

齊公子自然就是齊孟冬。

張信出去後沒一會兒，齊孟冬便笑嘻嘻地走進來。「九月，遊少在一品樓備宴，讓我來請妳過去。」

祈巧和祈願一直打量齊孟冬，原本看到齊孟冬嬉皮笑臉的，對他已存了一分戒心，聽到這話後，更加警惕起來。

兩人互相看了一眼，祈願微笑著上前一步，盡顯雍容氣度。「這位公子，你說的遊少可是遊公子？」

「正是。」齊孟冬說完，才發現院子裡還有兩位婦人，瞧她們的衣著打扮，便猜到她們的身分。

「遊公子救了我們家九月，自當由我們設宴答謝遊公子才對，哪能讓遊公子破費呢？」祈願笑得嫣然，說罷也不等齊孟冬回答，轉身對九月道：「九月，還不快去換身衣衫，妳的事可多虧了遊公子，咱們擇日不如撞日，就現在去吧。」

「啊？」齊孟冬頓時愣住了，這是什麼狀況？

九月也愣住了，不過她什麼也沒說。她還想找遊春好好聊聊呢，今天自然不能不去，當下笑道：「齊公子，請稍候。」

「呃……好。」齊孟冬見她也這麼說，只好點頭，心裡直為遊春哀號——不是兄弟不幫忙，實在是你的大小姨子們不知趣啊……

「齊公子請坐。」祈巧笑得和善，招手讓齊孟冬在院中桌邊坐下，昨夜一家人在這兒吃了飯，加上天氣好，這桌子也就沒有收進屋，正好白天也能在這兒喝個茶曬曬太陽。

「請。」祈願替齊孟冬倒了一杯熱茶，又給自己和祈巧也斟了一杯。「齊公子與我家九月很熟？」

「嗯。」齊孟冬下意識地點頭，隨即又連連搖頭。「不不不，也不算熟。」

「齊公子，這熟就是熟、不熟就是不熟，有這麼難回答嗎？」祈巧驚訝地看著他。

「怎麼說呢？我和九月姑娘只見過幾次面，只因她對我們遊少有恩，年紀又相當，自然就親近些。」齊孟冬也好奇地打量九月的這兩個姊姊，他總覺得她們的問話有些奇怪，為什麼她們這麼在乎他和九月熟不熟，難道……她們誤會什麼了？

「不知齊公子今年貴庚？」祈願抿了口熱茶，笑得如春風般和煦。

「二十有二了。」齊孟冬決定見招拆招，看看她們到底想問什麼。

「那遊公子呢？」祈巧在一邊接話。

「他比我大四歲。」齊孟冬隱約猜到一些，敢情她們的目標是遊春？也難怪了，作為九月的姊姊，這選妹婿的事她們自然管得。

「可有妻室？」祈願和祈巧不約而同地問。

這下齊孟冬更加確認了，只要不是針對他就好，整個人便輕鬆起來。「在下尚無婚配。」

祈願和祈巧頓時噎住了，她們問的是遊春好不好？只好又補了一句。「那位遊公子家的小公子、小小姐多大了？」

齊孟冬頓時想狂笑，不過面對「虎視眈眈」的祈家姊妹，他還是硬生生忍下來，一本正經道：「遊少尚無妻室，更沒有小公子、小小姐。」

這話在他說來，已經解釋得很清楚了，沒有妻哪來的兒女？

可是祈願和祈巧卻仍不放心。

兩人互相看了一眼，都看到彼此眼中的不確定。她們見多了大戶人家裡的妻妾之爭，尤其是祈願，她自己就是人家的妾，這些年受了多少苦，也只有她自己知道，如今她們如何能讓九月去受這種苦？

九月回到屋裡換了一身遊春買給她的衣衫，又重新梳了髮，回到樓下，便看到他們三人這般詭異地坐著，不由好奇問道：「在聊什麼呢？」

「沒什麼。」祈願笑著起身，挽住九月的手臂，打量著她說道：「我們家九月這麼一打扮可真俊，早就應該這樣打扮了。」

「那我們快走吧。」九月抬頭看了看天色。

「好。」祈願和祈巧大大方方地跟上。

齊孟冬見狀，也只好摸摸鼻子，一邊在心裡感慨遊春今天怕是要白費心血，一邊又雀躍即將到來的好戲開場。

鋪子門口，停著齊孟冬雇來的馬車，等九月三姊妹上車，齊孟冬才跳上去坐在趕車人身邊。

一路緩行，到了一品樓前。

這一品樓是康鎮最大的酒樓，平常人潮川流不息，可今天卻是門可羅雀，只因遊春把整座一品樓都包下來，就等著九月到來。

九月跟在兩個姊姊身後下了馬車，一抬頭就看到一身天藍錦衣的遊春，顯然他今天也是打扮過了，看著極精神貴氣。

遠遠的，兩人四目相對，均是一笑。

「見過遊公子。」祈願和祈巧走在九月前面，到了遊春跟前，皆客氣地福了福身，這是禮節，在大戶人家家裡待了這麼久，她們自然是不會失儀的。

「二姊、四姊。」遊春雖然驚訝兩人的到來，不過還是從容地還禮，讓開一步。「裡面請。」

祈願和祈巧點頭，相攜而進。

遊春才看向齊孟冬，用眼神詢問。

齊孟冬跟在九月身後，朝他擠眉弄眼地打了幾個手勢。

這時，九月已經到了遊春面前，歉意地低聲說道：「我二姊、四姊說要答謝你的救命之恩。」

「沒事。」遊春柔柔地看著她，很隨意地打了個響指，手中竟多出一束月季花。

九月驚喜地看著花，魔術變玫瑰哄女孩子的招數，在現代倒是常見，可是遊春怎麼會……

「喜歡嗎？」遊春有些緊張，他今天可是臨時拜了個「師傅」，特意學了這些招數呢。那傢伙信誓旦旦地保證，但凡女孩子都喜歡被人哄著，他才豁出去一次。

「喜歡。」九月點頭，接過花湊到鼻端聞了一下，這可是遊春的心意。

「九月，妳在幹麼呢？怎麼不進來？」祈願和祈巧進了門，回頭一看九月捧著花和遊春站得這麼近，兩人忙又回來。「遊公子請。」

九月朝遊春歉意一笑，跟在後面走進去。

齊孟冬落在最後，看著這一幕，忍不住想笑，不過好戲還沒開始，他又捨不得這會兒離場，只好很辛苦地忍住了。

「雅間訂在三樓，請。」遊春倒也好脾氣，絲毫沒有露出一絲一毫的不快，相反地，他很盡心盡力招待著。

一品樓鋪面極大，櫃檯設在左邊，右邊是一排排的桌子，中間則是空出一塊地，順著這空地直走便是樓梯，上了幾階階梯後，便是一處平臺，平日裡一品樓養的清倌都在此處表演。

等到九月來到這平臺的時候，頭頂上突然灑下無數花瓣。

九月驚喜地抬頭，只見樓頂繫著幾個包裹，隨著有人一個接一個挑開那些包裹，長綢飄散，花瓣便如花雨般落下來。

「這是……」祈願和祈巧一臉驚訝，不過一轉頭看到九月和遊春兩人含情脈脈，便馬上清醒過來。

送花在前，散花瓣在後，這種哄姑娘家的手段太高明，顯然是個中老手，不可靠！姊妹倆眼神一交換，在遊春臉上打了個大大的叉。

第九十七章

僅一照面，遊春特意「拜師」學來的浪漫手段，看在祈願和祈巧眼裡，卻成了他慣哄姑娘開心的伎倆。

試問，他今兒能哄九月開心，明兒不能哄別的姑娘嗎？

不可靠！大大的不可靠！

遊春哪裡知道她們竟給了他這樣一個評語。

祈願和祈巧的出現，雖打破了他的計劃，不過他倒沒為這個生氣，只是有些惴惴不安。

遊春面上帶著微笑，心裡卻緊張無比地注意著九月。

九月抬頭看著那漫天飛落的花雨，再看著三樓伸出的一根根竹竿，不由笑了。毫無疑問，三樓一定是三爺等人，一想到那粗獷的老魏，手握長竿捅開裝滿花瓣的包裹，九月就忍俊不禁，不由轉頭看向遊春。

遊春心中頓時大定，小小地鬆了口氣，朝九月柔情一笑。

「怎麼這麼大一間樓卻這麼冷清呢？」祈願緩步上樓，有些奇怪地打量樓上樓下。

「今晚，一品樓只為九月姑娘服務。」按照原本的計劃，齊孟冬把九月接到這兒以後就該離開了，可這會兒多了祈願和祈巧，他又有心看好戲，所以便跟在遊春身後，聽到祈願的話，笑著解釋了一下。

祈願咂舌。

這樣有錢的人家，妾室一定不少，九月過去一定會吃虧，不妥！為一個女子一擲千金，大多都是紈袴子弟，如今一時新鮮當然視妳如珠如寶，可將來呢？紅顏老去，九月過去又有那樣的名聲，保不準將來就成了他們家攻擊九月的藉口，門不當戶不對，不般配！

祈巧也皺了眉。

九月落後幾步和遊春並肩而行，悄聲問道：「你花那麼多銀子幹麼呀？」

「也沒花多少。」遊春淺笑，湊到九月耳邊。「今早這一品樓已改姓遊了，今晚也不過是少賺幾個錢而已。」

「你把整座樓買下來了？」九月一臉吃驚。

「嗯。」遊春點頭，深情地看著她。「妳不願意跟我走，我只好婦唱夫隨來這兒。」

「貧嘴……」九月一聽，抬頭看看前面的兩個姊姊，有些緊張，不過心裡卻甜滋滋的，她撥了撥手中的花。「你的主意？」

「不是。」遊春有些尷尬，老實說道：「是康少，他說姑娘家都喜歡這些……」

「康少又是誰呀？」九月疑惑地問。

「一位好友。」遊春解釋道。「之前與妳提過一位奇人，便是他的祖父，這次的事，多虧他大力相助，今天讓妳過來，就是想介紹給妳認識，二來則是想藉這個機會謝謝他。」

「原來如此。」九月恍然地點頭，原來是那位可能是她「同鄉」的孫輩啊，那麼懂些送玫瑰花、撒花瓣營造氣氛的手段也不奇怪了，不過這樣一來，她就得更小心了，免得被看出來。

「這是……」此時，祈願和祈巧已經到了三樓走廊上，看著一排搖曳的燭光，兩人不由愣住，心裡暗道——幸好她們來了，不然以這人的手段，今晚九月非被他拿下不可。

「呀！」九月也跟上來，一眼就認出那些蠟燭都是她鋪裡的香熏燭，她做了香熏燭卻極少用，更不會像現在這樣點上這麼多，沒想到還挺好看的。

九月快步上前，拿起其中一個，有些遺憾地說道：「我之前雕的時候只顧著好看，竟忘了試一下燭芯，這個還是太短了些，燃得不夠亮。」

「九月，這些都是妳做的？」祈願驚訝地問道，她知道九月開的是香燭鋪子，可這兩天她還沒來得及好好看。

「可不是，九月雕得可好看了。」祈巧比祈願知道得多些，見狀也走過去，向祈願介紹起九月的香燭。

姊妹幾個就著一個接著一個的香燭討論起來。

齊孟冬看著這一幕，不由同情地拍拍遊春的肩，康俊瑭那小子還說這樣叫做浪漫，還說人家姑娘一定喜歡，現在看來，這不叫浪漫，該叫浪費才對。

遊春倒是無所謂，只是含笑看著九月的側臉，看她和她姊姊們說話時那飛揚的神采，看她一顰一笑間流露的率真。

「我說，你是不是哪裡得罪她那兩個姊姊？」齊孟冬想了想，還是提醒遊春一下。

「得罪？」遊春納悶地轉頭看他。

「是啊，方才我去接人的時候，她們可是問了我許多話呢，比如你今年多大、可有妻室、有沒有兒女。」齊孟冬擠眉弄眼地用手肘撞了遊春一下，悄聲說道：「我覺得她們對你有意見，這不，一聽說你要請九月姑娘赴宴，她們就跟來了。你也不想想，她二姊是陳府最受寵的七姨娘，陳員外時常帶著這位赴各種宴，為何今天卻這般不知禮儀？還有她四姊，過去可是楊家老太太身邊的大丫鬟，為何今天也硬插了這一腳？」

遊春哪裡還能不明白，他點點頭，笑道：「無妨，想來她們也是出於對九兒的愛護之心，待她們明瞭我對九兒的心意，自不會阻撓。」

「希望是吧。」齊孟冬同情地看了他一眼，摸摸肚子。「行了，有這兩位在，你也休想和嫂子獨處了，我看還是趕快把康少叫過來，倒能轉移她們的注意力，你還能和嫂子說上兩句體己話。」

「那就辛苦兄弟了。」遊春笑著伸出拳頭，和齊孟冬輕擊了一下。

「唉，誰讓我們是兄弟呢，為兄弟兩肋插刀……噗……噗……沒得選啊。」齊孟冬怪模怪樣地拍了拍胸膛。

「九月，可說好了，妳鋪子裡好看的香熏燭都給我留一份，我要帶回去。」祈願極喜歡這些香熏燭，正笑著和九月談生意，她覺得把這些帶回去賣，一定有生意。

在陳家這麼些年，她對做生意的眼光也練出了幾分。

齊孟冬等她說完，才笑著招呼九月幾人。「九月姑娘、兩位夫人，時辰不早了，廚下早已備下，還是先入席吧。」
「不好意思，一時忘形了。」九月不好意思地朝齊孟冬笑了笑，目光轉向身後的遊春，嫣然一笑，今天也算是和他約會，她竟疏忽他了。
「沒關係，請。」人家正主兒都不計較，他自然更不計較了。齊孟冬推開最中間的一扇門。
屋裡沒有點上平日的大燈籠，只在桌子中間用小小的香熏燭擺出一個心形，紅燭搖曳，滿室浪漫。
祈願和祈巧兩人看到，齊齊顰了眉。
一個富家公子、一個未出閣的姑娘，兩人相約酒樓，孤男寡女共處一室，本就不妥，可偏偏這公子還又是送花、又是撒花、又是包場、又是買下九月的香熏燭點了一走廊，這會兒還把屋裡布置得這麼……旖旎，這是什麼意思？分明就是居心不良啊！
從進門到這會兒，兩人已經給遊春貼上了「不可靠」、「不妥」、「不般配」、「居心不良」四大標籤，連帶著看向遊春的目光也變得怪異起來。
「遊公子請。」祈願一側身，臉上便恢復那恰到好處的微笑。
「二姊、四姊，請。」遊春得了齊孟冬提醒，加上祈願、祈巧剛剛那一眼太過明顯，他哪裡還不明白兩人對他的不滿，不過他也沒在意，坦然地請兩人入席。「九兒，坐這邊。」
屋裡是張大圓桌，遊春必定坐在正對著大門的主位上，而他此時伸手延請的卻是他右邊的位置。

「兩位姊姊請。」齊孟冬也及時配合，拉開靠著九月的兩把椅子。

祈願和祈巧再怎麼不願讓九月靠近遊春，此時也只能順從主人的安排，笑著謝過齊孟冬，坐了下去。

祈願目光一掃座位次序，笑盈盈地問道：「遊公子還請了別的貴客？」

「正是。」遊春笑著點頭，坐在九月身邊的主位上。

「這次九兒的事，多虧一位好友全力相助，今天設宴，一來是給九兒壓驚，二來是向那位好友致謝。」

「遊公子為了我們家九月已經費了不少心，這道謝的事，理當由我們出面才行，今兒這般叨擾遊公子，我們姊妹如何過意得去呢？」祈願很歉意地說道。「改日還請遊公子賞個臉，讓我們姊妹幾人也盡盡心意。」

「好。」遊春很爽快地點頭，他巴不得和祈家常常來往，這樣就能和九月多多見面了。

「貴客何時到？我們是不是要下去迎迎？」祈巧看了看門口。

「方才便到了，我去請。」齊孟冬立即往門外走去。

「不知那位貴客是？」祈願有些好奇。

「是我一位好友，叫康俊瑭，要不是他拿出他的藏品，這次也沒這麼容易讓百姓們信服了。」遊春解釋道。

「藏品？」祈願驚訝地問。

九月也側頭看著遊春，用眼神詢問。

「是。」遊春朝她笑了笑，看著祈願和祈巧解釋起來。「他平日最喜歡收集那些稀奇古怪的東西，前年在京郊得了個寶鼎，鼎內焚香，煙氣上沖可凝而不散，聚煙成蓮。」

「原來那蓮臺就是那寶鼎的緣故！」祈巧低聲驚呼，想到這兒，看向遊春的目光又變了變。

此時她真不知該怪遊春促成火刑的心狠，還是該感謝他的用心良苦了。

「那……佛像又是怎麼回事？」祈願也顯得震驚。

「佛像其實是一幅緙絲織品，也是他的藏品。」遊春淡然一笑，伸手摸向九月的手，兩人坐得近，又有桌子遮擋，也不怕被她們看到。

「他就不怕那火太大，燒壞他的寶貝嗎？」祈巧咋舌。

九月和遊春相視一笑，開口幫著解釋。「四姊，那柴並不會輕易燃燒的，裡層全被水淋透了，只不過是看著嚇人罷了。」

這點遊春已經解釋過了，至於當時的唸經聲，則是偷偷安插人馬在高樓上。

「那也危險。」祈巧瞪了她一眼，直視遊春。「就算燒不死人，可是那煙嗆喉呀，九月今兒起來嗓子就不舒服，還不是被煙燻的。」

「嗯？」遊春意外地一愣，轉頭凝望九月，低聲問道：「妳怎地不說？方才該讓孟冬看看。」

「沒事，只是一點點而已。」九月忙安撫地笑了笑。「我回去就讓莫姊幫我做冰糖燉梨，吃個幾次就好了。」

「那怎麼行？」遊春皺眉，不同意她的話。「一會兒等孟冬回來好好看看，讓他給開些方子回去好好養養。」

「真沒事。」九月可不想當著兩個姊姊的面和他吵這個，忙轉移話題。「那天的蓮臺、佛像我都沒看見呢，能不能也讓我也見識見識？」

「東西就在這兒，一會兒吃過飯去看就是了。」遊春寵溺地點頭，手指摩著掌中的柔荑，換來九月嬌嗔的一瞪，他不由輕笑。

聽到遊春說一會兒能近距離看到那天的神蹟，祈願和祈巧兩人也有些意動，一時沒注意到遊春和九月之間的暗流湧動。

這時，齊孟冬帶著一位俊俏至極的年輕男子走進來，那男子身著紅色錦衣，玉冠束髮、玉帶束腰，手裡還很風騷地搖著一把……團扇！

這就是康俊瑭？九月一瞬間就猜到這人的身分，她側頭向遊春確認。

遊春微笑著點頭。

「嗨——美女，我是康俊瑭，很高興認識妳，握個手吧。」康俊瑭細長的眼妖媚一掃，便落在九月身上，衝著遊春咧嘴，他大搖大擺地在遊春左邊坐下，放下團扇就朝九月伸出手。

九月一愣，看了看康俊瑭的手，又看了看遊春。

就在九月猶豫間，遊春黑著臉鬆開她的手，一掌拍了過去。

「少丟人現眼了。」

「嘿嘿——」康俊瑭身子一仰，躲開遊春的手，笑嘻嘻地重新坐好，向祈願和祈巧打招呼。「兩位姊姊好。」

祈願和祈巧目瞪口呆，眼前這個比姑娘家還要俊的男子……怎麼看著這樣不正經呢？

「康公子援手之恩，九月銘記在心，請受九月一拜。」

九月起身退後一步，盈盈下拜。

「呃，別……」康俊瑭飛快地站起來，跳到一旁，求助地看向遊春，一邊擺手急急說道：「妳快起來，我也沒做什麼，就是看這小子可憐，難得有個人肯捨己為人站出來拯救這小子，借那東西也是因為他才借的。」

「別理他。」遊春一伸手扶起九月，瞪了康俊瑭一眼，直接讓齊孟冬過來幫九月把脈。

「不會吧……有了？」康俊瑭一見，兩眼發光。

祈願和祈巧聽到，臉色頓時沈下來。

「胡說什麼！」遊春一腳踹了過去，這小子怪不得這麼積極，敢情是來搗亂的。

康俊瑭又避了開去，絲毫不在意遊春的攻擊，笑嘻嘻地說道：「呃……沒有啊？」

「還說。」遊春警告地瞪著他。

康俊瑭這才收斂了些，坐到位子上，笑嘻嘻地看著齊孟冬給九月把脈。

這會兒已有夥計上來點上燈，屋裡一片光明，他也把祈願和祈巧的臉色看了個清清楚楚。

「怎麼樣？」遊春懶得搭理他，回到九月身邊，看著齊孟冬急急問道。

「無礙，只消多吃些滋養嗓子的食物，過幾天就好了。」齊孟冬鬆了手，朝九月笑了笑。

遊春這才鬆口氣。

康俊瑭一雙眼睛滴溜溜地轉，這會兒又轉到祈願身上，盯著她看了好一會兒，突然雙手往桌上一拍，朝祈願眨眼問道：「這位姊姊，我好像見過妳？」

祈願對這吊兒郎當的傢伙極不順眼，當下淡淡應道：「康公子認錯人了吧。」

「我記起來了。」康俊瑭卻不在意，盯著她又看了好一會兒，直到祈願快要受不了的時候，他突然拍著手恍然大悟。「去年中秋昭縣康家曾大擺宴席，我好像見過妳。」

「昭縣康家……」祈願一臉吃驚。

「姊姊想起來了吧？」康俊瑭笑得媚態橫生。

「我現在才知道陳員外竟然是遊少的二姊夫，要不然年前那筆生意定全交給陳員外了，肥水不落外人田嘛。」

第九十八章

「原來是康公子。」祈願那點冷漠也不敢裝下去，起身朝康俊瑭福身。

「別客氣，遊少的二姊夫可不就是我的二姊夫嘛，一家人。」康俊瑭大手一揮，很是豪爽。

「他怎麼這樣？」九月卻看得滿頭黑線，湊到遊春耳邊悄聲問道。

康俊瑭這話說的，好像他和遊春「基情」無限似的。

「別理他。」遊春也無奈，這小子就是這德行，可對朋友，還真的沒話說。

人齊了，菜很快就端上來，康俊瑭雖然滿嘴胡說八道，可在他的插科打諢之下，屋子裡的氣氛倒不像之前那樣尷尬。

加上齊孟冬有意打圓場，祈願和祈巧倒是沒空去管九月，這讓遊春和她之間的相處也輕鬆不少。

「多吃些，瞧妳，比之前消瘦了。」遊春剝了蝦放到九月面前的小碟子裡，目光停留在她身上。比起他離開前，她明顯瘦了不少，令他不由皺眉，又挾了許多菜堆到她碗裡，催著她多吃。

「你不吃呀？」九月看著他面前的空盤，眼角餘光留意著兩個姊姊，她這會兒要是幫他挾菜，回去肯定少不了一番盤問，不由猶豫了。

「沒關係。」遊春只是笑，又剝了蝦遞過來。她以前吃素，後來受他影響慢慢改變飲食習慣。他不在她身邊的時候，擔心她又以素食為主，今兒一見，倒是放心了些，至少肉絲、魚蝦之類的她並不拒絕。

兩人正含情脈脈地互相關心著，便聽祈巧問道：「那……葛家姑姑如今怎麼樣了？可好點沒？」

九月轉頭，見祈巧看著齊孟冬，便知道定是齊孟冬提及了葛玉娥的事，忙聽著齊孟冬說話。

「她那病是心疾所致，若是能好好調養，輔以湯藥，假以時日，倒也不是好不了。」齊孟冬笑道。

「那就好，葛家姑姑畢竟是我們家的恩人，還請齊公子多多費心，診金藥費都由我們負責。」祈巧點頭，對齊孟冬倒是好言好語。

「哪還需要妳們付呀？那是遊少的事。」康俊瑭手一指遊春，笑道：「他的銀子多得沒地方花，為自己的老泰山家花費些也是應當的。」

祈願聞言不由皺眉，可她忌憚康俊瑭，一時也不敢再開口得罪。

祈巧卻不一樣，臉一沈便道：「若說之前我家九月曾幫過遊公子，遊公子如此盛情倒還說得過去，可如今遊公子已為我家九月做了不少，也是我家九月的恩人了。他們兩人之間也算是兩清了，誰也不欠誰的，如此我們家又怎敢再讓遊公子破費？」

「不是……」康俊瑭還要說話，齊孟冬忙暗中踢了他一腳，往遊春那邊努努嘴。

康俊瑭回頭，只見遊春面沈如水，才朝齊孟冬扮了個鬼臉，乖乖地閉上嘴。

「康公子。」

九月暗暗扯了扯遊春的衣袖，朝他安撫地笑了笑，她知道自己的姊姊必是不滿遊春和她私下傾心的事，不是真的從中作梗。而這康俊瑭，她也看出來了，純粹是好玩才拿遊春打趣的，卻不知道他的口沒遮攔有可能惹怒她的兩位姊姊。

「昨日多虧你大力相助，只是可惜得很，眾人都看到了盛景，唯獨我沒有那個眼福，不知今兒還有沒有福氣見識見識？」

「當然可以。」康俊瑭連連點頭，他此時也知自己說錯話了，聽到九月的這番話，有如聽到天籟之音般，順著她的話站起來。「孟冬，走，我們去準備準備。」

「九月，不早了，我們該回去了。」祈巧也站起來，淡淡說道。

「四姊。」九月微微一笑。「我還沒看過呢，聽你們說得那麼神奇，我也好奇呀，就看一眼，看一眼就回去好不好？」

「四妹，那就再待會兒吧。」祈願猶豫一下，最終還是幫著九月勸祈巧。

「看完就走。」沒有了康俊瑭和齊孟冬，祈巧也不再對遊春端著笑，淡淡地看了他一眼，坐了回去。

九月笑著點頭，趁她們沒注意，朝遊春俏皮地眨眼，她還有重要的事還沒和他說呢，怎能馬上回去。

「鋪子的事我已經請我四姊夫和吳伯去準備了，等有了詳細的計劃，我讓人給你送過去看看。」乾坐著也不是辦法，祈巧撂了臉色，祈願也沒說話的意思，九月只好找話題說，好在這事與遊春有關，可以光明正大地當著姊姊們的面說。

「對面的院子已經被我外公買下，說是給我們姊妹的見面禮，如今也就剩下張師婆原來的兩間院子還有棺材鋪子了。」

「嗯，這些我去做。」遊春點頭，臉色尚緩。「若有需要只管讓人找我，或是找孟冬，莫自己累著。」

「棺材鋪還是留著吧。」九月點頭。「那兒的阿貴、阿仁兩位大哥是我五姊夫的師兄弟，也幫過我不少，再說了，人一輩子，最後也少不了一口薄棺，那鋪子裡賣的倒也是必需品，就留著吧。」

「巷尾留著棺材鋪妥當嗎？」遊春一臉驚訝。

「棺材棺材，升官發財，留著也沒什麼不好的。」九月笑道。

「再說了，我要是把這小巷子做成那種從娃娃落地到老人離世，所有能用到的東西都有得買，還怕沒人光顧嗎？生意還得靠人做出來，與棺材鋪晦氣不晦氣不相干。」

「好，只要妳高興，妳說什麼就是什麼。」遊春輕笑，很自然地說道。

祈巧聽到他這話，有些意外地抬眼看了看他，皺著眉沒說話。

「準備好了，請吧。」齊孟冬去而復返，站在門口笑著請他們過去。

於是，遊春招了夥計，幾人淨了手、漱了口，跟在齊孟冬身後，往走廊最裡面那間走去。

來到門口，屋裡一片黑暗，祈願和祈巧立即停下腳步，警惕地看了看齊孟冬。

齊孟冬沒瞧見，直接走進去，遊春看到也只是笑了笑。「晚上想看清那佛像，只能熄燈，投去的光才能顯現出來。」

「走吧。」九月見兩人猶豫，拉著她們走進去。

幾人一進門，角落突然射出一道光，九月回頭，才看到齊孟冬站在角落的一個小木盒旁，那木盒上有個洞，顯然是他抽出擋住洞口的木條，讓裡面的光照射出來，那光打在大銅鏡上，又折返到另一枚上，如此折射五、六枚，最後從一幅畫像反射到牆上，佛像立現。

祈願和祈巧頓時愣住了，虔誠地合掌對著那佛像癡癡看著。

九月看了個清楚，原來那天照在她身上的光，是從大銅鏡上折射過來的陽光。

她看了看祈願和祈巧，見兩人沒注意到她，悄然縮回手，轉身拉著遊春溜出門外，到了走廊上，左右瞧瞧沒人，便朝他招手，踮著腳湊向他耳邊。

遊春驚訝地看著她的舉動，看到她主動靠近，方才冒出來的那絲不快也徹底沒了，很自然地伸出手攬住她的腰，低下頭去等待驚喜。

「我爹答應幫你了，他手裡有你要的東西，你尋個空，早點去找他。」九月卻直接貼到他耳邊悄然說道。「他說有人已經注意到他了，你去找他也要注意安全。」

遊春一愣，這個消息也算是驚喜，可是，卻與他想的不一樣啊。

「你要保護自己，也要負責我爹的安全。」九月說完，倚在他胸前，伸手理了理他的衣襟，嘆著氣低聲說道。

「我會的。」遊春低頭凝望她，認真保證。

她的馨香近在鼻端，只可惜身後的屋裡還有兩個耳目不比他差的傢伙，以及兩個一直防備著他的祈家姊妹，他也只能仰屋興嘆了。無奈之下，雙手緊緊摟了摟她的身子，才緩緩鬆開。

「進去啦，別讓我姊姊發現了為難你。」九月一臉抱歉，趁他不注意，飛快地在他唇上啄了一下算是補償。

遊春眸色一凝，不待他反應，她已偷笑著退開，他只能無可奈何地笑。

九月偷笑，轉身溜回屋裡，祈願和祈巧還在細細看著那佛像，倒是齊孟冬和不知何時回來的康俊瑭看到她時曖昧一笑。

九月不客氣地瞪了他們一眼，走到祈願、祈巧身邊打量起那畫像來。

「能點上燈看看嗎？」九月左看右看，嫌棄這樣看不真切。

應她要求，齊孟冬直接打開木盒，屋內頓時亮如白晝。

九月轉頭，只見木盒裡放著一顆核桃大小的珠子，正散發著光芒，她吃驚地脫口說道：「夜明珠？」

「是。」齊孟冬點頭。

祈願和祈巧也沒見過這樣大的夜明珠，不由咋舌。

「誰的？」九月好奇。

「他的。」齊孟冬指了指康俊瑭，這廝就喜歡這些東西。

「妳要是喜歡就送妳了。」康俊瑭很隨意地說道，就好像送的只是一盆花花草草般。

「不要。」九月把頭搖得跟個撥浪鼓似的，一臉嫌棄。「藏著這樣的東西，沒人來搶，自己也得折騰瘋了。」

康俊瑭哈哈大笑，朝遊春豎了豎大拇指，也不知道是什麼意思。

九月沒理會他們，轉身到了那畫前。

其實這並不是畫，而是遊春說的緙絲，她不懂怎麼鑑賞，只是好奇這東西是什麼。那幅畫倒是可以比擬相片的真實感，整幅畫面呈黃色，細瞧之下，畫中佛像活靈活現，讓她心生出一股肅穆，就好像身處在莊嚴的佛教聖地，讓她不由變得虔誠。

而另一邊桌上放著青銅鼎，鼎身倒沒什麼出奇，只是那蓋子卻是鏤空的，花紋繁花似錦，卻瞧不出是什麼圖案。

齊孟冬隨著遊春的示意，他認命地取了一大把檀香點燃，打開鼎蓋放進去，燃起的煙從空洞處裊裊升起，沒一會兒，竟在上空慢慢凝結，聚成了一朵蓮臺。

「鬼斧神工……」九月讚了一句，比起那緙絲，她更欣賞這一件。

第九十九章

第二日，祈願和祈巧等人準備好還願要用的福禮，又從鋪子裡買到許多香燭，接了九月便往落雲山趕。

祈豐年正想要回家，郭老和顧秀茹也無事可做，便一道同行。

祈願要去還願，自然是要帶上她的那些丫鬟家丁們的，郭老身邊也多了幾個看似護衛的男子。

馬車停在落雲山山腳下，往上便是落雲廟的正大門，九月等人下了車，家丁們開始抬下福禮準備挑擔上去。

「走吧。」郭老等到他們準備妥當，笑著朝九月幾人點頭，走在前面，顧秀茹自然緊緊跟隨。

「一會兒還了願，再去外婆墳前祭一祭吧。」祈巧把東西都帶了，和祈願相扶著上臺階，一邊轉頭對九月說道。

「好。」九月點頭，在畫像前供香與墳前自然又是不一樣的。

這時，路的那頭出現一個穿著灰色僧衣的小身影，往這邊引頸看了會兒，就飛快地跑進廟裡。

「那是誰呀？」祈巧眼尖，奇怪地問道。

「廟裡的小沙彌。」九月笑笑，那個是靜能小師父。

「怎地看到我們就跑呢？」祈願也問。

「可能有什麼事吧。」九月隨口說道，這落雲廟她最熟悉，從來不會欺客，方才那小僧跑了，必不會是因為他們的到來，定是廟裡有什麼事。

上了臺階，看到廟前站立的十數個僧人，九月才知道自己猜錯了。

「阿彌陀佛，貴客臨門，有失遠迎，失禮了。」住持居然親自帶著人出來迎接，這可是前所未有的事呀。

「大師有禮。」郭老年紀輩分都是最大，自然開口接道。

「郭老施主請，福女請。」住持笑著又還了一禮，側身讓到一邊，不過他的後一句話卻讓九月等人愣了愣。

反應過來的祈願、祈巧忙把她們身後的九月拉出來，敢情今天這些和尚們全體出迎是因為九月啊。

「住持大師，您還是叫我九月吧，什麼福女不福女的……」九月不自在極了，這福女聽著比災星更讓她彆扭。

「施主與佛有緣，有佛光護體，自然是福女無疑，當年佛祖還曾賜『福』字，顯然佛祖早有預示，無奈我等愚笨，未能參透玄機，這些年讓福女蒙塵了。」住持一板一眼地說道。

九月聽得一愣一愣的。「大師，我哪……」

「九月。」祈願突然拉了她一下，笑著說道：「大師說得有理，九月有佛光護體，若不是福女又是什麼？不過大師，我們是來還願的，您也別一口一個福女了，您再喊下去，我家九月怕是要逃跑了。」

「施主說得有理，請。」住持含笑點頭，請他們進門。

「二姊，我又不是……」九月進了門，見那些和尚們沒注意到，湊到祈願身邊低低說道。

「噓！」祈願忙對她做了個噤聲的手勢，眼神示意她莫要多說。

九月只好無奈地撇嘴，不說話了。

還願禮佛，總是比較繁瑣，半個時辰之後，總算把所有菩薩都拜了一遍，還給落雲廟裡添了些香油錢，這邊的福禮便由祈願的家丁們收拾，他們幾人則提了祭品往周師婆的墳頭走去。

郭老和顧秀茹之前是來過這兒的，拿到那封信後的幾天，郭老幾乎都陪在這墳邊，要不是九月出事，他只怕都想在這墳邊築一草廬，從此守著她度過餘下的日子。

此番再來，還帶著祈豐年、九月幾人，郭老感慨萬分。

祈豐年卻是頭一次到周師婆的墳前祭拜，跪在墳前，想起那些年岳母對他家裡的種種接濟，以及最後是那麼決絕地帶走九月，他忍不住淚流滿面。

這一哭，竟一發不可收拾。

祈願和祈巧面面相覷，忍不住也紅了眼眶。

「爹。」九月靜靜地站了一會兒，看到祈豐年依舊頭磕在地上，如個孩子般痛哭不止，才緩步上前，在他身邊單膝跪下，一手撫上祈豐年的肩，這也算是她頭一次和祈豐年這樣親近。

「起來吧，外婆從來沒有怪過您，我也沒有……」

「爹。」祈巧、祈願互相看了看，也走上前，看到頭髮花白的祈豐年這般模樣，兩人心裡也是一軟。子欲養而親不待，過去的事已經過去了，又何必再揪著不放呢？兩人到了祈豐年另一邊，伸手相扶。「我們也沒怪過您，路是我們自己選的，您別傷心了。」

祈豐年反而哭得更加難以自抑。

「過去的都過去了，以後我們家只會越來越好的……」九月的手還搭在祈豐年肩上，目光落在周師婆的墓碑上，她似乎看到當年的外婆，笑得那麼爽朗、那麼樂觀。

「這句話是外婆時常和我說的，外婆還說，我娘在世時，也從來沒覺得苦過，顯然就算家裡再苦，她也沒有怪過您。」

祈豐年的哭聲漸漸低下來。

這時，有家丁匆匆尋來。「七姨娘，鋪子裡來人了。」

祈願驚訝地看著來人。「誰來了？」

「是親家小姐鋪子裡的夥計，說是親家老太爺病了，捎信的人尋到鋪子裡，讓親家老爺快些回去呢。」

竟是祈老頭病倒，家裡託了人讓祈豐年趕緊回去。

祈豐年也顧不得哭，直接跳起來，面上還糊著淚水，急急地問道：「人呢？」

「夥計在前面等著呢。」家丁用一種奇怪的目光看了看祈豐年。

「快些回去看看。」郭老忙提醒道，一邊點了身後一男子，讓他去請大夫。

九月等人也不敢耽擱，匆匆燒了紙錢，收拾東西跟著一起下山。

有馬車在，回去自然也快，半個時辰不到，他們便已經回到祈家院子坡下，請的大夫也已經到了。

一行人匆匆上坡，只見祈康年家的院門敞開著，院子裡站滿了人，祈稻等人都在，陳翠娘、余四娘等婦人正忙碌著準備各種東西，這情景，分明就像是在準備後事。

祈豐年整個人在進門時一僵，接著飛快撲進院子裡，找著祈康年，一把就揪住他的衣襟。「爹人呢？」

「在屋子裡。」祈康年嚇了一跳，看到祈豐年雙眼通紅、一臉凶神惡煞，忙指著祈老頭平日住的屋子。

祈豐年一把鬆開他，直接進了那屋子。

「九月，快去看看爺爺。」祈稷看到九月，靈光一閃，上來就抓著她往屋裡走，祈願和祈巧倒是沒衝動，陪在郭老身邊。

「十堂哥，你慢點。」九月哭笑不得，她又不是大夫。

「九月，妳的事我們都聽說了，連知府大老爺都說妳是福女，妳一定有辦法治好爺爺，對不對？」祈稷和祈老頭感情極好，看到老人這會兒昏迷著躺在床上，他心裡很難受。

「十堂哥，我哪裡是什麼福女……」九月苦笑，不過，她也想看看祈老頭的情況，便走進去。

屋裡，僅有的一扇窗緊緊關著，一進去，就聞到一股難聞的氣味，床上掛著一頂青紗帳，此時帳簾挽起。

祈老頭仰面躺著，屋裡昏暗，也看不出情形，祈豐年和祈康年兩人站在旁邊，再加上她和祈稷，竟連轉身的空間都沒有了。

「九月，快救救爺爺吧。」祈稷緊跟在九月身後，見她站著沒動，不由又催了一句。

「十堂哥，你冷靜點，我們這不是來了嘛。」九月嘆口氣，轉身出來，快步來到那兩位大夫面前。「兩位大夫，病人就在屋裡，請。」

其中一中年文士看了看郭老，朝九月和善地點頭。

另一位被楊進寶請來的老大夫，也是鎮上開醫館的，九月行刑那日，他也是去瞧了熱鬧的，這會兒見九月出來相請，忙作揖道：「福女先請。」

九月頓時無語，這稱呼聽著怎麼就這樣彆扭呢，不過她也沒辦法，只好領著人進去。

中年文士已經坐在床邊給祈老頭把脈看診了，祈豐年和祈康年站在一邊關切地看著。

「屋裡太悶，快把門窗都敞開。」中年文士微瞇著眼睛，頭也沒抬地吩咐。

祈稷守在門邊，聽到這話猶豫了一下。「可是，風會灌進來……」

「十堂哥，這屋裡氣味太難聞，對爺爺也不好，快些打開讓屋裡透透氣，說不定爺爺就醒了。」九月忙勸道，她一進來就覺得不舒服，更何況是一個生病的老人呢。

中年文士一番望聞問切，便站起來，逕自出去了。

「大夫。」祈康年著急，跟在後面。

另一位老大夫見狀沒說什麼，也坐到床邊給祈老頭把脈。

「大夫，怎麼樣？」祈稷看看外面，猶豫一下，還是留在屋裡。

「老人之前是不是受了什麼刺激？」老大夫細細診治了一番，他倒是頗有些手段，已診出病因，鬆手收回診包，抬頭問祈稷。

「是。」祈稷有些尷尬，抬眼看了看九月，不過還是老實地點頭。「今兒上午，爺爺聽說了一些事，一著急就……這樣了。」

「這就對了。」老大夫嘆口氣。「本來就上了年紀，身體自然而然就虛，這一刺激，急火攻心，才導致這風疾。」

「風疾？」九月吃了一驚，這麼大年紀中了風，只怕真的凶多吉少了。「有辦法治嗎？」

「老朽無能為力。」老大夫慚愧地說道。

「大夫，您一定要救救我爺爺！」祈稷急了。

「老朽是大夫，要是能救自然會救，可是這……不是老朽說的話難聽，就算把他救醒了，也治不了這風疾之症，而且時日無多了……」

「妳個婆娘，讓妳多嘴、讓妳多嘴！」這時，外面傳來一聲暴喝，接著便是一婦人慘呼的聲音。

九月等人嚇了一跳，這邊事情還沒完呢，怎麼外面就鬧起來了。

「福女姑娘。」老大夫見狀，也不多留，朝九月拱手，稱呼極奇怪。「老朽無能，先告辭了。」

「麻煩您了。」九月從腰間掏出一粒碎銀子遞過去。

「不用不用。」老大夫卻連連擺手。「能為妳出診是老朽的榮幸，如今卻是沒能盡到力，哪能再收銀子，告辭了。」

說罷，便大步走了出去。

九月無奈，只好收好銀子送他出門。

祈豐年對外面的事充耳不聞，留在屋裡守著祈老頭，祈稷已經先九月一步到了院子裡。

只見院子裡，余四娘抱著頭在前面鼠竄，祈瑞年拿著一隻鞋在後面猛追，嘴裡直嚷嚷。

「打死妳這個嘴碎的臭婆娘，看妳還敢不敢胡說八道！」

九月皺眉看了看余四娘，送老大夫下了坡，之前楊進寶派來的馬車還在，正好帶老大夫回去。

這時，院外也站了不少大祈村的鄉鄰，看到九月，紛紛投來或好奇或友好的目光。

九月微微一笑進了院子，直接來到郭老身邊。

那個中年文士正和郭老說話。「先施銀針使之甦醒，再佐以湯藥，可保三年無虞。」

「如此，文太醫便動手吧。」郭老點點頭。

竟是個太醫！九月吃了一驚，目光在那中年文士身上轉了一圈。

「是。」文太醫略略躬身，提著醫箱進去了。

九月看到祈願、祈巧陪著郭老還站在院子裡，滿院子的人除了好奇打量之外，竟沒有人出頭來給他們端個凳子，不由皺了皺眉。

就在這時，余四娘衝過來，抓住九月的手，往她身後一躲，口中喊道：「好姪女救我！」

九月猝不及防，險些被余四娘撞倒，她忙穩住身形，還沒來得及說話，一隻鞋已呼嘯而至，九月下意識縮了脖子抬手護住頭。

這時，郭老身後男子一閃身，擋在九月身前，輕飄飄地把那隻鞋子拍歪了，沈聲喝道：「夠了！」

余四娘嚇了一跳，抓著九月僵住了。

追過來的祈瑞年正彎腰脫另一隻鞋子，聞言就這樣半彎著腰，抬著頭頓在那兒，他很吃驚，同時也很疑惑這個男人是誰。

「要鬧出去鬧。」男子手一伸，把余四娘從九月身後撈出來，隨手往祈瑞年那邊一扔。

余四娘就跟破滾桶似的倒在祈瑞年身上，祈瑞年本還彎著腰，哪裡來得及躲，就這樣被余四娘壓了個「五體投地」。

男人淡淡地看了他們一眼，朝九月躬身。「九小姐，請。」

九月眨眨眼，很淡定地點頭，來到郭老身邊，男人才退回郭老身後。

在場所有人看到這一幕都大為吃驚，他們一直關注著祈願、祈巧和這兩個衣著不凡的老人，只不過沒有人說明這兩位老人的身分，他們只看到祈願、祈巧陪在那兒，便有人猜測可能是祈願嫁的那陳員外？也有人猜測是祈願或祈巧家的公公？總之，各種猜測都有。

不過，九月的事如今已是家喻戶曉，他們才沒有像以前那樣肆無忌憚地討論罷了，畢竟那可是菩薩都護著的人啊，萬一被她聽到，可不得了。

「外公，文太醫怎麼說？」九月是知道余四娘的脾氣，原本余四娘看到她就避之唯恐不及，今天這樣主動抓著她還口稱好姪女，分明是也聽到了那福女的傳聞，才改變態度。

「急火攻心，染了火疾。」郭老微微一笑，安撫道：「文太醫跟著我也有十數年了，醫術甚是了得，一手銀針更是出神入化，有他在，不妨事。」

「那就好。」九月鬆了口氣。

他們說話的聲音不低，邊上的人自然都聽到九月喊這老人外公。

這一下，眾人不由譁然，這看著就不凡的老人，居然就是祈屠子的老泰山、周師婆當年遇到的負心漢！

余四娘也嚇到了，她來不及追究剛剛被摔的事，手腳並用地爬起來，順勢還扶起祈瑞年，笑著就迎過來。「原來是姻伯到了，九囡妳也真是的，怎麼不早說？阿稷、阿菽，快點去家裡搬幾張凳子過來。」

九月扯了扯嘴角，由著余四娘折騰。

沒一會兒，祈菽便搬了兩張長凳過來，九月謝過，請郭老幾人坐下，然後轉向一邊沈著臉的祈稷問道：「十堂哥，方才我也沒來得及問，你說爺爺聽說了什麼事才這樣的？」

祈稷聞言，抬眼看了看余四娘，滿面通紅地別過頭。

九月一見，也看向余四娘。

「我……我也不是故意的。」余四娘被看得心虛，訕訕地笑了笑，低下頭不敢看九月。「我還不是擔心九囡妳嘛……」

「謝謝三嬸關心。」九月淡淡地說道。「不過，這和爺爺病倒有什麼關係？」

「我說。」祈瑞年撿回鞋子套了回去，這一頓發洩後他也平靜許多，加上聽到郭老說祈老頭還有救，心頭的火氣也壓下來，走到余四娘身邊狠狠地瞪了一眼，便說起事情經過。

沒想到，祈老頭中風還真的和九月有關。

第一百章

原來，祈老頭見今天天氣挺好，便拄著枴杖出來，想去祈豐年那邊把屋子裡的被褥拿出來曬曬，偏偏卻聽余四娘在說九月被架上柴垛要處以火刑的事，一時大急，拄著枴杖就往坡下走，結果走到一半，氣血上湧，就摔了下去，直接滾到坡下。

余四娘才知道自己闖了大禍，喊了祈瑞年等人過來把老人送回祈康年家，也馬上讓人去請了大夫，可村裡的蹩腳大夫哪裡懂得多少醫術？過來一看，老人只有出的氣，沒有進的氣，當即便搖頭走了。

這不，一家人包括祈家宗族的人都過來了，後事也開始準備了，這會兒，祈稻已經跑出去尋兩位姑姑還沒回來呢。

祈瑞年說罷，又狠狠地瞪了余四娘一眼。

「我還不是擔心九囡嘛……」余四娘委屈地癟了嘴，縮著脖子避開祈瑞年的怒目，這一次，她真的是無心的。

「謝謝三嬸關心。」九月暗暗嘆氣，老人上了年紀，本就禁不起刺激，現在只希望文太醫醫術了得，能儘量減輕中風的影響了。

余四娘見九月沒發火，心裡微安，安靜了一會兒，見自家老頭和兒子都沒理會她，她便又好奇起來，湊到九月身邊訕笑著問道：「九月啊，妳真的是福女？」

「妳說是就是吧。」九月好笑地瞟了她一眼。

「肯定是！」余四娘拍著掌，上上下下打量九月一番。「當初妳一回來，我就覺得妳不是普通姑娘，瞧瞧這身板、瞧瞧這人兒，俊得跟天仙似的。」

「三嬸，當初妳可不是這樣說的。」九月似笑非笑地揭穿余四娘的老底。

院子裡的人頓時哄堂大笑。

余四娘被他們笑得老臉一紅，不過她的臉皮可不是一般厚，當下訕笑著對九月說道：「好姪女，以前是嬸子不懂事，妳可別記恨嬸子。」

九月頓時無語了。

「娘，不早了，都餓著呢，快去做飯吧。」祈稷實在受不了，脹紅了臉過來拉著余四娘往外走。

「九月啊，今天和妳外公還有二願、四巧一起來我家吃飯，嬸子給你們做好吃的。」余四娘掙脫不開祈稷的手，只好揚聲喊道。

「好，有勞三嬸了。」九月倒是從善如流，眼睛一轉就笑著點頭。「我們有十幾個人呢，辛苦三嬸了。」

余四娘的笑容滯了一下，不過很快就脆脆地應了一聲。「欸，沒問題。」說罷，風風火火地走了。

「九月，妳幹麼答應她？」祈巧悄悄地問了一句。

「難得三嬸如此盛情。」九月朝祈巧眨眼。

祈巧嫣然一笑，領會九月的意思。

只怕這頓飯吃完，余四娘要肉疼好幾天了。

正說著，祈豐年黑著臉出來，到了郭老面前。「岳父，能不能借您的人幫我個忙？」

「何事？」郭老打量他一下。

「我想把我爹抬回去。」祈豐年咬咬牙。

「去吧。」郭老的目光在他臉上轉了轉，微微側頭對身後幾人說道，剛才那個男子便帶著一個人出來，跟著祈豐年進了屋。

沒一會兒，兩人就用床板抬了祈老頭出來，祈老頭已經睜開眼睛，臉色也有些紅潤起來。

祈豐年護在邊上，後面跟著文太醫，還有祈康年。

「大哥，你這是什麼意思？」祈康年有些忿然，跟在後面低喝道：「之前是你把爹趕到我這兒的，現在不打個招呼就抬人，你什麼意思？」

「我現在跟你打個招呼，可以嗎？」祈豐年黑著臉停下腳步，轉身盯著祈康年。

「你這算什麼……」祈康年面對他的瞪視，目光閃躲。

「算什麼？」祈豐年冷眼看著他。

「你之前怎麼跟我保證的？結果呢，你就讓爹住那種屋子？你把他當什麼了？敢情你之前說的，都是為了哄我名下那幾畝地？」

「大哥，什麼地啊？」祈瑞年聽到，馬上警惕地問。

「一旁去，有你什麼事？」祈豐年眼一瞪。

祈瑞年馬上照辦，不過還是警惕地支著耳朵聽他們說話，目光在祈豐年、祈康年兩人之間打轉。

祈豐年罵完了，又警告道：「我懶得和你胡纏，要是爹沒事，之前我說的話還算數，要是他有個好歹，別怪我不當你是弟弟！」

祈豐年雖然不當劊子手很多年了，可那狠戾卻沒有流逝半分，祈康年打小就懼他，被他這一番話敲打，頓時就縮了。

祈豐年帶人抬著祈老頭回了自己那邊，九月等人自然也就跟在後面，出院子的時候，九月留意到祈瑞年還纏著祈康年在問到底是什麼事。

回到自家院子裡，祈願招呼丫鬟去廚房熱水做飯，壓根兒就沒把余四娘已經答應做飯給他們的話當真。只是，家裡好些天沒人了，餘下的都是些蔬菜，沒法子，也只能先將就了。

祈豐年已經把祈老頭安頓在原來那間屋子裡，比起祈康年那兒，這邊便顯得寬敞明亮許多。

中年文士已經在寫方子，郭老坐在堂屋裡歇腳，顧秀茹和祈巧看不慣屋子裡的灰塵，自動去準備打掃用具。

「九月，妳真的打算回這兒來住？」堂屋裡只有郭老、九月和那個文太醫，郭老也不避諱，直接問道。

「我是想回村子裡住，不過，並不是住在這兒。」九月搖頭。「我已經準備把小草屋翻修一下，到時候您和嬤嬤搬來與我同住吧。」

郭老才點點頭，雖說這兒也是他女婿家，他卻不大願意住過來，如今九月有了安排，他倒是放心了。

「文太醫，我爺爺不要緊吧？」九月見文太醫開好方子，忙問道。

「人已經清醒了，這種病本就急不得，如今也只能用湯藥養著，每一旬輔以銀針，或許還會有好轉的一天。」這會兒只有郭老和九月在，文太醫說話也和善許多。「那邊的屋子太小，也暗，不適合養病，這邊倒是好些。平日要注意屋子裡不要太悶，日頭好的時候讓他多曬曬，那等煩心事還是少讓他聽些。」

文太醫意有所指。

九月感激地笑了笑，點點頭。

祈豐年在屋裡陪祈老頭坐了一會兒，等到老人睡著才紅著眼出來，坐在堂屋門口的門檻上抱著頭沈默，他現在才知道，自己之前錯得有多離譜。

他以為二弟妹的品性比三弟妹要好，所以把老爹送到那兒是可靠的，誰知道他料到了二弟妹，卻沒想到自己的親二弟竟這樣勢利。他主動讓出名下的地，換得二弟的同意，讓老爹住到那邊，可是事實呢？那樣一間小屋子，一進去便滿屋子臭味，那是人住的地方嗎？剛才他不過是聽從大夫的話，把老爹接回來好好養病，可他那位好二弟說什麼來著？

居然不關心老爹，反倒關心他會不會反悔把那幾畝地要回來……

真真可笑，也不想想這些地、這些房子是誰掙回來的……祈豐年自嘲地咧咧嘴，眼淚順著腮幫子滴落到地上。

「爹，爺爺睡了？」九月出來看到祈豐年這樣，心裡無聲地嘆氣。

「嗯。」祈豐年低垂著頭，暗暗抹去了淚。

「明兒我把八姊接回來，爺爺就在這兒養病吧，診金藥費什麼的，我們出。」九月隱約猜到祈豐年和祈康年的爭執是什麼，她也不想和人為了這些藥費吵上半天，畢竟那也是她爺爺，出些錢讓老人早些好起來才是正道，至於其他的，秋後算帳就是了。

「嗯。」祈豐年又應了一聲。

「明兒我去找五姊夫，我那間草屋也得翻修，到時候讓外公和嬤嬤與我一起住，這樣離得近，也好照顧。」九月托著腮，看著天空的日頭低聲說道。

「好。」

「葛家姑姑的病或許能治好，等她好了，把他們都接回來吧，那樣八姊出嫁以後，家裡還有個人能照顧你和爺爺。」九月又道。

祈豐年頓時沈默。

這個陽光正好的午間，祈家父女倆坐在門檻上時不時地低語幾句，身後是悠閒喝著茶的郭老和文太醫，廚房那邊是忙碌的祈願等人，這一幕幕，給平日冷清的院子添了幾分溫馨。

文太醫開的方子已經由郭老的人出去採買了。

祈老頭的病不是幾針就能馬上好的，他需要靜養，不過暫時性命無憂。

這個結果，讓所有人都鬆了口氣。

沒一會兒，廚房裡便湊出幾盤菜，白麵粉倒是夠，顧秀茹帶著她們烝出能供二十幾個人吃的饅頭，正擺上吆喝眾人開飯。

此時，大門被人推開，祈稷三兄弟一人托著一個放了三、四道菜的大木盤相繼走進來。

余四娘和兩個小媳婦也捧了東西跟在後面，余四娘諂笑著走近，向九月示了示手裡的大陶罐子。

「九月呀，妳看看，這些夠不夠？不夠嬸子再添。」

「給三嬸添麻煩了。」九月淡淡一笑。

「不麻煩、不麻煩。」余四娘開心地笑著，指揮一家人把所有菜都擺到桌上。「姻伯，您老要喝點酒不？家裡還有半罈女兒紅呢，我去給您拿過來？」

「不用了，我不能喝，多謝。」郭老回了一句。

儘管臉色淡淡，卻也足夠余四娘高興了，頭一回爽快地放下東西，帶著兒子、兒媳撤退。

「她……怎麼回事？」祈巧來到九月身邊，愣愣地指著被體貼帶上的大門。

「興許是想求什麼事吧。」九月跟個神婆似的，一語中的。

「管她求什麼呢，正巧，吃飯了。」祈願卻不以為意，不就是送桌飯菜嘛，上次她來的時候，三嬸就是這樣熱情的。

余四娘送來的這桌菜，還是相當不錯的，不僅分量足，味道也好，顧秀茹瞧了瞧，便讓祈願的丫鬟去取了盤子，把這些菜一分為二，郭老的那幾個侍衛還有祈願的那幾個家丁丫鬟，總得安頓。

吃過了飯，一家人開始安排接下來的事。

祈願出來就是為了還願，還有找九月要些福袋，她來這兒也住了好些天，雖然這陣子那個八姨娘消停了些，可她一直記掛著兩個兒子，祈老頭既然沒什麼事，她便決定下午就啟程回去。

祈巧也有楊妮兒要照料，也不能久待。

九月的家當都搬到鋪子裡，所以也只能先回去，幫祈願做完福袋，還要把鋪子裡的事和吳財生幾人交代一下，再把祈喜帶回來。

郭老和顧秀茹不願來回奔波，便決定留下，反正這兒也是自家女婿家，住幾天沒什麼的。他們一留下，郭老的那些侍衛還有文太醫自然也要留下。

緩過勁來的祈豐年立即開始安排他們入住。

祈願和祈巧兩人去看過祈老頭，見他正睡著，便又退了出來，向郭老等人告別，略一收拾，就出門了。

剛下坡，就遇到聞訊趕來的祈祝等人，只好又停下寒暄幾句。

等回到鎮上，已近申時，祈願只好再留一晚，夜裡也不去祈巧那邊，和九月、祈喜擠了一床，還磨著九月做了十幾個福袋。

「二姊，這香熏燭的生意，妳還是掛自己的名字吧。」見祈願把希望都寄在這些福袋上面，九月想了想，隱晦地提醒。

「我知道。」祈願溫柔一笑，寶貝似的收起所有福袋，她不是沒腦子的女人，她知道該怎麼為自己爭取更大的利益，不過來自妹妹的關心，她還是很受用。

「九月，那位康公子，妳要是見到，幫我說說話，我家老爺很在意康家的生意呢。」

「妳放心吧，有機會的話，我會說的。」九月點頭，倒沒有把話說死。

「九月，妳能遇到遊公子，也是妳的福氣了。」祈願點點頭，撫著九月的手臂忽地長長嘆了口氣。「我們家的這點事，妳也知道的，妳雖然能幹，卻也架不住自家的門戶太低，與遊公子……不是姊姊說不好聽的話，你們不般配。」

「二姊，我明白。」九月的笑有些淡。

「九月，妳是個聰明的，在我們幾個姊妹中，妳也是最能幹的，姊姊不想妳將來和姊姊落到一樣下場。」祈願有一下沒一下地撫著九月的手臂，幽幽說道：「若是遊公子許妳妻位，妳不妨考慮，但他若只想迎妳為妾，姊姊勸妳還是尋個尋常人家嫁了吧。

「九月，四妹如今也算是熬出頭了，二姊是沒什麼機會了，如今也只希望妳、八妹，還有其他姊妹能過得好些。」

「二姊，妳放心，都會好的。」九月斂起笑，安撫地握住祈願的手。

「怎麼還不睡呢？」祈喜從樓下提了一壺熱茶上來，看到兩人還坐在桌邊說話，不由驚訝。

「雖是春季了，可天還冷著呢，妳們不覺得冷嗎？」

「就睡了。」九月和祈願齊聲應道，姊妹兩人相視而笑，反倒讓祈喜有些莫名其妙。

「快睡吧，明早還得早些起來趕路呢。」

有祈喜管著，九月、祈願只好乖乖休息，三姊妹頭一次擠在一塊兒，嘰嘰喳喳的有說不完的話，連祈喜也被兩人帶進來，這一聊，便是大半夜。

第二天一早，三人果然起晚了，起來的時候，陳府家丁們已把行裝整理妥當，只等著祈願準備好就出發。

祈巧和楊進寶一家也帶了禮物過來，等著給祈願送行。

三人匆匆下樓，略微洗漱，舒莫已經把早飯準備好了，可祈願卻把祈巧扯到後院門邊，嘀嘀咕咕地說起來。

「四妹，我想過了，九月的事，我們不好摻和。」祈願看著祈巧說道。

「遊公子的條件擺在那兒，九月又與之相悅，我們要是出來阻撓，平白就成了惡人不說，說不定還讓九月對我們生了嫌隙，如今好歹遊公子還許了妻位，若一個說不好，九月只能做妾，她不得恨死我們？妳也知道，做妾的……豈是人能過的日子……」

祈巧聽著聽著，臉上的笑意便淡了下來。「妳的意思是，妳不管九月的事了？」

「不是不管，只是覺得遊公子未必就不是九月的良配……」祈願辯解。

「我明白了。」祈巧卻打斷祈願的話。

「妳要顧著陳家的生意，我瞭解，我也不勉強妳，可我不能不管，至少在確定遊公子的心意之前，我不會不管。」

說罷，再不給祈願解釋的機會，板著臉進了廚房。

第一百零一章

最終，祈願帶著遺憾啟程。

祈巧就像鐵了心似的，沒有再給過她正面的臉色，直到車子遠離，祈巧才目光複雜地轉向祈願離開的方向，暗暗地嘆了口氣。

此時此刻，因為祈願的臨時倒戈，祈巧鑽了牛角尖，她忘記九月和遊春根本就是郎有情妹有意。

她只記得，那個男人可以為了虛名促成火刑，將來九月紅顏老去之後，他會不會又安排一場災星的鬧劇把九月推下去呢？

這樣的男人心計太深，九月跟了他，必是吃虧定了。

祈巧不由嘆氣，心頭的主意更加堅決。二姊走了就走吧，她不是還有大姊、三姊、五妹、八妹嗎？就算九月和他心心相惜，最後逃不開要嫁給他的結局，可現在，她無論如何還是要試一試的。

九月可不知道祈巧已經決定拉其他幾個姊妹同盟來應對她和遊春的事了，送走了祈願，一會兒她還要和祈喜回大祈村呢。

「四姊，我先去忙了，一會兒還要準備回去呢。」九月笑著和祈巧打了個招呼，轉身進了鋪子。

「妳去吧，我帶張嫂去買些東西，一會兒給妳們帶回去。」楊進寶接了九月的事，這些天正忙得腳不沾地，身為妻子，祈巧自然不能丟下他不管，跑回大祈村，只好想著去買些米糧吃食讓九月帶回去，畢竟郭老他們一大群人在那兒，一天下來也是一筆不小的開支。

「四姊，我也去，我想給家裡帶些肉回去，出來這麼久，家裡廚房一定空了。」祈喜忙說道。

於是，三姊妹分頭行動。

「有什麼事就讓阿安或是張義來找我，他們知道怎麼找我。」九月安頓了鋪子裡的事，確認沒有遺漏後，才點頭交代最後一句，順帶從帳上支了五十兩銀子出來。

下了樓，九月找到舒莫。「莫姊，這些日子，妳和落兒就搬到我屋裡住吧。」一個寡婦帶著個小女娃與夥計們住在這後院不方便，反正樓上也是空著，讓她們搬上去，也好睡得踏實些。

「這……怎麼行？」舒莫有些不捨九月離開。

「怎麼不行啦？」九月笑著安撫。

「屋裡空著不住人總覺得有股味兒，妳和落兒住著，屋子也不會少了人氣不是？那樣我隔三差五回來，也住得舒服。」

「姑娘還會回來嗎？」舒莫頓時高興起來。

「自然要回來的，鋪子都在這兒呢。」九月笑了。「家裡離這兒又不遠，方便著呢。」

舒莫總算徹底放下心來，連連點頭。「我聽姑娘的。」

大半個時辰後，祈巧等人回來了，買了滿滿半牛車的東西，連帶著讓這牛車也載她們回大祈村。

祈巧帶著張嫂下車，從車上也分了一些物品下來放進廚房，九月和祈喜便坐上牛車，緩緩地向大祈村前進。

來到康鎮不過兩個多月，九月的心境卻是截然不同。

「呀，你的小媳婦這是要跑路啊？」

牛車緩緩出了鎮，經過那片阿安曾經被圍截的林子，車過後，林子中的一棵高樹上響起一聲輕笑。

「你家小媳婦才跑路呢。」遊春的目光癡癡隨著牛車遠去，聽到康俊瑭的話，不屑地回擊過去。

「哈哈，你要是捨得，就把這小媳婦讓給我吧，我覺得她還挺合我胃口的。」康俊瑭不怕死地笑道。

「滾！」遊春直接用一個字表態。

「那我滾啦，找我的小媳婦去嘍。」康俊瑭嘻笑著從樹上飄下來，一邊刺激遊春。

「那是你嫂子。」遊春冷著臉跟著來到地上，後面還跟著齊孟冬。

比起康俊瑭，齊孟冬還是很識趣地閉著嘴。

康俊瑭口中的小媳婦，那可是遊春心尖上的人物，康俊瑭能說得，可不代表他也能說。

再說了，康俊瑭所倚仗的也不過是和遊春相差不多的身手，至於他麼，只有找虐的分兒，還是識相點吧。

齊孟冬仰面研究起頭頂的樹葉來。

「生米煮成熟飯了嗎？」康俊瑭賊兮兮地靠近遊春。

「關你屁事。」遊春一掌拍了過去。

「就知道你不行。」康俊瑭輕飄飄地躲開，笑嘻嘻道。「要是換了我，人命都搞出幾條了。」

遊春黑了臉，一閃身就到了康俊瑭身前，冷冷地瞪著他。「康俊瑭，要是再讓我聽到一句誣衊她的話，兄弟都沒得做。」

不得不說，這還是康俊瑭頭一次看到遊春這副臉色，不由一愣，有些無趣地說：「呃……不說不笑不熱鬧嘛，怎麼就當真了……」

「哼。」遊春直接還了他一個白眼，轉身往大祈村走去。

「重色輕兄弟的傢伙。」康俊瑭在遊春後面扮了個鬼臉，倒著退到齊孟冬身邊，手勾住他的肩。「小冬冬，還是咱們哥兒倆好吧。」

「誰是你小冬冬！」齊孟冬整個人一抖，一手拍開康俊瑭的手，急急追上遊春。

「你們兩個沒良心的……」康俊瑭跟了上去。「哼，一會兒到了大祈村，看我怎麼破壞你們。」

「你試試。」遊春不理會他。

「我讓你拿不成證據、會不了佳人。」康俊瑭哼道。

「呿……」這次是齊孟冬。

「一會兒見了小媳婦，我就告訴她，你始亂終棄。」康俊瑭咬牙切齒。「好歹我也跟了你十幾年啊……」

這一下，遊春和齊孟冬不約而同踉蹌一下，這貨懂得始亂終棄是什麼意思嗎？居然這麼用……

「怕了吧？」康俊瑭嘿嘿笑著，一副小人得志的樣子。

結果，遊春和齊孟冬只用一種看白癡的目光回頭憐憫了他一下，就逕自把背影留給他。

康俊瑭站在原地瞪著兩人的背影看了很久，直到他們差不多消失在林間，才怪叫著衝上去。沒辦法，誰讓他好奇遊春今夜要拿的證據是什麼呢？

一路晃晃悠悠地到了家裡，祈祝等人已經把家裡家外都收拾一遍，九月還沒開口，祈望便過來拉住她。

「九月，房間都收拾出來了，妳就別回那邊去住了。」

祈望說的是小草屋。

「我等著五姊夫給我找工匠修房子呢，自然沒想要回那邊去住。」九月笑了笑，順勢點頭。

「那就好。」祈望笑得兩眼彎彎。

牛車上的家當，有祈稷等人在，很快就安置妥當。

一家人略歇了歇，九月便提了修房子的事，楊大洪道：「阿稷認識的人多，讓他給妳尋幾個匠人來，木匠的活兒就交給我。」

「沒錯沒錯，這事交給阿稷準沒錯，包准給妳辦得好好的。」余四娘又冒出來，拍著胸脯替祈稷應下。

九月笑而不答。

「九月想建什麼樣的？」祈稷沒理會余四娘，轉頭問九月。「木房還是泥坯房？」

「哪裡有賣磚瓦的嗎？」九月卻問道。

「有是有，就是貴。」祈稷微微有些驚訝。

「無妨，就用磚瓦，銀子我出。」郭老一直在堂屋裡聽著他們說話，這時也插了一句。

「不用，我自己出。」九月立即搖頭否決。

「也成，不夠我再添。」郭老微微一笑，絲毫沒有被拒絕的不快，甚至還有些欣慰，當年釵娘可不就是這脾氣嗎？

於是，九月和祈稷、楊大洪兩人又商量一些細節，翻修房子的事就此拍板。

九月負責繪圖、楊大洪負責木匠，祈稷總理全域，招募人手。

一邊的余四娘笑得合不攏嘴。

且不提余四娘如何想，眾人坐了一會兒，郭老便在顧秀茹的攙扶下回屋休息。

郭老的侍衛們只留下兩個，其他幾個消失不見，不過，誰也沒有去追問他們的下落。

楊大洪和祈稷也各自去準備，祈祝等人見家裡沒事，也紛紛回家備飯去了，都是上有老下有小的婦人，家裡還有一大堆事等著她們。

九月在祈喜的幫忙下，把東西送回房間。

她的房間就在祈喜隔壁，屋裡乾乾淨淨的，被褥全新，幔帳還帶著一絲屬於陽光的香味，櫃子、梳妝檯一應俱全。

「這些是爹早準備好的呢。」祈喜看出九月眼中的打量，笑著為祈豐年表功。「奶奶那時候同意接妳回來，爹就開始忙了，忙了幾天才把這些置辦全。」

九月勾勾嘴角。「有心了。」

換在之前，她還真說不出這樣的話。

祈喜眉開眼笑，拉著九月到床尾的屏風後。「這是爹特意給妳置辦的呢。」

屏風後是個大大的浴桶，浴桶下方有排水口，浴桶外有竹管通往外面，倒是與她原來用的一樣。

「這個是我看了妳房間的浴桶後，回來跟爹說的。」祈喜喜孜孜地邀功。

「妳也有心了。」九月挽著祈喜的手，轉出屏風後，這屋子，她很滿意。

「那是自然。」祈喜俏皮地吐舌。「妳先歇著吧，我去做飯。」

「我一會兒去幫妳。」九月點頭，她還得收拾一下包裹，有些東西可不能這樣直接扔著。

一番摸索，總算都安置妥當。

九月出了屋，直接往廚房走去，就在她要進入廚房的那一刻，她的後背被某個東西彈了一下，她忙轉身，身後卻空無一人，便是敞開的門口，也空蕩蕩的。

九月不由皺眉，低頭看了一下腳邊。只見腳邊掉著一個紙團。

九月再次瞧瞧四周，警惕異常又極迅速地撿起紙團，捏在手裡閃身進了廚房。

廚房裡，祈喜和顧秀茹正有條不紊地分工合作著，九月心繫這紙團，便笑著到了灶後。

「我來燒火。」

顧秀茹和祈喜也沒說什麼，反正要做的都快做好了。

在灶後坐定，九月趁著兩人沒注意，悄悄展開了那紙團。

紙團上，熟悉的字跡躍然紙上——盼草屋一晤。

「九月，在幹麼呢？火都要燒滅了。」祈喜一臉奇怪道，透過熱氣伸頭看向九月。

九月手一揚，紙團進了灶裡瞬間化為灰燼，接著折了些柴禾塞進去，一邊笑著解釋道：「我在想蓋房子的事呢，八姊，草屋的鑰匙給我吧，我想去看看，也不知道那邊能蓋幾間。」

「在這兒呢。」祈喜把水倒進鍋裡，蓋上鍋蓋，撩起圍裙擦擦手，在腰間摸呀摸的，摸出好幾把鑰匙，細細辨認一番，挑出其中一把遞給九月。

「我先去看看。」九月接過，站了起來。

「明兒再去吧，快吃飯了。」祈喜忙說道。

「我想早些丈量，晚上好畫圖呀，明兒得和五姊夫、十堂哥商量事情呢。」九月邊說邊往外走，遊春還在那兒等呢。

「早些回來，要開飯了！」祈喜在後面追著喊了一句。

「知道啦。」九月已到了院子門口，笑著回頭應了一聲。

只是可惜，她的好心情僅僅維持到院子外面。

一出門，看到坡下湧來的一干趙家人，九月的笑頓時僵住了。趙家人也看到她了。

這時，旁邊的院門開了，余四娘笑容滿面地出來，還沒走出兩步，就看到九月以及來勢洶洶的趙家人，她下意識縮回一隻腳，接著眼珠子一轉，整個人便跳出來，衝到九月面前，跟老母雞似的張開雙手，衝著趙家人大聲喝道：「欸欸欸——你們想幹什麼？想幹什麼？」

余四娘的聲音素來有魔音傳腦的效果，她又有心想在九月面前表現，這一聲吼自然是用上了吃奶的力氣。隨著她的話音剛落，身後幾個院子的門都開了，出來不少人。

祈稷這會兒還沒有回來，祈菽和祈黍剛剛進門就被這一喝驚了出來，他們原以為定是自家老娘又管別人的閒事了，沒想到出來一看，竟是為了九月。兩兄弟面面相覷，卻也不敢耽擱，轉身到院子裡抄了順手的傢伙，交代自家媳婦去報信的報信、管好孩子的管好孩子，接著便衝了出來。

至於祈康年家，祈稻今天出工還沒回來，他媳婦正在廚房忙著做飯，祈康年看到外面的情況，眼珠子一瞪，扯著陳翠娘就進了院子，雙手把院門一關，關得死死的。

祈黍和祈稷的脾氣有些相近，雖然對九月沒像祈稷那樣上心，可看到趙家人找上門來，他卻也當仁不讓，衝到前面就把手中的鋤頭一橫，怒目吼道：「你們想幹什麼？」

趙家人顯然沒想到祈家人反應這麼激烈，接連被余四娘和祈忝這麼一吼，他們的腳步不約而同地頓了頓。

趙老山的媳婦拖著孩子扶著婆婆走在最前面，兩人的眼睛都是紅紅的，腫得跟個核桃似的，顯然是得知趙老山的結果而哭的。

兩人只是一頓，便拖著孩子朝九月跪下來，根本不給九月說話的機會便痛哭起來。「祈家妹子，我們家老山一時糊塗才做了錯事，衝撞了妳，他不是有意的，妳就饒了他吧！」

九月抿著嘴，不發一語。

「什麼一時糊塗？什麼不是有意的？」

這會兒有個余四娘在，九月倒是省了不少事，余四娘跳著腳就指著趙老山媳婦的鼻子開罵——趙老山的娘到底比她長一輩，後面還跟著這麼多趙家人，她還是知道好歹的。

「依我看，他是預謀很久了，上一次你們把我姪女兒逼成那樣，她說什麼了？做什麼了？還不是好心好意幫你們家兒子治好了邪症？現在好了，居然反過來咬一口，人都跑鋪子門口潑髒水了，還好意思說不是有意的？難道那不是他幹的還是我家姪女作法讓他去的？」

「祈家妹子，求求妳，妳再饒了他這次吧，我相信他一定不敢再這樣了。」趙老山的媳婦哪裡是余四娘的對手，聞言只好縮縮脖子，可憐兮兮地看著九月哀求，說罷，還忙指揮自己的孩子給九月磕頭。

「快，快求求福女，求她放過你們的爹！」

第一百零二章

曾經，這個婦人對丈夫一片苦心，軟化了九月的心防，可此時此刻，面對同樣一個人的眼淚，九月心裡卻一片冰涼。

「同樣的蠢事，我不會做第二遍。」

九月推開余四娘，走到趙老山媳婦面前，居高臨下看著她冷冷說道：「妳曾在我面前保證過，他絕不會再找麻煩，妳做到了沒？」

「我……」女人頓時紅了臉，支支吾吾地說道：「我試過了，可是他不聽我的。」

「自家的男人都管不住，妳又憑什麼認為官老爺會聽我的話？」九月諷刺地勾勾唇角。

「妳要我饒了他，但妳可曾想過，我又能求誰饒了我？」

女人委頓在地。

「祈家九囡，得饒人處且饒人，都是鄉里鄉親的，何苦這樣撕破臉呢？」趙家人中一位老人說道。

九月瞬間抬頭，瞇眼看著老人，笑了。「老人家，您也知道得饒人處且饒人是什麼意思嗎？」

老人有些難堪，正要說話，袖子被趙槐拉了拉，他轉頭，見趙槐朝他直搖頭，湧上喉的斥喝只好嚥了下去。

「趙老山是自找的，活該有這樣的下場，他找麻煩的時候怎麼不說鄉里鄉親了？他逼人的時候怎麼不想想當初是誰醫好他的邪症？」

余四娘見九月占了上風，上前一步把她拖回來，張著手護在前面，對著趙家人便是一頓劈頭劈臉的大罵。

「這臉早就撕破了，現在人被抓起來了，你們不去求官老爺留情，跑這兒來鬧我姪女兒幹什麼？衙門又不是我們家開的，你們家趙老山倒楣也是他自找的，也不想想為什麼就他倒楣？為什麼我們村別的人都沒事？」

趙老山的媳婦和老娘被問得嗚嗚哭了起來，幾個孩子也一個勁兒地哭爹喊娘。

「嘖嘖嘖，瞧瞧、瞧瞧，我還沒說什麼難聽的話呢，就哭成這樣，不知道的還以為我們祈家人把你們怎麼了。」余四娘嫌惡地瞪著面前幾人，手指一伸就戳向趙老山媳婦的額頭。「妳說說妳這個女人，自家男人都要被送走了，妳還有心思在這兒哭，還不趕緊準備點東西給他送去，好讓他上路。」

總算，余四娘說了句人話。

九月有些意外地打量余四娘。

這時，村子裡已經聞訊趕來不少人，其中有大半是祈黍媳婦悄悄從後山繞過去喊來的祈家人。

「老山家的，妳想做什麼？」祈家的大家長被子姪們揹著到了，瞪著眼就把矛頭直指趙老山的媳婦。

「族長，這女人想逼我們家九月呢。」余四娘眼睛一亮，快步到了老人面前，嘰哩呱啦地把事情經過說了一遍。

「豈有此理！」祈家大家長聽罷，直吹鬍子瞪眼。「趙槐，還不把你們家這些丟人現眼的人帶回去？」

趙槐眉頭一皺，他是不想摻和這些事，更不想來，可是，不代表他能隨意被這樣呼來喝去。

「祈九月可是我們村裡的福女，你們就不怕得罪了福女遭菩薩降罪嗎？」祈家大家長喝道。

這次，趙家人的腳步不約而同地往後挪了挪，獨留趙老山一家，顯得無助而……

九月不耐看這些，她想走，可是還沒邁開步伐，就被余四娘高亢的聲音給拉回注意力。

「沒錯，這可是福女，菩薩保佑的福女，難道你們忘記了？之前趙老山一家人是怎麼中邪的嗎？那就是菩薩降罪啊！」

九月聽罷，頓時滿頭黑線。

郭老等人自然也聽到外面的動靜，祈喜原本拿著鍋鏟就要衝出來，被顧秀茹死死攔下。

直到這時，郭老久久沒見九月回去，便派了個侍衛出來，這侍衛便是那日丟開余四娘的那個，此時腳下生風地過來，衝著九月便單膝著地行了個大禮。

「九小姐。」

余四娘看到他就發怵，忙往邊上躲。

九月也極驚訝，平日話都不怎麼說的侍衛這會兒為何如此鄭重其事？不過，她還是配合地點頭。「免禮。」

侍衛起身，恭敬地對九月說道：「主子傳話，若還有人就趙老山一事糾纏不清，著屬下立即傳令知府，將趙老山改判斬立決，請九小姐示下。」

啊！

眾人大驚，祈屠子的老泰山到底什麼身分？居然能令知府立即改判……這、這……這著實超出他們的想像，同時也恍然大悟，這趙老山被判了流刑，只怕真的是老人心疼自家外孫女做的事了。

「沒想到周師婆竟然這麼沒福氣，沒有當官太太的命呀。」

「誰說不是呢，祈屠子那媳婦也是個沒福的，現在倒是便宜了幾個小的。」

「對對對，祈屠子可不止一個女兒，除了祈喜和九月，還有大祈、三夢、五望呢。」

「還好，這幾家與我們家都沒什麼……」

圍觀人群交頭接耳起來，有人聽到這話，紛紛回憶起自己平日裡有沒有得罪這幾家人，也有人琢磨著如何和這幾家人打交道，說不定還能沾些好處。

「這兒交給你了，我還有事，先走一步。」九月看也不看仍跪著的趙老山一家人，丟下一句話給侍衛，自己撥開身前的余四娘，穿過人群，下了坡。

這一次，沒有人攔著九月，她很順利地下了坡，在眾人的目光下往曾住過的小草屋走去。

祈老太給她的這片地除了河對岸，這塊長滿荒草的也是，如今要蓋房子，倒是可以把這邊也圍進去，這樣倒是可以建成三進的院子。

此時已是黃昏，夕陽西斜，映得半邊紅霞，九月沐著霞光，邊走邊想著房子如何增建、後面的竹林又要怎麼處理，之前那點不愉快的事瞬間被她拋到腦後。

過了橋，九月停在門前，她收回思緒先打量周圍一番。

原先的菜園如今已經被挖得面目全非，地裡連根草都看不見，更別提之前她種的那些菜了，另一旁費心挖鑿的蓄水池也被破壞了，支撐的木架子塌陷下來，落了一層葉子。不過，池邊的小草倒是冒出頭，顯出一片淺淺的綠。

九月心裡有些惋惜，不過她今天可不是為這些而來的，於是，飛快地掏出鑰匙，打開了門。

沒有了主人的呵護，屋裡已積了一層灰塵，不過屋裡的擺設依舊，小機關也是依舊。九月走進去，也不費心去解這些機關，她一會兒還要回去，拆來拆去的太過費事了。

此時，屋裡空無一人。

「嗨，美女，妳在找我嗎？」一個紅色的影子就在九月顧盼間出現在門口，他一手撐著門，一手撫著自己的鬢角，猛眨著桃花眼朝九月放電。

康俊瑭？

九月心頭的不安頓時消散，這傢伙能在這兒，必定是遊春帶來的。

「讓開！」果然，康俊瑭的身後響起遊春的聲音，接著康俊瑭被人一腳踹中屁股，他怪叫一聲撲進屋子，眼看著就往九月設下的小機關衝去——

九月瞪大眼睛，有些擔心……

只見一個木桶從裡面彈出來，衝著康俊瑭砸去，康俊瑭怪叫著一挪腰，木桶便直直衝著九月來了。

九月嚇了一跳，不過緊接著她便被遊春攬在懷裡，那木桶也被遊春單手接下。

遊春絲毫不擔心康俊瑭會受傷，把外間留給齊孟冬收拾，直接攬著九月進了灶間，把木桶往邊上一放，撫著九月的肩上上下下打量一番。

九月伸手任由他打量，笑盈盈地抬頭迎視他。

「那些人怎麼又為難妳了？」遊春確定她沒事，才鬆了口氣，皺著眉撫上她的臉。

「是趙老山家裡的人。」九月搖搖頭，有些不好意思，外面還有人呢，她都能察覺到康俊瑭那閃閃發亮的八卦之眼。她伸手拿下他的手，看到他微眯的眼睛，忙把事情說了一遍，轉移注意力。

遊春抿著唇，一臉寒意。

「好了啦，那事有我外公呢，他會擺平的。」九月可不希望難得的見面就在這種氣氛中過去，當下伸手揉向他的眉心。「別老皺著，都成川字了。」

遊春被她這麼一揉，再大的氣也消了。

「你是來找我爹的嗎？」他這樣神神秘秘的還帶了兩個幫手，肯定不僅是為了看她的。

「嗯。」遊春老實點頭。「妳家有兩個高手，我們不想正面和他們對上，只能來這兒了。」

「你就不能光明正大地來啊？」九月挑眉，他都和她外公還有四姊夫合作過了，還藏著掖著？

「我擔心……」遊春有些無奈。

「擔心什麼？」九月不高興地瞪著他，戳著他的胸口。

「那是我外公的人，而且你這次表現那麼好，他還能為難你嗎？還是你想就這樣一直偷偷摸摸下去？」

「當然不是。」遊春一聽，生怕她真的這樣想，忙抓住她的手。「聽妳的，我明兒就登門拜見伯父。」

「這還差不多。」九月白了他一眼，順帶拍開了他的手。

「明兒，我去提親。」遊春也不介意外面還有兩個聽壁角的，湊到九月頸邊輕笑著說：「好好在家等我。」

「喂……」九月頓時睜大眼睛。「我可沒說讓你來提親，我只說讓你光明正大地去找我爹。」

「知道啊，明兒我一定光明正大地帶著聘禮上門找妳爹提親。」遊春笑得低沈，他越來越覺得這個主意真不錯。

「不是……」九月大窘，外面還有兩個人呢，他就敢這樣說。

「九兒。」遊春卻一臉委屈幽怨地看著九月。「妳不願意嫁我為妻嗎？」

「不……」九月氣結，她哪裡是這個意思呀？可遊春不給她反駁機會，繼續作傷心狀。「不願意嗎？」

呃……九月心裡莫名一慌，正要安撫，突然瞄到他勾起的唇角，頓時眯起眼，手指一戳。「打住！」

遊春無辜地看著她。

「是不是那姓康的小子教你的？」九月惡狠狠地問，儘管她知道那姓康的小子就在她身後。「你再這樣，明天乾脆別來了。」

「不是……」風水輪流轉，這下輪到遊春慌了。

「什麼不是？」九月瞪著他。「還有上次，又是送花又是點蠟燭，你敢說不是那小子的主意？」

「呃，是……」遊春訕訕地瞄了外間一眼，果然就看到兩個偷笑的人，不由遷怒地瞪了他們一眼。

「學什麼不好學這些，害我被我二姊、四姊盤問半天，哼。」

「她們都說什麼了？」遊春忙問道，那天回去他可沒少揍那小子，只不過他們實力相當，揍得不怎麼成功罷了。

「反正就是不看好我們嘍，還能有什麼。」九月嘆口氣，忽地目光一轉，手已停在他腰上。「你是不是得罪我四姊了？」

遊春苦笑。

「真的有啊？」九月頓時睜大眼睛。

「之前我去過她家，她對我促成火刑之事很不滿。」遊春也不瞞她，簡單提了那天的事。「沒事，這些都交給我，我會說服她們的。」這也是他的決心。

「那我回去了。」九月滿意地點頭。「你們當心些。」

「嗯。」遊春依依不捨，心裡暗嘆，早知道不帶那兩個傢伙了，現在好了，想親近一下都不能。

九月沒有猶豫，轉身往外走。

「怎麼就回去了？」

經過門邊時，齊孟冬還算給面子，背對著九月，假裝研究那竹牆是怎麼建的，而另一個同樣偷窺的康俊瑭卻無比騷包地笑出一口白牙。「是不是我們在這兒不好意思了？那我們出去，你們繼續啊。」

說著還朝九月擠眉弄眼一番，伸手要去拉齊孟冬。

九月無言地打量康俊瑭一番，突然甜甜地笑了。「那好吧，慢走，不送。」

而她的另一隻手已經撫上門框，上方有一條繩子，繫著一個裝了水的木盆。只是不知道這機關許久沒用，還行不行。

九月只是輕輕一勾，就飛快地跑進廚房，那牆上的線被她勾了出來，頂上的木盆便砸落下來。

康俊瑭的身手極好，他瞄到頭頂有東西直直砸落，也不在意，逕自用手肘去擋，結果……

「嘩啦——」美麗的火雞成了落湯雞……

倒是齊孟冬機警，早早就甩了康俊瑭的手遠遠避開了，只濕了一片衣袖。

「嘶——」九月這才探出頭來，作怪地倒吸了口涼氣，還故意抱著雙臂抖了抖。「好冷呢……」

「啊……呸！」康俊瑭被這突襲嚇得一愣一愣的，這會兒才鼓著腮幫子吐了一口水，伸手抹去臉上的水，指著九月道：「遊少，也不管管你的女人！」

「活該，爺的女人也是你能調戲的？」遊春來到九月面前，將她整個人護在身後，側頭笑著打量康俊瑭。

「你個重色輕兄弟的傢伙！」康俊瑭無奈道。

九月看得歡樂，這比女人還要美麗的康少，這會兒縱然被水淋得濕透，也不顯得狼狽，反倒越發妖媚，紅色錦衣緊貼在身上，顯露出頎長卻不清瘦的身材，黃金比例的倒三角……

遊春一轉身，摟著九月往外走，這個女人真大膽，居然當著他的面就對別的男人流露出欣賞的目光。這種事，他得杜絕！

於是他一邊隔絕那危險的源頭，一邊柔聲哄道：「先回家吧，出來久了他們會擔心的，明兒乖乖在家等我。」

「嗯。」九月點頭，目光自然而然停在遊春身上。

康俊瑭身材再好，到底也顯得陰柔了些，還是自家男人看著順眼，不過他們三個整天混在一起，康俊瑭那外貌又……會不會出事？

當下九月眼睛一瞇，停下腳步揪住遊春的衣襟，低聲說道：「不許你離他太近。」

「嗯？」遊春納悶地看著她。

「就是他。」九月在他懷裡指指康俊瑭，努了努嘴，嘀咕道：「太危險了。」

「危險？」遊春還是聽不懂。

九月翻了個白眼，鬆開攥著衣襟的手，用手肘拐了一下他的腰，沒好氣地說道：「沒看見他比姑娘家還漂亮啊？」

遊春和她分開這麼久，早就懷念這種親近了，同時，他也後知後覺地聽出九月的警告是什麼意思，不由噴笑，意味不明地朝康俊瑭瞄了一眼，湊到九月耳邊低語道：「放心，只有妳才可以近我的身。」

「不理你了，我走了，自己當心點。」九月連耳根子都紅了，臨走前，一記風情萬種的白眼勾走了某個相思成災的男人的心。

第一百零三章

回到家，所有人已經散去，顧秀茹和祈喜已經做好飯，這會兒也不知去了哪裡，院子裡和堂屋都空蕩蕩的。

九月進了門，沒見著人，便直接往祈老頭那間屋子走去——他病著，身邊自然是不會缺人的。

果然一進門，就看到祈喜端了盆水，拿著布巾正細心地幫祈老頭洗臉擦手。

「回來了？」祈喜看到九月進門，抬頭招呼一聲。

「嗯。」九月點頭，到了她身邊，看著床上的老人。「怎麼樣了？」

「剛餵了點藥，文太醫剛剛也把過脈，說是已經穩定了，接下來只能多多靜養了。」

祈喜擦完老人的手，又換了一條布巾，擰了熱水給老人焐腳，絲毫不嫌棄那氣味，反倒讓九月出去。「九月，先出去吧，飯已經好了，一會兒就開飯了。」

「沒關係。」

九月搖頭，坐在床邊陪著，伸手理了理老人的被子。她沒那麼嬌弱，事實上，前世主持喪禮時，遇到多少悲傷過度的老人，她又不是沒照顧過。

一刻鐘之後，祈喜做完所有的事，為老人重新蓋好被子，端起木盆，姊妹兩人同時退出來。

倒水、洗手，做完後，顧秀茹已經扶著郭老出來了，祈豐年跟在後面，邊走邊和郭老說話。

剛吃完飯，祈康年和祈瑞年相攜而來。

郭老也不是那管閒事的人，加上對這兩兄弟也沒什麼好感，看到他們進來，只是點點頭，就讓顧秀茹扶著出去散步了，兩個侍衛自然陪著。

九月對這兩個叔叔也沒好感，就幫著祈喜收拾碗筷去了廚房。

「一個一個的……」祈喜站在廚房門口，看著堂屋嘆了口氣，語氣間很是不滿。

「怎麼了？」九月挽起衣袖，往鍋裡添了幾瓢熱水，開始洗碗。

「爹原先把爺爺送到二叔那兒的時候，他就一直推拖，說什麼二老本就應該由老大養，一頓不情願的話；三叔呢，又說之前奶奶都是住在他家裡，如今怎麼也輪不到他照顧爺爺了。他也不想一想，奶奶那時候在他家幫了多少忙？便是後來他家得的也是最多的，他這會兒還說這樣的話，還不是看著爺爺老了，做不動事了。」祈喜難得在背後說人，面對的又是最親近的九月，一張嘴便停不下來。

「他們也不想想，家裡這些田地房屋都是誰置辦的，可結果呢？我們家除了這房子，什麼都沒有。」

「那他們說的那田地是怎麼回事？」九月問道。

「是爹主動說的，他說只要二叔答應照顧爺爺終老，我們家餘下的田地全歸他家。」祈喜的情緒頓時低落下來。「一樣是兒子，為什麼就非得老大照顧老人呢？」

「為人子女，贍養老人是應該的。」九月安撫地朝祈喜笑了笑。「妳也別這麼生氣，他們不養爺爺，我們養唄。」

「我不是不願意照顧爺爺，這些年奶奶眼中只有孫子、只有爺爺，時常來看我，偷偷給我東西吃……」祈喜紅了眼圈。「可是爺爺對他們也很好啊，他們還是親兒子呢，怎麼就這麼心狠……」

「好啦，管人家做什麼呢，我們做好自己的就行了。」九月擦擦手。「田地沒了就沒了，我們有手有腳，還有鋪子，可以自己掙，這天底下沒田沒地的人多了，他們還不是一樣活得好好的嗎？」

「我就是不服氣嘛。」祈喜嘟嘴。「他們既然不照顧，為什麼還想著我們家的田地？妳瞧著吧，他們今晚過來，肯定沒好事。」

「妳什麼時候學會算命了？」九月好笑地用手肘推推祈喜的腰。「別瞎想了，費那腦力幹麼？再說了，就算二叔昧下了那些田，也是給大堂哥的嘛，大堂哥人不錯，給他就給他好了。」

「也對……」祈喜側頭想了想，倒是笑了。「大堂哥人最好了，奶奶分地的時候都是按孫子人數分的，大堂哥一句多餘的話都沒有，二嬸也沒說什麼，倒是三嬸，得了便宜還想撈更多。」

九月只是笑，想起今天祈康年夫婦倆躲回院子裡的事，二嬸與許人不錯，就是淡漠了點，不過她自己這性子也差不多，倒也不覺得反感。

兩人閒聊一會兒，收拾好廚房，燒好了熱水，堂屋裡的三兄弟還沒散會。

「走，聽聽去。」祈喜有些按捺不住了，拉著九月就出去。

到了簷下，就聽到祈康年說道：「大哥，這麼多年了，你的難處我們也知道，可三弟家一堆孩子要養，我們家也不輕省啊！再說了，等八喜和九月嫁出去，你一個人在家也冷清不是？爹在你這兒，你也有個伴，你要是照顧不來，就買個丫鬟，錢好說，三兄弟分攤就是了。」

「聽聽，他都說的什麼話。」祈喜一聽就皺起眉。

「噓！」九月拍拍祈喜的肩，笑著搖頭。

「二哥，大哥那幾畝地，我可一分也沒撈著，憑什麼讓我出啊？除非你把地拿出來，我們幾個分分，那買丫鬟的錢，我就出。」祈瑞年不服氣地嚷嚷。

「那是大哥給我的，跟你有什麼關係？」祈康年反駁。

「大哥給你田地是讓你照顧爹，現在爹不是在大哥這兒嗎？」祈瑞年的聲音比祈康年還要大聲。

「我又沒讓大哥把爹接走，是他自己不顧反對把爹抬回去的。」祈康年冷哼著。

由始至終，都沒有聽到祈豐年開口。

「反正我不出這錢，娘生前，爹娘都是住我家，我已經盡到責任了，現在也該輪到你們了。」祈瑞年很賴皮地攤牌。

「你還好意思，爹娘那時候幫了你家多少事？要不是爹娘，就你們這對懶散公婆能養得活這麼多孩子？現在好了，爹老了，你就丟出來不管了是吧？」祈康年也提高聲音。

「又不是我趕他出來的，是他自己要跟著大哥過的！」接著傳來摔凳子的聲音。

「你要是待爹好一點，他能不想待嗎？」祈康年不甘示弱。

「你待爹好？你待爹好怎麼不照顧他？他也是你爹，憑什麼還要大哥給你貼補田地？」祈瑞年顯然對這幾畝田地耿耿於懷，口口聲聲地揪著不放。

「我……」祈康年還待辯駁。

「夠了！」祈豐年終於爆發了。「都給我出去！」

「大哥……」祈康年和祈瑞年見祈豐年發火，還是有些畏懼。

「都給我滾！」相較於他們兩個，祈豐年的聲音壓抑許多，也冷洌許多。「爹自有我照顧，你們的銀子，我也不要，那些田，你們愛怎麼分怎麼分，以後我這門，你們也甭進來了，滾！」

「大哥，你這說的又是什麼話，我們是兄弟……」祈瑞年委屈道。

「我沒你們這樣的兄弟。」祈豐年狠道。「都出去，出去出去！」

接著，祈康年和祈瑞年就被推出來，兩人還待辯上兩句，一回頭就看到九月和祈喜，不由尷尬，腳下一緩，便被祈豐年推到臺階下。

「從今兒起，我沒你們這樣的弟弟，爹的生老病死，也不用你們操心，滾出去！」祈豐年沈著臉看著兩個弟弟。

「大哥，我們……」祈康年覺得很難堪。

祈瑞年看到九月，頓時想起余四娘的話，大丈夫能屈能伸，那幾畝田地不要也就不要了，要是能和這個姪女打好關係，不怕家裡不興旺，想到這兒，他順勢就轉了話鋒。

「大哥，那我們先回去，買丫鬟的銀子，我一會兒給你送過來。」

「不稀罕。」祈豐年理都不理他，直接轉身進了屋子，剛剛這兩兔崽子說話也不知道控制一下，也不知道老頭有沒有聽到？會不會出事……

「大哥……」祈康年還有些不服氣，在後面扯著脖子喊。

「二叔、三叔。」九月淡淡地開口。「請回吧，爺爺的病剛剛穩定些，不能受刺激。」

祈喜早就看不慣他們的行為，不滿地說道：「二叔、三叔，請放心，爺爺這兒也不用請丫鬟，有我們照顧就是了，這銀子，留著自己用吧。」

祈康年和祈瑞年到底沒有多說，灰溜溜地走了。

九月和祈喜去看望祈老頭，屋裡，祈豐年搬了一張門板，擺在老人床邊，看樣子是想留在這兒照顧老人了。

「咦？原來不是找了兩個小廝嗎？怎麼都沒看到？」九月才想起自己原本讓張義找了兩個小廝小虎、阿德過來。

「讓我趕回去了，我又不是缺胳膊少腿，用不著人伺候。」祈豐年抱著一床被褥往木板上鋪。

「明兒讓他們回來。」九月皺眉，祈豐年年紀也不小了，哪能禁得起熬夜，別一個沒照顧好，另一個又倒下了。「爺爺這兒可離不了人呢。」

「好吧。」祈豐年抬頭看看她，竟沒有反對。

這兒有祈豐年照顧著，祈老頭暫時也挺安穩，家裡又住著一位大夫，九月和祈喜也沒什麼可擔心的，直接回屋洗漱休息。

第二天一早，九月睜開眼睛的時候，天已亮起來，村子裡遠遠的傳來雞啼聲，偶爾夾雜幾聲狗吠，此起彼伏，給這座山村的清晨注入了無限生機。

九月起身，整理好被鋪，開了櫃子拿衣服，她的衣服不多，來來去去也就那麼幾套，這還包括遊春買的那兩套。

想了想，九月還是拿出那套沒穿過的淺藍衣裙，想到今天他就要上門提親，心裡竟也多了一分期待緊張。

到了院子裡，郭老已經起來了，這會兒正在院子裡拉開架勢練拳，祈豐年站在一邊看得認真。

顧秀茹和祈喜自然是在廚房忙著做早飯。

九月先去廚房打了熱水洗漱一番，問了祈喜，知道還沒給祈老頭洗漱，便打了一盆熱水進祈老頭的屋子。

屋裡的被鋪已經收拾乾淨了，木板也豎立在牆邊。

祈老頭安然地躺著，似乎睡著了，九月輕手輕腳地過去，把木盆放在凳子上，略略俯身喊道：「爺爺，醒了嗎？」

她只是試著喊一喊，沒想到祈老頭的眼皮真的動了動。

「爺爺，我是九月，您記得嗎？」九月心裡一喜，還好，能這麼快有意識，說明恢復有望。

九月還發現，他的手指也動了動。

「您記得呀。」九月一臉高興。「我幫您洗臉，灶上還給您熬了些米湯，文大夫說了，您的病不嚴重，好好調養的話，很快就能好起來，文大夫可是宮裡的太醫，醫術好著呢。」

祈老頭的嘴巴動了動，不過，始終沒有睜開眼睛。

九月當然不會傻到等著祈老頭回話才幫他洗臉擦手，說完就挽起袖子絞帕子，開始給老人洗臉。

她不知道的是，此時此刻，祈家院子的坡下已經停了一輛馬車。

遊春特意換了一身新布衣，帶著兩個隨從提著禮物上門來，隨行的還有齊孟冬，至於那個妖孽般的康俊瑭，這次卻沒有跟來。

祈家的院子大門敞著，遊春等人到了門口，便看到在院子裡活動的郭老以及旁觀的祈豐年。

「見過郭老、見過祈伯父。」遊春站在門口，朝郭老和祈豐年拱手行禮，恭恭敬敬，禮數十足。

祈豐年愣了一下。「你是？」

「晚輩遊春，今日特來拜見伯父。」

祈豐年的臉色頓時變了，目光複雜地打量遊春一番，點點頭。「進來吧。」

「進來吧。」郭老平息收式，他也挺好奇遊春的來意，比起祈豐年，他顯得和善多了，笑咪咪地朝遊春揮揮手，大步走在前面。

遊春和齊孟冬跟上去，兩個隨從送上禮物後退了出來，到門口站崗，和郭老的侍衛兩兩相望。

祈家的堂屋裡除了一張長條供案，便只擺了一張四方桌、四條長凳。

祈豐年進門後倒是沒有急著入座，一來他在猜測遊春的來意，二來他還沒有糊塗到忘記這兒還有他的老丈人。

「都坐吧。」郭老看看祈豐年，又看看遊春，暗暗好笑，坐下後順勢便踢了一條長凳到遊春面前。

祈豐年眼皮子也沒抬，坐在郭老下首，心裡已波濤洶湧。

那個意外的夜晚在他心裡浮現，那人臨終的囑託、他手下滾落的顆顆遊家人頭、十六年前九九重陽夜的驚魂……一幕幕重現……

遊春和齊孟冬對視一眼，拖了長凳坐在祈豐年對面。

饒是遊春經歷過無數大大小小的場面，此時此刻竟莫名緊張起來，那雙曾被九月認為永遠溫暖乾燥的手掌在不知不覺間已然潮濕，他在膝蓋處揉了揉，鼓起勇氣抬起頭，然而正當他想要說明來意的時候，郭老卻朝他咧咧嘴，搶在他前面說話了。

「九月，有客人來了，上茶。」郭老是故意的，說這話的時候，他笑咪咪地一直看著遊春。

游春的心一下子提起來，目光開始搜尋九月的身影。

沒一會兒，祈喜端著茶水從廚房跑過來。「外公，九月不在呢。」說罷，斟了茶送到幾人手裡，她不認得游春，可她見過齊孟冬。

「咦，齊公子，你怎麼來了？」

「有點事。」齊孟冬笑著道謝，雙手接過茶杯。

「你們吃早飯了沒？灶上正做著呢。」善良的小姑娘稟著上門便是客的想法，熱情問道。

「還真沒，早上出來急了。」齊孟冬不好意思地笑了笑。

可不是嗎？天還沒亮，身邊這位仁兄就把他從被窩裡拽出來了。還是康俊瑭那小子命好呢，雖然被揍了一頓，可今天也能睡得舒服了。

「那正好，就一起吃吧。」祈喜說罷，便又退出堂屋跑去廚房。

「兩位今天來，是有什麼事吧？」郭老喝了幾口熱茶，又想到九月終身有託，整個人都舒暢了，主動幫了游春一把。

游春喝了一口茶，倒是把小小的緊張壓了下去，見郭老問話，忙順勢說道：「郭老、祈伯父，晚輩今天是特意上門提親的。」

「等……等等，你剛剛說什麼？」還陷在回憶裡的祈豐年頓時愣住，他無比驚訝地看向游春。

「祈伯父，我今天是來向九兒提親的。」遊春這次連目標人物都明確說了出來，開了這個口，他反而淡定下來，男子漢大丈夫，沒有這點臉皮的話，怎麼抱得回自家媳婦？

「你……和我們家九月？」祈豐年還處於自己的思路中沒出來。

「是。」遊春認真點頭。

「可是……」可是什麼？祈豐年自己也不知道，他的注意力只停留在——有人向他女兒提親了，他該怎麼辦？

第一百零四章

九月替祈老頭洗完臉擦好手，又幫著按了按腿部的穴道，才端著水出來，剛剛用肩膀撩開布簾轉到堂屋，便看到堂屋裡坐著的遊春，眼中不由湧現驚喜，同時也看到遊春溫柔的笑容。

「咳咳……九月啊。」郭老側頭看了看九月，故意清咳兩聲。「有人來向妳提親了，妳看這門親事如何？」

九月大窘。

「哈哈——」看著一向淡定的九月紅著雙頰端著木盆落荒而逃，郭老開心地大笑起來。

遊春看到九月出來，心下歡喜，也不計較她逃跑的舉動，寵溺的目光直追隨九月進了廚房，才轉頭看向郭老和祈豐年，等著兩人的答覆。

「你……為何要娶我家女兒？」祈豐年糾結了半晌，總算找回自己的聲音，他要弄清楚遊春的真正目的才能考慮這件事，畢竟他和遊家還有那樣一段過往。

「九兒蕙質蘭心、溫良賢淑，此生若能結髮共白頭，是晚輩的福氣。」

遊春想了想，還是選擇了最能讓老人家接受的詞，畢竟是九月的外公和父親，難道能告訴他們，他和九兒差不多已有夫妻之實？

「你是哪裡人？今年多大了？」遊春提親沒有找媒婆，這些問題便只能問本人，這會兒祈豐年倒是不糊塗了。

「晚輩祖籍是源縣，後因緣際會落戶京都，今年二十有六了。」遊春老老實實地交代。

「二十六？大九月十歲啊……」祈豐年皺了皺眉，有些不滿意，他還記得九月為祈喜那事把他臭罵了一頓呢。

「這不是重點。」郭老適時地插了一句。「遊春吶，你和九月是怎麼認識的？」

這點他的人無論怎麼查都查不到，只說遊春曾在落雲山出現過，後來卻是音訊全無了一段時日，而這段時日中，正是遊春和九月遇到他的時候，那時他們可是假扮夫妻啊……

「那日晚輩遭仇家截殺，險些喪命，誤打誤撞之下遇到了九兒，是她救了我。」遊春也不隱瞞了，那日在祈巧家中他沒有提這些，可這會兒面對的是老丈人，自然要老老實實坦白了。

「什麼？你養傷的時候就住在她那兒……」祈豐年大吃一驚，騰地站了起來，走到門邊看了看外面，除了遠遠站著的四個人，還好，再沒有別人。

「我與九兒兩情相悅，她在我心裡，早已是我的妻。」遊春跟著站起來，拱手行禮。

「請伯父成全。」

祈豐年一聽，目光瞬間掃向遊春，眼神竟有些凌厲。

他的心情再次激動起來，他無法肯定遊春對九月是不是認真的，甚至還懷疑遊春根本就是利用九月來報復他的。

「你跟我來。」可此情此景，有些事不適合問，祈豐年瞪著遊春一會兒，忽然轉身往房裡走去。

遊春有些驚訝，目光投向郭老。

「去吧。」郭老笑得高深莫測，隨意地揮揮手，端著茶杯又抿了一口，朝齊孟冬問道：「小伙子，你可會下棋？陪老夫下一盤如何？」

「遵命。」齊孟冬自然奉陪，笑呵呵地站起來，至於棋子，自有侍衛送上。

遊春忙跟進去，等他一進門，祈豐年便關上門，低低地問道：「你是遊尉君遊大人的兒子是不是？」

遊春微訝，他今天沒想提這些事，沒想到竟是祈豐年先提的，當下點點頭。「是。」

「你找上我女兒是為了什麼？她什麼都不知道。」祈豐年不淡定了，可他也不敢大聲說話。

「伯父，我對九兒是真心的。」遊春忙辯解。「我與她相識時，並不知道她是您的女兒，便是如今，我也沒想過要利用她對您做什麼。」

「當真？」祈豐年深深懷疑。

「千真萬確。」遊春鄭重點頭。

「可是你的爹娘、家人都是我親手砍的頭，你不恨我嗎？」祈豐年仍是不放心。

「您只是奉命行事，我爹娘的冤情不是您造成的。」遊春嘆了口氣，曾經他也是恨過的，可後來便漸漸淡了，更何況他是九兒的爹。

「前幾天，她求過我。」祈豐年移開目光，有些疲憊地走到床邊坐下，然後指了指對面唯一的一張凳子，示意遊春也坐下，顯然想長談。「她說，你過得不容易，求我幫幫你……她頭一次和我說那麼多的話。」

「這十六年，我一直在尋找線索，沒想到您竟然就在我身邊，要不是九兒告訴我，我……」遊春嘆了口氣，又怕祈豐年誤會，忙補道：「不過，我今天來不是為了這個，我真的是來提親的。」

「你是覺得只要你娶了我女兒，成了我女婿，我就會幫你了嗎？」祈豐年說這話時聲音有些低沈，語氣中帶著某種危險。

「不是。」遊春果斷地否決。「我想娶九兒是發自內心的，無論以前的事與您有沒有關係，此生此世，非她不娶。」

祈豐年有些意外地抬頭看著遊春，在心裡分析著這些話的真假。

他知道，九月是真的與這小伙子兩情相悅，作為父親，他壓根兒就沒有阻攔的資格，如今他們能來徵求他的同意，是他們對他的尊重，可是，他忍不住還是要問個清楚明白。

「你是遊大人的公子，以你的家世，有的是好人家的小姐與你般配。」祈豐年想到一件事，卻又不好意思直接問。「我家雖然窮，卻也不能讓她做妾。」

「這些年，我四處經商去尋找線索，哪有什麼心思考慮兒女情長的事？」遊春笑道。「伯父，您放心，我無妻無妾，而且我們遊家有祖訓，凡我遊家子孫，不得納妾，我求娶九兒，自是娶她為妻，此生此世，只她一個。」

祈豐年眨眨眼，沒想到遊家還有這規矩，怪不得當年的遊老太爺和遊大人都只有一房妻室呢。

「連個屋裡人也沒有？」祈豐年在衙門混了那麼多年，那些同僚們閒著無事，比婆娘們還愛嚼東家長西家短的事，他聽得多了，自然也知道無數大戶人家裡面的八卦。

「沒有。」

「你真的能做到一輩子只守著她一個人？」祈豐年已經相信了，可他還是不放心地問了一句。

「我保證，這輩子只珍惜九兒一人，若有違背，便罰我孤獨終老，不得善終。」遊春舉著右手，無比真誠地立了誓。

豈料，他這一句卻刺中祈豐年的心。

「伯父。」遊春看到祈豐年的臉色一白，不由擔心地站起來，扶住祈豐年的胳膊。

「我沒事。」祈豐年坐了回去，好一會兒，才擺擺手，幽幽說道：「這門親事，我現在不能答應。」

「為什麼？」遊春大急，怎麼說了這麼多，竟是這個結果？

「你該知道你的仇人有多厲害。」祈豐年嘆口氣，抬頭看著他。「他們已經動手了，你能保證得到證據可以安然回到京都？回去之後，你又能保證送到可靠的人手上嗎？你能保證你能一舉拿下所有黨羽嗎？」

遊春看著祈豐年，在心裡反覆思考自己的安排，檢查有沒有遺漏。

「一個不測，你的安全便……」祈豐年嘆口氣。「我答應她要幫你，那證據本來就是你的，你如今來了，我自然不會不給你，但這門親事……我現在不能答應，除非你能安然回來。」

「伯父，我……」遊春無奈地喊了一句。

「好了。」祈豐年站起來，拍拍遊春的肩。「你明兒找個媒婆過來吧……」

「嗯？」遊春愣住了。

「沒有媒婆上門，誰知道你上門是來提親的？」祈豐年苦笑，為了一家老小的安危，為了把證據安然交到遊春手裡，他只能委屈九月了。「等明兒，我挑個黃道吉日，到時……」

到時什麼，祈豐年再沒有說下去。

祈豐年和遊春談了什麼，外面的人誰也不知道，九月等人在廚房更是不清楚，在聽了祈喜幾番打趣之後，最後，九月還被推出來上菜。

九月端著飯菜到了堂屋，齊孟冬和郭老正殺得起勁，祈豐年和遊春則剛好一前一後從屋裡出來，看到九月，遊春又是一笑。

九月莞爾，心裡也替他高興，同時又有些忐忑，到底這親事應了沒？

有客人在，又是衝著親事來的，九月等人自然不好到堂屋裡吃飯，便退在灶間，與祈喜、顧秀茹吃了頓早飯。

收拾完碗筷，楊大洪和祈稷上門來了。

看到守在門外的人又多了兩個，他們也只是多瞧了一眼，去堂屋給郭老和祈豐年見了禮，就直接跑到廚房來了。

「九月，人都聯繫好了，妳看，什麼時候動土？」祈稷興沖沖地問。
「這麼快？」九月一愣，她這圖紙還沒動手畫呢，就一個晚上，他們就聯繫好了？
「都離得近。」祈稷笑笑，自己動手舀了一勺清水灌下去，抹了抹嘴。
「那，先找人把那塊地兒清出來，我明兒就把圖紙給你。」九月自覺慚愧，他們都這麼盡心，反倒是她自己沒當回事。
「成。」祈稷和楊大洪點點頭。
「對了，我去取銀子，這外面的事，就勞五姊夫和十堂哥多多費心了。」九月忙站起來，準備回房取銀子。
九月快步回到屋裡，先取了三十兩銀子出來，經過堂屋時，裡面的目光齊刷刷地掃過來，九月似有感應般，一回頭就看到遊春的目光，不由自主地臉上一紅，加快腳步回到廚房，把銀子交給祈稷和楊大洪。
「姊夫拿著吧。」祈稷卻沒有伸手，指了指楊大洪。
「誰拿著不一樣嘛。」楊大洪卻看著他。
「這個……還是你拿著吧。」祈稷有些尷尬，撓了撓頭。「省得我娘……」
言下之意……在場的都明白了。
楊大洪咧咧嘴，接過九月的銀子。「那行，我拿著銀子，你幫我記帳。」
這個祈稷倒是沒反對。
九月笑笑，他們倒是知道帳目和現金分開管理，互相監督了。

祈稷和楊大洪兩人商量著今兒要找誰來清雜草、派誰去買磚瓦，誰的夯牆手藝最好，蓋房子用什麼磚，兩人說了一堆，得了九月點頭，便風風火火地出去了。

遊春得了祈豐年的話，竟也不急著走了，加上郭老和齊孟冬棋逢敵手，郭老更不放他們離開，遊春便喜孜孜地留下來。

他在一旁看著郭老和齊孟冬殺得天昏地暗，時不時便往廚房瞟上一眼，上揚的嘴角不曾落下。

「你們坐，我出去一會兒。」祈豐年陪坐了一會兒，他也不懂棋，坐著便有些無聊，站起來拍拍遊春的肩，出去了。

祈豐年一走，郭老和齊孟冬的注意力又都在棋盤上，遊春的心思便活絡起來，他出了堂屋，站在院子裡打量著屋子，當然，最重要的還是留意九月，今天過來，他還沒和她說上一句話呢。

「九月。」祈喜眼尖，看到院子裡獨自站著的遊春，趕忙提醒道。

「去吧。」顧秀茹也鼓勵著。

九月被顧秀茹瞧得，剛剛褪下的那點熱意又浮了上來，不過還是大大方方地出了廚房，走到遊春面前。「怎麼站這兒？」

「看妳。」遊春微微一笑，把那四個站崗的視若無睹。

九月抬眼看了看那四個站得跟木頭人似的侍衛，嬌嗔地橫了他一眼。

「妳爹不同意我提的事。」遊春心情極好。

「啊？」九月一愣。「為什麼呀？」

「他讓我明兒請媒婆來說。」遊春暗笑。

「啊？」九月更愣了。

「啊什麼？高興得不會說話了？」要不是這會兒站在院子裡，邊上還有那麼多雙眼睛，遊春早伸手把她下巴給抬上了。

「呿……」九月撇撇嘴，卻也沒忍住笑。「不理你了，我還有事呢，就不奉陪了。」

「幹麼去？」遊春哪會被她三言兩語打發，反正郭老是知道他和她的關係的。

「我準備把草屋翻修一下，五姊夫和十堂哥都幫我把人找好了，我這圖紙還沒畫呢。」九月的聲音很低，不經意間，也帶著以往那絲絲撒嬌的意味。「我得抓緊把圖紙畫出來。」

「那我幫妳。」遊春跟在她後面。

「那可不行，被人看到要說閒話了。」九月嚇了一跳。

「嗯？」遊春不悅地挑眉，看著她不說話了。

「好啦，我去把東西拿出來，擺張小桌子在院裡。」他這表情，她再熟悉不過，於是忙改口。

「行。」遊春滿意地點頭。

九月只好回屋取了筆墨紙硯，又跑去廚房端了那張小方桌，擺到院子裡。

祈喜貼心，跟著送上兩張小凳子，回到廚房，顧秀茹已經沏了兩杯茶，示意祈喜送出來。

「我爹怎麼說呀？」九月鋪開紙，頭也沒抬，低低地問。

「我也有些不明白他的意思。」遊春和她同居可不是一天兩天，默契極好，伸手幫著磨墨，說話聲也和她一樣，低低的，甚至連嘴皮子都沒動。「他說不同意我們的親事，還主動說把證據交給我，最後卻又讓我明兒請媒婆上門。」

九月眨眨眼，笑了。「那你就聽他的唄。」

「他不說我也會這麼做，一次不同意，那就第二次，一直提到他同意為止。」遊春抬眼盯著她。「我和伯父說了，非卿不娶。」

九月心裡一甜。「什麼時候你也變得這樣油嘴滑舌了？」

「妳不是早就知道了？」遊春的眸變得深邃，意有所指地看向她的唇。

九月警告地瞪了他一眼，又飛快地瞄了廚房以及那四人一眼，兩世為人，竟還禁不住他這一眼，真真有些丟臉了。

九月決定不搭理他，提了筆開始往紙上添東西，只是畫到後門的時候，她有些躊躇。

「後面封了吧。」遊春看她久久沒有落筆，就明白她在猶豫，當下從她手裡抽了筆，往上面添了幾筆。「後面是林子，留著門不安全，這邊的圍牆砌得高些，內外都移種上竹子，種密些，組成竹牆，兩道竹牆中間的牆頭上，插上竹刺。」

兩人這一畫，就是大半天，直到顧秀茹、祈喜準備好了午飯，才擱下筆。

祈豐年掐著飯點回來了，低頭進了院子，便看到遊春和九月坐在一起寫寫畫畫又說又笑，他直接走了過去。「九囡，有些事妳熟，就交給妳辦吧。」

「什麼事啊？」九月看到他進來，看了看遊春，心裡還是有些莫名緊張，就好像前世時，她第一次帶男朋友回家見父母。

「我剛剛去找了族長，想把妳娘的墳移一移。」祈豐年卻沒在意九月和遊春坐一起是不是不妥。

「移哪兒去？」九月吃驚地看著他，滿腦子疑問。

「我們家有我們家的墳地，妳娘自然是要遷進去。」祈豐年嘆口氣。「別的妳莫管了，自有族裡的老人們幫忙，香燭和經文便交給妳吧。這些年，妳娘在下面也受苦了，多給她備些。」

「喔。」九月點點頭，不過，她還是不明白祈豐年為什麼突然要把她娘遷入祖墳。

第一百零五章

祈豐年沒有解釋突然遷墳的原因，九月也沒有問，祈喜卻是高興得熱淚盈眶，吃完飯連碗筷都沒收拾，直接跑去通知幾個姊姊了。

十六年孤墳，終於可以回到大家庭裡了。

遊春賴著吃了午飯，也找不到再待下去的理由，只好拉著齊孟冬告辭離開。第二日，卻又親自帶了一個媒婆上門來了。

湊巧的是，這媒婆正是上次五子請的那一位。

媒婆一進門，就尷尬地對著祈豐年打起哈哈，也沒敢再吹噓要說媒的公子如何好、如何俏，她雖然不是很靠譜，可心裡也有數著呢，再說，這位公子給的謝媒錢也足，要是說成了這門親，這後面的好處還不知道有多少。

祈豐年這次倒是沒回絕，只說會考慮，留下了遊春的八字，就送走了遊春和媒婆。

第二天，有人向九月提親的事傳遍了整個村，大祈村再次沸騰起來。

上次五子提親，八字庚帖上出現了一個大大的紅色「破」字。

之前還以為是周師婆不同意，現在想想，分明就是菩薩不同意呀，天注定五子沒那福氣娶到福女。

那麼這次呢？會不會還有那樣的情況出現？

眾人議論紛紛，甚至幾個好賭的還偷偷開了賭盤，賭九月這次的親事能不能成。

第三天，祈豐年要給亡妻遷墳的事也順勢傳開來，不過在九月親事的影響下，眾人倒是沒怎麼關注，只是有些好奇祈豐年為什麼會在十六年後還想把亡妻的墳遷入祖地。

祈豐年依然沒有解釋，不過這不妨礙人們發揮無窮的想像力，他們找了理由——當年祈家人反對周玲枝入祖墳，是因為她生了個災星，可如今，事實證明九月不是災星，反倒是福女，那周玲枝不能遷入祖墳的說法自然就破了。

祈家族長這次也不攔著了，反而找上門讓祈豐年重新把周玲枝記入族譜，當然，還有九月，至今還沒在祖譜上記上一筆呢。

要知道，女人是沒有資格上族譜的，頂多在丈夫的名字旁加一個祈某氏，生了兒子寫上大名，女兒麼，也頂多提一句「一女」或是「幾女」。

不過，人們也不覺得九月上族譜有何不妥。九月是福女，有佛光保佑的，她的大名「祈福」當年還是菩薩賜的呢！聽聽，多喜慶啊，祈福祈福，菩薩還真就保佑她了，保佑了祈家的女兒，可不就是保佑祈家嗎？

對這些說法，九月皆是一笑置之，她忙著哩，人家愛說由人家說去。

祈祝幾個姊妹聽到這些消息後，立即趕了回來。

說起親事，自然是要避開九月的，於是幾個姊妹把祈豐年拉到祈老頭的房間，祈老頭眯著眼睛，也不知道是不是睡著了。

「出什麼事了？」祈豐年坐下，看著幾個女兒問道，這些年，他很少關心她們，現在想想，也是愧疚得很。

「爹，來提親的是不是那個遊公子？」祈祝在姊妹們的目光中站了出來。

「是姓遊，怎麼了？」祈豐年奇怪地看著她們。

「這親事，不能答應。」祈祝很直接地說道。

「為什麼？」祈豐年不解。

「反正那人就是不行。」祈祝哪知道為什麼，不過姊妹中數祈巧最有見識，四巧說不行，定然是有道理的。「反正四巧說了，遊公子的親事應不得。」

祈豐年一臉疑惑，心裡暗想──難道四巧也知道遊春和自家的關係了？

「這事我有數。」祈豐年擺擺手。

「爹，四姊說，九月被火刑，就是這人一手促成的，這樣的人，現在又來提親，他存的是什麼心思？」祈望擔憂地看著祈豐年。「您說，會不會是他看中九月才鬧出那樣的事？為了逼九月就範呢？」

「有這事？」祈豐年倒是不知道還有這茬兒。

「有，四巧特意告訴我們呢，就是讓我們防著點，就怕您不知道便應下這門親事了。」

「爹，九月和我們幾個姊妹都不一樣，她能幹，有見識，該找個好人家過好日子。」祈祝又道。「如今也就剩下八妹、九月的親事了，我們不能不看著點。」

祈夢也說道。

「九月有本事，只要找的人家踏實，遲早能過上好日子。」祈望有她自己的想法。「那遊公子既然能促成火刑，必然也不是普通人家的公子，可是他為什麼心這麼狠呢？這樣的人，九月嫁過去了，能有好日子過嗎？還不如找個村裡的好後生，踏踏實實地過。」

「是呀，爹，這親事不急，等娘的事情了了以後，我們也去打聽打聽，看附近誰家的後生適合我們九月。」祈祝又道。

「大姊，九月性子好，人長得也俊，這後生可不能太醜了，還有家裡人不能太多，人一多，事就多，九月過去了吃虧。」祈望接過話題。

「長輩也很要緊。」祈夢也努力地想了一點。

三姊妹說著說著便演變成什麼樣的後生能配得上九月的話題。

「好啦好啦，這事我還沒決定呢，妳們慌什麼？」祈豐年不由好笑，不過，他很喜歡現在這氣氛，這還是頭一次幾個女兒在他面前這樣熱鬧。「這事不急，先緩緩。」

「爹，您可千萬要慎重啊，九月畢竟年紀小，別讓人給騙了。」祈祝叮囑了一句。

祈豐年點頭，算是應下了，可他明白，他那小女兒是不可能聽他的。

祈祝三姊妹得了祈豐年的保證，暫時安心了些，看過祈老頭，便各自回去了，身為女兒，遷墳的事她們也少不了要忙的。

九月根本不知道幾個姊姊已經結成同盟要反對她和遊春的事，連續幾日，她都在製符、寫經文、跑工地之間度過，地裡的荒草已經全部清理出來，祈稷找來的工匠帶著村裡招來的臨時勞力，也開始夯打圍牆。

再幾日便是清明，祈豐年作主，在清明前一日動土遷墳。

這日中午，祈康年和祈瑞年眼巴巴地進了門。

「大哥，需要我們做點什麼，你說話。」祈瑞年湊到祈豐年跟前。「之前的事是我們一時沒想明白，你就別記在心裡了，爹也是我們的爹，要不是爹娘還有大哥，哪有我們今天呢，是吧？二哥。」

「是。」祈康年有些不高興，不過還是點點頭，走到祈豐年面前，往自己腰裡掏啊掏的，掏出一張紙。「大哥，這些……你自個兒拿著吧。」

祈豐年接過，瞟了祈康年一眼，不用看也知道那是地契，隨手便揣進懷裡。

「離日子還有兩天，事情安排好了沒？」祈瑞年的眼睛在那紙上轉了一圈，笑道。「這事就不勞別家了吧，我和二哥就行，起棺的事，還有阿稻、阿菽他們，姪子給大伯娘做點事，是應該的。」

「嗯。」祈豐年總算點點頭。「我也沒想大辦，自家人還有幫忙的人辦兩桌家常飯就好，讓兩個弟妹到時候過來幫著點，大祝她們沒經過這些事，不懂。」

「成。」祈瑞年高高興興地點頭，就好像領到什麼榮耀的差事似的。

祈康年雖然無奈，也只得隨著他一起點頭，一起走了。

「爹，您理他們幹麼呀，我們家又不是沒有人手，姊夫出手就可以了。」祈喜很不滿，難得這幾天清靜了些，怎麼又把人招上門了？

「那是妳二叔、三叔。」祈豐年轉頭看了看祈喜，嘆了口氣。「打斷骨頭還連著筋呢。」說罷，就背著手走了。

祈喜只好撇嘴，扭身去了九月房裡。

「怎麼了？鼓著腮幫子，誰給妳氣受了？」九月抬頭看看她，笑著問道。

「還不是爹，就他心軟。」祈喜忿忿地說道。「之前說得還好聽，今兒二叔和三叔一上門，說是要幫忙，他就什麼事都忘記了，也不想想這些年他們是怎麼對他的。」

「他們到底是兄弟。」九月好笑地搖頭。「要是我做了什麼讓妳不高興的事，妳會不會永遠不理我了？」

「怎麼可能？」祈喜脖子一揚，瞪著九月。「妳是我妹妹，唯一的妹妹。」

「爹也就這兩個弟弟呀。」九月笑了。「上一輩的恩怨自有他們自己處理，我們就別摻和了。來，幫我把這些經文整理一下，這邊的都乾了，疊好放一邊，到時候要燒給娘的。」

「喔。」祈喜的氣來得快去得也快，被九月一說，立即就拋開了，走到九月指的那一邊開始整理起來。

幾天的工夫，零零碎碎的事情已經發派下去。

這一日，是祈家開宗祠的日子，九月早早地便起來了，燒水、沐浴、換上新衣。

等九月拾掇妥當出來，便看到郭老獨自坐在堂屋門口，手中不斷轉著他那兩顆玉球，目光落在不知名的地方。

「外公，怎麼一個人坐在這兒？」九月走過去，蹲在郭老身邊。

「秀茹在廚房準備早飯，文太醫又帶著侍衛出門採藥去了，他這幾日可沒少採好藥呢。」郭老收起心中那份落寞，笑著說道。「我閒著無事，便坐在這兒想事情了。」

說起文太醫採藥，九月倒是知道，這幾日，文太醫每日只需給郭老和顧秀茹請一次平安脈，祈老頭那兒兩天施一次針灸，其餘時間他都閒著，閒得太無聊，便想到村子裡轉轉，轉著轉著就到了林子裡。然後就發現不少草藥，於是便乾脆向郭老要了一個侍衛，揹起背簍出沒在附近山裡，還真讓他帶回不少草藥，這會兒，自家的牆頭上就曬了不少。

「您是有心事嗎？」九月關心起郭老。

「倒也不是什麼心事。」郭老搖搖頭，嘆了口氣。「等妳娘親的事了結了，我想回落雲山住。」

「為什麼呀？不是說好了一塊兒住嗎？」九月驚訝地問。「您是不是住這兒不習慣？」

「都不是，我想回去陪著妳外婆，我讓她等了一輩子啊。」郭老忍不住傷感。「等妳房子蓋好了，我再來住段日子，妳要是想我們了，也到落雲山陪陪我們。」

「要不，把外婆也遷到這邊吧？」九月想了想問道。

「不用了。」郭老擺擺手。「妳外婆原也是個愛清靜的，可偏偏她是個師婆，才不得不過著嘈雜喧囂的日子，如今也該讓她好好歇著了。再說了，這兒畢竟是祈家的地方，她遷過來，不妥。」

「草屋那邊的地是我的，把外婆安置在那邊就行了，誰也管不著。」九月撇嘴，她以前還真的想這麼做呢。

「傻孩子，好好的院子怎麼可以遷座墳進去呢？」郭老不由笑了。「妳總是要嫁人的，妳不忌諱，保不準人家會忌諱不是？」

「他不會的。」九月隨口反駁。

「他？」郭老似笑非笑地看著她。「遊春？」

九月臉色微微有些紅，不過還是坦然地點頭。「嗯。」

「妳知道他什麼來歷嗎？家住哪兒？家中還有何人？為何二十六歲還不曾娶妻？家中可有妾室？」郭老逮著機會，想看看九月瞭解遊春多少。

「知道。」九月點點頭，笑道：「外公，我又不是小孩子了，我知道自己在做什麼。」

「妳確實不是小孩子了，可妳爹還有妳的姊姊們未必這麼想。」郭老笑了笑，好心地提點一句。

「怎麼說？」九月好奇地看著他。

「妳四姊對他促成火刑一事很不滿，前幾日因為提親的事，妳的另外幾個姊姊也來反對過了。」郭老笑咪咪地說道。「孩子，有娘家的女人總是比沒有娘家的幸福，妳可不要辜負了姊姊們啊，人這一輩子，最親的也不過是血濃於水的骨肉之情了。」

「我知道。」九月點點頭，隱隱有些頭疼，之前只有四姊一個，她還有把握說服，可現在，姊姊們結成同盟了？

郭老慈愛的目光在九月臉上流連了一會兒，柔聲說道：「先去忙吧，等閒了，與我說說遊春的事，外公給妳把把關。」

「好的。」九月笑著點頭，她自然希望自己的婚姻受到家人、朋友的真心祝福，既然現在親事遇到了小難關，那麼，就讓他們一起克服吧，第一關，就是郭老這兒了。

九月不埋怨姊姊們的多管閒事，相反地，她心裡滿是溫暖，前世她只有一個弟弟，走得也不是很近，如今，她也有那麼多姊姊關心她了，多好！

卯時二刻，祈巧和楊進寶一起帶著楊妮兒趕了回來，同時還帶回之前被祈豐年趕回去的那兩個小廝小虎、阿德。

沒多久，九月的大姑姑祈冬雪、小姑姑祈兆雪也到了。

祈冬雪四十九歲了，卻頭髮全白，看起來比祈豐年還要大上幾歲，祈兆雪今年四十三歲，雖然頭髮不見白，可臉上的皺紋卻不少，顯然，這兩位姑姑的家裡都不是很富裕，也受了不少苦。

卯時三刻，一家人到齊，相攜著出了門前往宗祠。

郭老幾人自然不用去，便留下看家。

開宗祠是大事，除了祈家，其他四姓的人也到齊了。

祈家族長站在門口，一番激昂的演說之後，才點了三枝長長的紅香，之後又進行了一番拜天祭地的儀式，那宗祠的門才在眾人的注視中緩緩打開。

祈家族長和幾位德高望重的老人走了進去，沒一會兒，便有人招呼祈豐年帶著九月進去。

九月進了門，只見院子裡有五間大屋子，每個屋子門上都寫著姓氏，祈氏祠堂兩字高高掛在最中間那一個，顯然在大祈村，祈氏算得上頭一份了。

「跪——」有位老人看到祈豐年和九月進去，用枴杖踢了兩蒲團過來，高聲唱道，別看他頭髮長鬚花白，聲音卻甚是洪亮。

祈豐年看看九月，先跪了下去。

九月微落後一步，跪在另一個蒲團上。

接著，又是一大頓冗長的念叨。

儀式結束後，九月跟著祈豐年退出來。

外面，祈祝和涂興寶帶著女兒涂雨花、兒子涂雨生；祈夢和葛根旺帶著女兒葛小英、兒子葛小山、葛小海；祈巧和楊進寶抱著楊妮兒；祈望和楊大洪牽著楊子續、抱著楊子月；祈喜單獨站在祈望身邊，看到他們出來，姊妹幾人眼中均有了淚花。

而他們身後，則是祈康年和祈瑞年兩家人，其中還有兩位看起來有些年紀的婦人，那是大姑姑祈冬雪和小姑姑祈兆雪。

這一次，也算是繼祈老太的喪事後，他們家聚得最齊全的一次。

第一百零六章

清明前一日，天公不作美，竟飄起了濛濛細雨。

天還黑著，祈豐年請的道士們便來了，祈稻等人也都做好了準備，九月作為眾姊妹的代表，自然也早早地準備妥當。

人到齊後，九月便戴了斗笠跟著出發。

祈康年肩上挑著裝了紙錢、經文以及符紙的擔子，右手還執了火把，祈瑞年肩扛掛著引路幡的長竹枝，手裡還敲著開路鑼，他每敲一下，祈康年便抓出一疊紙錢往上拋一把。

幾個道士跟在後面吹吹打打，祈稻四兄弟抬了新棺穩穩地跟在後面，祈豐年和九月一人一邊扶著棺。他們的身後，是拿著火把、鋤頭、木鍬的幾個本家漢子。

黑漆漆的墳地加上濛濛細雨，顯得有幾分詭異，有節奏響起的敲鑼聲伴著嗡嗡的誦讀聲，在這黑夜的雨幕裡看起來有些飄乎，走在最後的幾個漢子忍不住抬手扶了扶斗笠，要不是這會兒人多，他們還真不敢走下去。

很快，便到了周玲枝的墳前，引魂幡插在墓前，道士們開始擺開祭壇，祈瑞年站在一旁，一下一下敲著鑼，祈康年挑了擔子圍著周玲枝的墓不斷拋撒紙錢，口中唸唸有詞。

唸完禱文之後，作法的道士開始引著祈豐年祭拜，讓九月按著他說的開始燒紙燒經文，除了給周玲枝的，還有給祈家所有故去的親人們，當然也少不了這墳地上的鄰居及孤魂們。

九月一一照做，這是風俗，因為她的到來讓周玲枝孤獨了十六年，如今她做這些也是應當的，再加上前世的職業使然，面對這樣的場合，她總是抱以最肅穆的心，這會兒做起來自然一絲不苟。

做完這些，道士又寫了一張「公文」，上述了遷墳原因、欲遷往的地方以及種種求庇佑的話，唸完在墳前焚去，簡單的儀式算是完成了。接著道士們退到一邊繼續又敲又唱，祈豐年招呼九月取了鋤頭開始挖土。

這點九月倒是清楚，這挖墳的頭三鍬土，必須由死者的子孫動手，如無兒孫，則需「全福人」代替，所謂「全福人」指的是上有父母、下有兒女，夫妻恩愛、兄弟姊妹和睦相處的有福之人。

挖過了三鍬，那些本家的漢子們便接替他們的活兒，扒平了墳堆，沒多久，便露出棺木的蓋子來。

祈稻拿了兩只扁籮過來放在一邊，其中一個用紅布鋪好，是用來裝遺骨的。

「好了。」漢子們的動作很快，沒多久就把整個棺木扒出來，也撬開棺材蓋，不過，幾人接著都跳上來，遠遠地避開。

接下去，就又是祈豐年的活兒了。

祈豐年眼中隱隱閃現淚花，卻硬是克制住了，他直直地走到坑邊，手一撐地就跳了下去，伸手推開棺蓋。

「等等。」九月忙阻止，快步到了那邊也跳進去。「先散散氣息。」

周玲枝下葬十六年，屍身只怕早已腐爛，這棺木中肯定充滿了細菌，若是冒然伸頭進去，還不知會生什麼病呢？

九月拿出兩條帕子，給了祈豐年一條，另一條對摺起來綁在臉上擋住口鼻。

祈豐年看看她，倒是有樣學樣，也綁了起來。

九月才湊近棺材細看。

就著火光，棺中情形一清二楚，屍身早已腐朽得只剩遺骨，壽衣、壽被看著倒是完好的，不過只是薄薄的一層。

九月並不意外，當年因為災星的事，祈家人能安葬周玲枝，沒把她拋到亂葬崗已經算不錯了，誰還能要求多添點陪葬品？

「媳婦……」祈豐年一看到就掉淚，他手扶著棺邊，低低說道：「九囡回來了，如今也證實了她不是災星，她還是有佛光保佑的福女呢，族裡已經讓妳和九囡入了宗譜，今天我來接妳回家了，回祈家……」

九月也有些傷感，這個她從沒見過的娘，卻和她牽扯了十六年，如今見到，心裡還真不是滋味。

「大伯，天光有些亮了。」祈稻見兩人久久沒有動作，忙提醒道。

「去把扁籮拿過來。」祈豐年用胳膊擦去眼淚，示意九月去拿東西。

九月伸手把那個鋪了紅布的扁籮拉過來，只見所有的人都背過身去，她瞧了瞧，有些奇怪，卻沒有說話，也許是這兒的風俗也不一定。

「爹，我來吧。」九月見祈豐年要伸手，忙說道，祈豐年好歹也這麼大年紀了，哪有她年輕人抵抗力好。

祈豐年看看她，點了點頭，接過扁籮跟在一旁。

九月高挽起衣袖，這個時代沒有塑膠手套，她昨夜倒是讓祈喜幫忙縫了布手套，這會兒便拿出來戴上，小心翼翼地掀開壽被，又解開壽衣，露出全副遺骨。

古代的薄棺真的很薄，底部竟已有些開裂，這樣一來，棺中倒是沒有積水，撿拾起來也方便許多。

九月撿得很小心，一點一點按順序放在祈豐年捧著的扁籮紅布上，一會兒，還得按著這順序把整副遺骨拼湊出來，不能有任何閃失。據說，短缺了哪一處都會對後代不利，這只是民間傳言，而九月這般小心，一來是職業病，二來則是抱著尊重的心。

遺骨很快就撿拾完畢，九月又細查了一番，突然間，她的手碰到棺尾被子下的一個硬物，她忙掀開，只見那兒放著一個有些發黑的小包裹。

祈豐年看到這個時竟有些緊張，他四下打量一下，湊在九月身邊急促說道：「把裡面的東西拿出來。」

「這是什麼？」九月好奇地看向他。

「別問，把裡面的東西取出來藏好。」祈豐年看看四周，神情肅穆。

九月心裡閃過一個念頭，也不敢多問，快速解開包裹，裡面是個用舊油布纏得嚴嚴實實的東西。

就這樣放進懷裡還真有些不舒服，九月想了想，把那油布也解開來，裡面還有一層布，倒是乾乾爽爽的，再打開，幾本寫著「帳本」字樣的本子出現在九月眼前，中間還夾著一張滲紅的錦帛。

突然間，九月明白這是什麼東西了。

「快藏起來。」祈豐年有些著急，小聲催促道。

九月自然不敢馬虎，拿那層布一包，也顧不得是不是乾淨，就塞進自己懷裡。

三月的天還有些寒意，出門的時候又是凌晨天未明，還下著雨，所以九月今天穿的仍是有些厚的衣服，這樣一塞，也顯不出什麼來。

見她藏好，祈豐年才鬆了口氣。「快些吧，等等要出太陽了。」

九月點頭，檢查了一下沒有遺漏，便爬出坑，接過祈豐年手中的扁籮到了新棺那邊，祈豐年拿起放著的蘆蓆擋在新棺上。

九月懷裡揣著那東西，也不敢耽擱，忙飛快地把遺骨排進去。

她身為資深禮儀師，加上又進修了諸多課程，其中修復死者殘軀便是一項。經她手修復的雖然說不上百分百相像，卻也八九不離十，只要給她一根骨頭，她都能根據那根骨頭推測出大概的原貌來，所以，排遺骨架這樣的事，還是很輕鬆的。

不到一刻鐘，所有的遺骨便歸了位。

祈豐年在一邊看著，不由驚訝極了，連連看了九月好幾眼，最後猶豫著問道：「這樣沒錯吧？」實際上他也看出來了，這位置排得一點錯都沒有，其實他想問的是她怎麼做到的？

「沒錯，剛剛的位置我都記著呢。」九月輕描淡寫地說道，她可不會說她專精於此呢。

衣服重新繫上，厚厚的幾床壽被重新蓋上，口中該放的、手裡該拿的，都一應補上，一切安排妥當後，九月和祈豐年兩人不約而同凝望一眼，重新把棺蓋釘上。

釘棺的事有那幾位本家漢子，祈豐年把蘆蓆蓋在棺蓋上，轉身和九月到了坑邊，等著最後的任務。

接著，九月又阻止了祈豐年，自己跳下去，祈稻等人過來幫忙，把老棺抬起來，九月便負責挖土，這舊棺底下的土叫「血土」，遷墳時必須把這血土往下深挖八寸移到新的墓中。

做完這些後，又往坑裡填了一個大蘿蔔，扔進九文銅錢，祈豐年用木鍬填了三鍬土，接著那些漢子們便接下去做事，把那個坑填平，填完後，又抬了舊棺，連同裡面的舊壽衣、壽被一起點了火焚燒完畢。

九月脫下手套，連同那兩塊帕子也扔進火裡，直到此時，她今早的任務才算完成。

至於新棺，則用兩條破長凳架在空曠處，等巳時一到，舉家來送殯入葬。

懷裡多了一份東西，回程時，九月的心情便有些迫切起來，走在人群中，目光警惕地打量四周，竟連耳力也變得敏銳。

所幸，一路都是她杯弓蛇影的想像，糟糕的事沒有發生。到了坡下，跨過火盆，回到院子裡時，幫忙的人都到齊了。

細雨仍飄著，院子裡擺了桌子沒法子坐人，男人們便想辦法搭棚子，女人們都幫忙洗菜、擇菜，準備席面。

十三歲的涂雨花和九歲的葛小英如大姑娘般，坐在廚房門邊一起洗碗；十一歲的涂雨生跟在他爹後面，做著力所能及的事；七歲的葛小山則帶著四歲的葛小海、五歲的楊子續、三歲的楊妮兒坐在堂屋門口玩著拍手的遊戲。

堂屋裡，祈家的族長和大祈村的老村長陪著郭老喝茶敘著閒話，下首處，遊春和楊進寶陪著，邊上還有個小跟班齊孟冬。

九月一愣，他們怎麼也來了？接著又是一喜，既然來了，那東西正好交給遊春。

一起進來的祈豐年也看到了遊春。

九月回頭瞧了瞧祈豐年，他便察覺到了，朝她微微頷首，顯然是知道了她的意思。

「八喜，燒一桶艾草水給九月。」祈豐年低頭，看了看九月的裙襬，高聲衝著廚房喊道。

「怎麼了？」祈喜跑出來，奇怪地問道。

「九月動手撿了妳娘的遺骨，還捧了土，要用艾草水淨淨。」祈豐年絲毫不怕滿院的人聽見，聲音提得高高的。

果然，聽到這話的人不約而同向九月投去一瞥，如今再沒有人遠遠地避開她，反倒有不少人驚訝九月的膽大。

同去幫忙的私下成了堆，開始說起在墳場時的種種氣氛，倒是大大地為九月宣傳了一把。

祈喜縮了回去，艾草這東西到處有，之前她還拔了不少當柴禾燒呢，這會兒拔出一些洗洗再燒上就是了。

「回屋先歇著吧。」祈豐年轉向九月說道，目光直直看著她。

九月心裡了然，這是讓她想辦法把東西交出去了。

「好。」當下，她笑著點頭，朝向她投來善意目光的人一一微笑示意，穿過人群，回到自己屋裡。

祈喜燒的艾草水很快就送過來，與她一起的還有涂雨花，她提了一桶清水，看到九月時，涂雨花有些怯怯，不過目光卻在九月的頭髮以及衣飾上流連了一番，隱隱露出歡喜的意思。

「快些洗吧，洗了還能歇會兒，到時候我來喊妳。」祈喜體貼地說道，拉著涂雨花離開，一邊替九月帶上門。

九月過去鎖上門，把水倒入浴桶，艾草水帶著一股味兒，她也顧不得這些。驅邪之說她倒不在意，不過早上又是淋雨又是挖土的，弄得她身上又黏又難受，洗澡是免不了的。

把懷中的東西拿出來藏好，九月便脫了衣服跨進浴桶，這會兒院子裡人聲嘈雜，她也沒心思慢慢洗，飛快地洗乾淨，拿清水沖了幾遍，去了那味兒，便拿條大布巾把自己包起來，走到櫃子前，取出一套素淨的衣服換上，又找了一塊布，把之前藏的東西包起來仍塞在懷裡。這一次，她把那些東西攤得平了些，再用寬寬的腰帶一紮，外面再披上一件外套，根本看不出來。

九月把髒衣服往浴桶裡一扔，擦乾頭髮，隨意地綰了綰就出來了。

遊春等人仍在堂屋裡坐著。

九月大大方方地走進去，微笑著朝他們笑了笑，再向郭老、老村長和祈家族長見禮。

「怎麼不歇著？」郭老笑咪咪地問。

「不累。」九月搖頭。

「棺內的情況可還好？」郭老點點頭，關心起棺材裡的事，他這一生就這個女兒，卻不想竟無緣得見，如今能做的，也就只有送這遲來的一程了。

「原先的棺比較薄，棺角有裂縫，倒是給今天方便了，棺中沒有積水，骸骨也是完整無缺，除此，壽衣、壽被都絲毫無損。」九月說起這些沒有半點懼意。

「妳……不怕嗎？」老村長驚訝地看著她，她只是個小姑娘啊。

「這又有何懼？」九月笑道。「平日不做虧心事，夜半不怕鬼敲門，更何況，那是我娘。」

「這孩子，倒是有膽識。」祈家族長頓時笑了。

「幾位慢聊，我找齊公子有點事。」九月朝他們福身後，看向齊孟冬。

「我？」齊孟冬驚訝地指著自己的鼻子，下意識地看向遊春。

「齊公子醫術了得，今兒難得遇上，還請幫我爺爺看看。」九月笑道，當然，她也要顧及文太醫的面子，雖然這會兒他人不在，可話還是不能少的。「雖然已有文大夫主治，不過集思廣益總是好的。」

「說得是，那就有勞齊公子了。」郭老若有所思地看看九月，笑著幫腔。「沒想到齊公子的棋下得好，醫術居然也精。」

「郭老謬讚了，小子只是略通一二。」齊孟冬起身朝郭老拱手。「春哥，一起來幫個忙吧。」

九月神情自若地走在前面，齊孟冬和遊春跟在後面。

郭老抬眼看看他們，笑了。「進寶啊，麻煩換壺熱水來，這茶都涼了。」

「是。」楊進寶從善如流，起身拿了茶壺去廚房換熱水，半句多餘的話都沒有問。

第一百零七章

祈老頭還是那副樣子躺在床上，九月進去瞧了瞧，喊了一聲爺爺也沒見反應，便回頭對齊孟冬說道：「我爺爺中風了，你有什麼好辦法嗎？」

「真讓我看啊？」齊孟冬瞪大眼睛。「我還以為妳找春哥呢。」

九月白了他一眼，什麼「春哥」，難聽死了。「你不是大夫嗎？」

「我不是大夫。」齊孟冬雙手一攤。

「可你醫術了得。」九月瞪了他一眼。「快一點。」

「好吧、好吧。」齊孟冬摸摸鼻子坐到床邊，認真地替祈老頭把起脈來。

遊春站在一邊用眼神詢問九月這樣做的意思。

九月更乾脆，把他拉到牆邊，左右瞧了瞧，無聲地說道：「聽聽，可有人注意這裡？」

遊春側耳，接著搖頭，學她的樣子說道：「應該沒有，那兩高手也不在。」

九月這才放心，當著他的面伸手入懷掏東西。

遊春驚訝地看著她，側身擋住齊孟冬的視線，儘管齊孟冬這會兒正全神貫注地檢查祈老頭的病症。

九月把懷裡的東西都掏出來，也不給他看，直接往他懷裡塞，還一邊動手幫他整理衣襟，一邊無聲地說道：「你要的東西。」

遊春一下子抓住她的手，目光炯炯地盯著她。

九月伸出頭左右瞧了瞧，踮著腳到他耳邊悄然說道：「我爹把這個藏在我娘棺裡了。」

遊春挑挑眉。

「外面的布清乾淨了，裡面的我也沒細看，也不知道有沒有完好。」九月用最低的聲音飛快說道。「你千萬當心些。」

「嗯。」遊春點頭，捏了捏她的手，眼中的感激之意顯而易見。

「咳咳……」齊孟冬頭也沒抬，把完脈又翻看了祈老頭的眼睛，清咳一聲說道：「九月姑娘，老爺子的病一時半會兒也急不得，而且也有高人調理過了，只消耐心侍候著，假以時日，恢復也不是不可能。」

這些話，文太醫都說過，九月點頭表示明白，反正她叫他們進來的主要目的已經達到，齊孟冬能不能治倒是其次了。

「閒暇的時候，幫他多翻翻身，免得生了褥瘡就不好了。另外，幫他多按摩穴道。」齊孟冬倒不是敷衍了事，坐在一邊向九月細說起保健的法子。

「方才聽祈伯父說艾草水，倒是可以用來給老爺子泡泡腳。這人啊，腳底的穴道是最多的，多用熱水以及祛寒的艾草泡泡，有利於刺激他的反應。」

這點九月之前就想過，聽他說到這兒，不由連連點頭。

「來，我教妳按哪幾個穴道。」齊孟冬聽到外面有腳步聲，忙朝九月招手。

遊春按了按懷裡的東西，退後幾步站在齊孟冬身後。

九月快步上前，半蹲在床前，看著齊孟冬指點哪幾個穴道要按，哪幾個又要敲。

這時，祈冬雪和祈兆雪走進來，看到九月和兩個男的待在這兒，不由愣了一下，目光往齊孟冬和遊春身上多瞟了幾眼。

「大姑姑、小姑姑。」九月忙站起來招呼道。

「在做什麼？」祈冬雪點頭，態度倒還算好。

「齊公子正教我怎麼給爺爺按摩穴道呢。」九月指了指齊孟冬。

「哦？」祈冬雪驚訝地打量齊孟冬，顯然是沒想到這年輕公子竟也會這些。

「他的醫術甚好，葛家姑姑如今便在他那兒調養呢。」九月想來想去，也就葛玉娥的事最有說服力，便拿出來當擋箭牌。

「真的？」祈冬雪驚呼道，她和葛玉娥相差兩歲，又是同個村一起長大的，感情自然不差。葛玉娥瘋了以後，她也著實難過許久，這會兒聽說葛玉娥在調養，不由又驚又喜。

得知葛玉娥有望康復，祈冬雪憂喜參半，倒是把九月與兩個年輕公子獨處的事拋到一邊。祈兆雪看著也不是個多事的，只向齊孟冬問了幾句祈老頭的狀況，也跟著學了一番穴道按摩的本事，便把這茬兒給揭了過去。

「九月，來，姑姑有幾句話想跟妳說。」這邊學罷，祈冬雪收起唏噓，朝九月招手。

九月的目光掠過遊春，兩人默契已久，遊春接到她的目光後，便心領神會地微微笑了笑。

九月才跟著祈冬雪出來，由祈冬雪領她進了她自己的房間，祈兆雪也跟進來。

「姑姑，有事嗎？」九月以為她們是因為剛剛的事想要向她發難了，語氣也有些淡然。

「九月啊，妳是個明理的孩子。」祈冬雪姊妹倆互相交換一個眼神，上來就給九月戴了頂帽子。「有件事，姑姑想來想去還是覺得跟妳說比較合適。」

「妳說。」九月驚訝地看著她們。

「就是玉娥……葛家姑姑的事。」祈冬雪神情有些尷尬，不過還是繼續說下去。「她也苦了這麼多年，如今妳娘也不在了，妳爹辛辛苦苦守了這麼多年，等以後妳和八喜再一嫁，他一個人守著爺爺……該有多難啊。」

這是要說媒的前奏？九月頓時瞪大眼睛。

「石娃那孩子也苦了這麼多年，還是奶娃子的時候，他就學會照顧他娘……」祈冬雪嘆著氣說道：「這該有多難啊，以前我們還想不開，以為是她不要臉，枉費大嫂待她那麼好，也說了一些難聽的話，這些年也斷了往來，現在想想，卻是我們祈家對不起她……」

「九月，妳大姑姑的意思是，要是可以，就讓他們母子進祈家吧。石娃是妳爹的孩子，現在妳爹一個人，玉娥也一個人苦了一輩子，還不如兩家合一家，也好有個照應，以後妳爹也有個養老送終的人不是？」祈兆雪輕聲細語地勸道，可聽她的語氣，卻不是個懦弱的人。

「大姑姑、小姑姑。」九月明白了，不由失笑。「這事我早和我爹提過，他應還是不應，可不是我說了算的，得他自己想通。」

「啥？」祈冬雪兩人聽罷，不由瞪大眼睛。

「而且，這事也不是一、兩句話就能擺平的，如姑姑所說，葛石娃苦了十幾年，依我看，他的心結深著呢，這事便是我們同意，他能樂意嗎？」九月笑道。「還有我爹，他是覺得愧對葛家姑姑，可讓他拋開面子公開承認葛石娃是我哥，還接他們娘兒倆回來，只怕……一時半會兒也難抹開面子。」

「妳的意思是，妳不反對葛家母子進這個門？」祈冬雪問得小心翼翼。

「不反對。」九月笑了。「只要爹同意，我沒理由反對，而且葛家姑姑是我的救命恩人，就算不進這個門，我也沒打算放任她受苦不管。」

「只要妳不反對，就好。」祈冬雪大喜，目光炯炯地看向祈兆雪。「妹啊，妳看我們怎麼勸大哥才好？」

「這事不用這麼急吧？」祈兆雪卻沒有這樣興奮，她看看九月，輕聲說道：「今天是大嫂遷回祖墳的日子，別的……以後再說吧。」

「是是是，是我高興糊塗了。」祈冬雪恍然，有些不好意思地看了看九月。「九月啊，莫怪姑姑話多，實在是當年……現在想想，我說的話也過分了，她變成現在這樣，我們也有責任。」

「不會，姑姑也是為了我們好。」九月微微一笑。看來，當年這兩個姑姑也沒少維護她娘啊，既然如此，她有什麼好怪的？

祈冬雪探得九月的態度，滿意地拉著祈兆雪出去了，九月也沒在屋裡多歇，眼見巳時將至，她也跟了出去。

遊春依然悠閒地坐在堂屋裡和郭老等人說話，他的氣度談吐不凡，祈家族長和老村長不知他的身分，也不敢小看了他，一時倒也和諧。

倒是齊孟冬，這會兒被一群大嬸圍了起來，起因自然是方才九月找齊孟冬看診，被老村長等人聽到了，而老村長的妻子正巧這幾天不舒服，於是就傳了個信兒，這一傳，就惹來一群大嬸。齊孟冬雖然有些吃不消大嬸們的熱情，不過也端了凳子坐到院子一角，給大嬸們一個一個把起了脈。

看到九月時，齊孟冬投來一個哀怨的目光。

九月卻笑了，朝齊孟冬豎了豎大拇指，很沒義氣地把他賣給了大嬸們。「齊公子醫術了得，又是個樂善好施的，今兒難得來村裡一趟，大夥兒可別錯過機會了。」

齊孟冬頓時無語了，說他醫術了得就算了，幹麼還加個樂善好施？

「齊公子，我家閨女兒前幾日一直不舒服，幫她看看唄。」有那機靈的更是爽直，拉了自己未出閣的閨女進了人群，送到齊孟冬面前，一臉諂笑。

齊孟冬無奈，又不好向九月發作，只好端起笑容，幫眾人把脈看診。

所幸，很快就到了巳時，到了入葬的時候，眾人才算放過齊孟冬。

這次，連祈望家的小子月也抱上了，除了早亡的六雨、七琪以及沒回來的祈願一家，餘下六個女兒加上四個女婿、孫輩八個，後面還跟著祈康年、祈瑞年一家，再加上因福女之名巴結上門的本家，隊伍便顯得有些龐大。

幾個姊妹如今只餘下祈喜和九月未嫁，捧香火斗、捧盆子的事便交給她們兩人。

一行人浩浩蕩蕩到了墳地停靈的地方，仍由道士主持親屬們祭拜，耗費了小半個時辰，才抬著新棺往祈家祖墳地而去。

如祈家宗祠一般，祈家的祖墳地也在這一塊墳地的最中間，就像象徵祈家在大祈村的地位般。可事實上，這些年因著祈家有一位災星的說法，趙家又出了趙老山這樣的子弟，葛家又有葛玉娥這樣的瘋婦，三家已隱隱落了下風，反倒是楊家和涂家有後來居上的趨勢，這一點，從楊家、涂家那些氣派的墳塋便能看出一二。

很快便到了地方，九月看到了祈老太的墳。

祈老太邊上自然是祈老頭的生墳，祈老頭還健在，那碑上的字仍是紅色的，祈豐年是老大，墳塋設在他們左邊，只是墓碑卻是一片空白，倒是再往邊上去有兩個小小的土包，也沒個墓碑標注姓名。

九月留意到了，祈喜自然也看到了，低低地說了一聲：「那是六姊、七姊……」

按理，那麼小的孩子夭折是不能入祖墳的，通常都是找一處隱密的地方埋了，可祈豐年卻堅持把這兩個孩子埋在這兒，加上那時祈豐年是家中掙錢的主力，祈老太倒也沒有阻攔，祈雨和祈琪才得以在這兒落腳。

九月看著那小小的土包子，長長地嘆了口氣。

「九月，快摔。」

九月正感嘆，祈稻在邊上急急提醒一句，她才反應過來新棺已經被推進新墳中，她忙把手中的陶罐高高舉起，往地上狠狠一摔，祈祝等人的哭聲適時響起，墳前披麻戴孝的人跪倒了一大片。

哭，是必然的。

周玲枝去世十六年後終於能回到祈家祖墳安息，對祈祝等幾個還有母親記憶的女兒來說，這淚水中便帶了痛惜和欣慰；而祈喜，自幼失母，這些年祈豐年又一直頹廢，祈老太又是重男輕女的，要不是幾個姊姊暗中相助，她一個小孩子怎能照顧自己呢？她的哭自然是委屈的意味居多。

唯有九月，僅僅只是潤了眼眶，卻沒有掉半滴眼淚。

她同情這個母親，作為女人，周玲枝的一生無疑是個悲劇，出生便不知道自己的親生父親是誰，成長的路上一定也受過無數的白眼和譏諷。成了親有了家，卻不斷地生孩子、生女娃……生到死還是女娃……

女人，真的只是為了生兒子存在的嗎？這樣的人生，有意義嗎？

九月的目光落在那一鍬鍬揚起又落下的黃土上，心裡生起迷茫。

女人，該為什麼而活……

第一百零八章

周玲枝是遷墳，所以不需要在家設靈堂，道士也只唸了一天的經，便把三天的工夫全給完成了。

吃席面的人已經散去，幫忙的人還在收拾，男人們忙著還桌子凳子、拆棚子，女人們也忙著清洗碗筷，好讓各家來認領各家的碗，邊忙，邊回味著今天這一餐的美味。

大塊的肉、整隻的雞鴨……這可不是輕易能吃到的，至少在大祈村，這麼多年來還是頭一份，便是村長家去年給孫子討媳婦，也沒有這樣豐盛過，看來啊，這祈屠子家的底子還是很厚的。

九月聽到這幾句，不由勾了勾嘴角。

知足常樂，這些鄉親們的話便是最好的詮釋，他們不圖升官發財，所圖的不過是吃得飽穿得暖，一日能吃上三餐，能有頓足足的油水，一家人平平安安、健健康康的，一切都美好了。

「九月，我們先回去了。」九月剛剛進院，迎面就遇到抱著楊妮兒的楊進寶和祈巧，後面居然還跟著游春和齊孟冬。

「現在就回去嗎？」九月目光掃過遊春，問得含糊。

「鋪子裡的事正談著呢，今天讓二掌櫃一個人撐著，只怕是累得不輕，我得早些回去。」楊進寶笑道。

「辛苦姊夫了。」九月不好意思地笑了笑，她出的主意，自己卻當了甩手掌櫃，這些事全賴給楊進寶和吳財生撐著。

「沒什麼辛苦不辛苦的。」楊進寶笑著搖頭。「香燭鋪子收益不錯，如今已陸續抽出近三百兩銀子投到祈福巷，我相信，就是沒有我們，妳一個人也能做成這些事。」

「行了行了，你們倆就別捧來捧去的了。」祈巧好笑地打斷兩人的話。「一家人不說兩家話，趕緊回去吧，九月這兒還有不少事呢。」

「告辭。」齊孟冬笑嘻嘻地朝九月拱手，眨了眨眼。

「齊公子，您下次什麼時候來呀？」後面有受了齊孟冬恩惠的，依依不捨地喊道。

「齊公子，您下次什麼時候再來義診呀？」九月挑眉湊趣道。

「咳……隨時。」齊孟冬弱弱地白了九月一眼，一轉頭卻是笑容滿面。「相信不會很久的，先告辭了。」

丟下無數眷戀的秋波，齊孟冬拽著游春落荒而逃。

九月送他們離開後回到院子裡，想幫著一起收拾，卻被祈祝等人推了出來。「九月去休息吧，今早也怪累的，這兒有我們呢。」

好吧，九月也不辜負姊妹們的好意，重新提了熱水回屋。

第二天便是清明，郭老留下一個侍衛照顧文太醫，帶著顧秀茹和另一個侍衛急急忙忙回落雲山，九月跟著回了一趟，去周師婆墳頭祭拜一番便回來了。

文太醫倒是隨意，除了給祈老頭診治，其餘的工夫都放在尋找草藥上，大祈村的人很快就知道他也是大夫，可是卻很少有人找文太醫看病。畢竟比起齊孟冬，文太醫倒有些嚴謹了。

九月的全副心神也投入到新房子這邊，圖紙繪出來了，人員齊備，磚瓦也運了過來，她想儘早蓋好儘早搬過來。住在新家院子裡雖然還算適應，卻也不方便。

一晃便是半個月，天氣漸漸暖和起來，九月的那排小樓已經蓋起了一層，眼見就能架上樓板砌二樓了。

這一日，九月等人快忙到中午的時候，天色漸變，不出一個時辰，便下起了大雨，眾人只好收拾東西紛紛避雨。

有大祈村的工人便領了半日工錢回家去了，外村來的工匠住在臨時搭起的棚屋裡，這會兒下雨，祈稷便邀他們回他家歇歇，眾人混得熟了，也不拘束，跟著就去了。

九月過意不去，便在家做了幾道肉菜送到祈稷家，到那邊的時候，余四娘已經蒸好饅頭，做了四、五道菜招待了。

祈稷三兄弟還沒有分家，今日因為下雨，一家人倒是都在，加上六、七個外村的匠人和工人，這麼點菜哪夠人家塞牙縫？

「呀，九月來了。」余四娘看到九月端了幾道菜進來，頓時笑逐顏開，伸手便接過去，分了兩盤放到自家孫子面前，才把剩下的擱到那些工匠面前。「來來來，添菜了，大夥兒大口吃肉大口喝酒，保證夠！」

九月聽罷，不由抽了抽嘴角，保證夠？拿什麼保證？那幾道素菜嗎？

「十堂哥，麻煩去打幾壺好酒。」不過，這會兒還有幾個為她做事的工匠在，她也不好說什麼，便從腰間摸出幾十文錢，遞給祈稷。

「我去我去！」余四娘雙手一撲，把九月手中的錢都握在手裡，滿面笑容地打了把傘走了。

祈稷無奈，只好歉意地朝九月笑道：「九月，吃了嗎？一塊兒吃點吧。」

「坐這邊。」祈稷的媳婦聽到，站了起來，把位子讓出來。她如今的肚子已很大了，算算日子，都超過預產期了，卻依然每日家裡家外的打掃，一點生的跡象都沒有。

「不了，嫂子坐。」九月搖頭，祈瑞年和祈菽幾人和工匠們擠了大桌，這邊坐的是祈菽三兄弟的媳婦們，還有他們的孩子。

祈菽的媳婦叫余阿花，二十四歲，長得豐腴白皙，生就一雙帶笑的眼，她生了兩個兒子，大兒子祈五豆如今五歲了，小兒子祈五桑也有三歲，兩個都遺傳自余阿花，眼睛彎彎的，看著就像在笑般，是余四娘的心頭肉，加上余阿花與余四娘又是本家姑姪，余阿花在家裡的地位是旁人無法撼動的，也虧了她本性純良，不是個愛道是非的人。

祈黍的媳婦叫張小棗，個子嬌嬌小小的，皮膚黑裡透著紅，兒子祈五薯也三歲了，身材卻依然窈窕如昔。

九月與她們倆沒有交集，所以印象也不是很深，這會兒見了，也只是點頭笑了笑，便轉向大肚子的錢來娣。「嫂子什麼時候是日子？」

「算算早該是了，可就是沒動靜。」錢來娣羞澀地紅了臉，給九月拖了一張小板凳過來，伸手要拉九月一起坐。

「別忙了，妳快吃吧。」九月哪好意思坐在一旁看人家吃飯，忙擺手拒絕。

「一起吧。」余阿花見狀，也給九月找來一副乾淨的筷子，一笑起來，眼睛彎得成了月牙兒，讓人瞧著就舒心。

九月含笑接過筷子，目光掃過幾人。余四娘那張嘴這麼厲害，找的幾個兒媳婦倒是都挺好的。

「來。」張小棗也遞上乾淨的空碗表達她的善意。

九月謝過，正要入坐，便聽門口響起余四娘的聲音。「哎呀——親家母，怎麼今兒個送催生飯來了？正下這麼大雨呢！」

錢來娣聽到聲音，臉上流露喜色，又站了起來。

「這幾天家裡忙，老說要過來，就是抽不出空，這不，今兒下雨，也不用做事，就趕著來了。」另一個帶著笑意的婦人聲音響起。「這都過了正日子好幾天了，我這心裡也急呀。」

「呵呵——興許呀，妳這外孫等的就是妳這催生飯呢，妳不送，他就是不出來。」余四娘興高采烈地應著，沒一會兒，她便拉著一個婦人進了院子。「阿稷，妳岳母娘送催生飯來了，快出來接著。」

「是。」祈稷立即起身出去迎接。

「喲，這麼多人呀。」婦人和錢來娣長得極像，看到屋裡這麼多人，有些意外。

「是呢，這不下雨嘛，我姪女家的房子也歇了手，阿稷就把工匠兄弟們請到家裡來坐坐了。」余四娘邊說，邊把雨傘放到屋簷下，一手撣了撣身上的水滴，一手把懷裡抱著的酒罈遞過來。「來，村口貨鋪裡最好的女兒紅，就這一罈了。」

嫁出的女兒懷孕後，娘家須於分娩前備一份厚禮擇日送往女婿家，便是所謂的催生。一般來說，催生的均為頭胎，一來是對有孕的女兒表達關心，二則是祈求分娩順利、母子康泰。

只是不知為何，錢來娣的娘家卻到此時才送來催生飯，而且還是在下雨天由錢母獨自挑過來，這其中的內情，外人是不得而知了。

錢來娣看到母親可以說是又驚又喜，可接下來的反應卻著實嚇了眾人一跳——

「娘，您怎麼來了？」錢來娣看到自家娘親很高興，快步迎了上去，可剛剛走了幾步，也不知道是岔了氣還是扭了腰，她忙停下來，單手托著腰皺起眉。

「嫂子，怎麼了？」九月離得最近，忙起身扶了一把。

「我……好像閃到腰了。」錢來娣猶豫著說道。

「不會吧？」張小棗也站起來，過去細細打量錢來娣一番。「該不會是要生了吧？」

「媳婦，妳哪……哪裡不舒服？」祈稷立即放下擔子，上前扶住錢來娣，緊張地問道。

「我好像……閃著腰了，肚子直往下墜……」錢來娣也嚇到了，小臉煞白，一手撐著腰，一手抱著肚子不敢動了。

「這是要生了呀！」余阿花繼張小棗之後驚呼道，她放下碗筷，和張小棗兩人迅速安排事情。「小棗，快去燒水！阿菽，快去請李大娘來！阿稷，把你家媳婦抱回屋去，躺好了，莫胡亂動！」

余阿花生了兩個兒子，這經驗自然比錢來娣要足，三言兩語就把事情安排妥當。

祈稷立即照辦，錢來娣雖然肚子極大，可他一下腰，輕輕鬆鬆地就把人橫抱起來，在余四娘和錢母緊張的護佑下送回屋。

「這……你們家還有事，我們就先回去了。」工匠們見狀，知道留下也不方便，就要起身告辭。

「不用不用。」余阿花忙攔下。「這肚子剛疼，一時半會兒的也快不了，大夥兒就別挪了，繼續吃飯，一會兒我們家小叔添了兒子，給大夥兒再添酒。阿黍，招呼好了。」

九月旁觀，對這余阿花的索利表現很是驚訝，沒想到那麼不靠譜的三嬸居然有這樣能幹的兒媳婦。

張小棗已經去廚房燒水，祈菽也戴了斗笠穿上蓑衣，去請村裡的李大娘了。這李大娘不是專門接生的，不過她是個全福人，又懂這些事，大祈村大部分的人家生孩子都願意請她過來，一來二去的，李大娘就成了大祈村接生的不二人選。

余阿花安排了這些事，又招呼小桌上三個孩子乖乖吃飯，才歉意地朝九月說道：「九月，妳隨意，我得去幫忙了。」

「嫂子只管去忙。」九月點頭，也站起來。「我去請文大夫。」

「欸欸，姪女說得對，有個大夫在，總能保險點。」祈瑞年穩坐那邊，和工匠們吃得香喝得爽，聽到這話才轉頭讚了一句，一點也不緊張。「阿稷家的這娃兒都超過十個月了，生下來一定壯實得很，不用緊張。」

他不說還好，一說孩子壯實，九月心裡便一緊。

「我這就去請文太醫過來。」九月臉色一凜，回頭便看到余阿花在皺眉，心知這位嫂子似乎也和她想到了一塊兒，不過這種關頭，有些話是不能隨便說的，便安撫地朝余阿花笑了笑，轉身出去了。

九月撐著傘回到家，文太醫和侍衛一早出門卻還沒有回來，眼見雨越來越大，他們又沒有帶雨具，只怕是耽擱在哪裡回不來了。

她進了門便大聲喊道：「小虎——」

「九小姐。」小虎從廚房裡匆匆跑出來，手裡還拿著一把斧頭，顯然正在劈柴。

「知道文太醫去了哪兒採藥嗎？」九月來到簷下，把雨傘斜撐在身側擋去風拂來的雨絲。

「知道，一早聽青大哥說今兒去後山，很快回來。」小虎點頭，文太醫出門時，侍衛青大哥都會知會他們去向。「九小姐別擔心，我這就給他們送蓑衣去。」

「好，你找到文太醫以後，請他速速回來，我十堂嫂要生了，估計……反正，請文太醫援助！」九月越想越心驚。「快去！」

小虎睜大眼睛，回過神來，他知道女人生孩子的危險，立即轉身跑進去，沒一會兒便和阿德一起出來了，一邊套著蓑衣一邊和阿德說道：「你從左邊走，我從右邊，看到文太醫就告訴情況，知道嗎？」

「成。」阿德神情凝重，臉色竟有些蒼白。

兩人衝進雨幕中，九月才稍稍鬆了口氣，轉身往堂屋去。

祈喜從祈老頭屋裡出來，見九月面帶憂色，忙問道：「九月，怎麼了？」

「十堂嫂要生了。」九月應道。「我們家的紅糖放哪兒了？我記得還有半枝山參，切出來給十堂嫂送過去吧。」

「在櫃子裡。」祈喜聽罷，把手中木盆裡的髒水隨意往院子裡一潑，木盆往門邊一放，就快步跑向自己的屋子，沒一會兒，便拿了好幾樣出來。「紅糖還有半包，山參也只有這麼點，都拿去嗎？」

「嗯，這麼點也不知道用不用得上。」九月點頭，伸手接過。

「我跟妳一塊兒去。」祈喜把東西往懷裡一抱，尋了把傘撐起。

兩人回到余四娘家，李大娘已經到了，祈稷被工匠們拉著安慰，卻仍顯得心神不寧。

李大娘看起來大概有六十歲，收拾得倒是挺整潔，身板也硬朗，看到九月和祈喜兩人，笑著點點頭。「妳們兩閨女可不能進去，在外面幫著燒燒水吧。」

「好。」祈喜點頭，拉著九月熟門熟路地進了廚房。

張小棗已經在燒水了，灶臺上的木盆裡還放了一把剪刀，顯然是準備用來接生的，這會兒放在這兒是要用沸水消毒。

余四娘也在廚房裡，她正從擔子裡一樣一樣的往外拿東西，腳邊已經擱了好幾樣。

九月瞄了一眼，見那些紙包上都貼了紅紙，寫著紅糖、桂圓、紅棗，邊上還綁了兩隻活雞，雞翅膀上也一樣繫了紅線，而另一頭筐裡放的便是小孩子的衣衫、襁褓、尿布等，心知這是錢母挑來的擔子。

余四娘眼中明顯帶著嫌棄，不過倒是沒有說出來，清點之後，又把東西一樣一樣放回去，活雞拎著放進廚房旁的雞窩裡，頓時惹來一陣雞啼，兩隻外來的雞被這家裡土生土長的雞給「下馬威」了。

余四娘回到廚房，從寫著紅雞蛋的紙包裡拿出一枚染得紅紅的雞蛋，嘀咕著去祈稷屋裡。

九月還以為余四娘是拿著紅雞蛋給錢來娣補充體力去了，也沒在意，可沒一會兒，余四娘又捏著那紅雞蛋回來了，她不由驚訝地多看了兩眼。

「那蛋不是吃的。」張小棗留意到九月的神情，笑了笑，輕聲解釋道：「這是預祝生孩子跟下蛋一樣快呢。」

「唉，這錢家也真是的，就一個女兒，還這樣摳，催生飯還捨不得送，非拖到下雨天來……」余四娘坐在灶後面一邊添柴一邊嘀咕起來。興許她覺得有人能聽一聽她的牢騷，話匣子一打開就關不上。

從余四娘一開口，張小棗便直接漠視，自顧自地收拾灶臺，舀了開水燙剪刀，再從祈喜手上接過紅糖，準備給錢來娣做兩個糖包蛋。

「娘，水已經破了。」余阿花撩開布簾走進來，很是鎮定。「小棗，糖包蛋好了嗎？得趕緊讓她吃兩口補充體力，一會兒才能使力。」

「這麼快？」余四娘一愣，隨即喜道：「快好了、快好了，都熬過十個多月了，再不生可真要急死人了，這親家母，催生飯早該送了，早送過來，說不定娃兒都滿月了。」

說罷，便空著手，急急忙忙往外面去了。

「嫂子，這幾片山參帶上，給十堂嫂吃兩片。」祈喜已經把山參切了出來，遞給余阿花。

「欸，好。」余阿花也不客氣，捏在手裡，朝九月歉意地笑了笑。「八喜、九月，麻煩妳們在這兒看著，小棗得跟我一起進去幫忙。唉，姻嬸只知道拉著來娣的手哭呢，還有娘她……」

言下之意，不言而喻。

「嫂子快去吧，這兒交給我們。」九月忙點頭，燒個水而已，有她和祈喜就夠了。

第一百零九章

九月在廚房一番尋找，沒一會兒，還真在角落尋到一個酒罈子，打開聞了聞，酒氣沖鼻，她心裡一喜，忙尋了一個大碗倒出來，卻只有半碗。

祈喜聞到氣味，伸出頭來瞧了瞧，見九月倒了一碗白酒，忙壓低聲音說道：「九月，妳做什麼呢？那可是三叔的寶貝，堂哥們都不能碰呢。」

「消毒用。」九月隨手就把水裡泡著的剪刀扔進碗裡。

這時，祈瑞年聞著味兒，撩開布簾伸頭進來，看到是九月拿出他的寶貝，火氣頓時壓了下去，笑著問道：「誰……姪女，妳也愛喝白酒？」

「三叔，這是泡剪刀用的。」九月直接說道。

「啥?!」祈瑞年的眼珠子都快掉出來了，他寶貝的白酒居然被她用來泡剪刀了？

「剪刀上生了鏽，光用沸水是消不乾淨的，用白酒泡過才好。」九月可不希望消毒問題解釋半天，便輕描淡寫一語帶過。「等明兒，我賠你一罈。」

「成，用吧、用吧。」祈瑞年本要發作，聽到這一句，頓時高興起來，縮回頭又回外屋去了。

「九月，妳賠他做什麼？那是他家孫兒。」祈喜看不慣，嘀咕了一句。

「女人生孩子，是個劫，馬虎不得，還是讓他安靜些，免得又生出事端來。」九月笑了笑，沒在意。

祈喜聽著也覺得有道理，便點點頭，不說話了。

很快，熱水燒開了兩鍋，九月拿起兩個乾淨的木桶，舀了水送出去，這邊祈喜再接著加水燒。

「九月，我來。」祈稷無心吃飯，看到九月提著兩個木桶出來，立馬就衝過來接了木桶。

九月便又轉回廚房接著送了一桶，來到祈稷的屋門口，他手中的木桶已經被提進去，人卻被擋在門外。

生孩子的屋，男子進不得，未婚的姑娘也進不得，於是九月也等在外面，還沒來得及安慰祈稷幾句，只聽裡面一聲低低的驚呼。「糟……」

祈稷和九月面面相覷，只聽到錢來娣一聲比一聲還要慘的呼痛聲，加上看不見裡面的情況，這乍聽之下，祈稷的臉都白了，顫聲問道：「娘，出什麼事了？」

接著，一陣腳步聲響起，張小棗手上染了血，臉色慘白地打開門，聲音裡隱隱有些顫意。「娃的一隻腳先出來了……」

難產！九月頓時懵了，在古代，順產都危險，更何況是難產……

「娃的腳先下來怎麼了？」祈稷卻是不懂，他納悶地看著張小棗。

張小棗掀掀唇，看了看九月。

「十堂哥，先別問了。」九月立即說道。「小虎和阿德去找文太醫了，現在還沒回來，你快些找人一起去後山找，文太醫醫術了得，讓他來，嫂子和孩子一定會沒事的。」

「九月，妳是說……妳嫂子有事？」祈稷瞪大眼，傻傻地問。

「我沒這麼說，你快去找人，要快！」九月見他有些怔忡，顧不得別的，一把掐住他的手臂，盯著他一字一句說道：「十堂哥，你記住，嫂子一定不會有事，只要你能找到文太醫，就一定不會有事。」

祈稷興許是被她的鎮定感染了，目光漸漸清明起來，朝九月和張小棗說道：「我現在就去，這兒……麻煩妳們了。」

「快去吧。」張小棗點頭，目光在九月身上轉了轉，這是她頭一次見識到這位小姑的本事，顯然這位小姑知道女人生孩子是怎麼回事，也明白此時的情況。

祈稷轉身奔了出去，到了堂屋向工匠們尋求幫助，那些漢子跟著祈稷做事也不是一天兩天了，受到不少照顧，又拿著九月的工錢，一聽祈稷媳婦難產，立即放下手裡的碗筷，紛紛起身跟了出去。

最後只剩下祈瑞年一個醉眼矇矓地看著他們離開。「咦？你們怎麼就走了？接著喝啊！」

「爹，要出事了，你還喝?!」祈黍取了蓑衣回來，就看到祈瑞年這副模樣，不由暴吼一聲，也衝了出去。

祈瑞年被吼得打了個哆嗦，酒也醒了幾分，搖搖晃晃地站起來，在門邊摸到一把傘撐著，也走了出去，只不過他出了門，被風雨一激，腦子又有些糊塗起來，腳步順勢一拐，就去了祈豐年那兒，進了門，還大著舌頭說道：「大哥，我來看爹……爹來了。」

「你又喝酒？」祈豐年現在已經戒酒，看到祈瑞年這樣，不由皺眉，卻也無奈，扯著祈瑞年進了屋。

「喝……不多。」祈瑞年把傘往地上一扔，就搭著祈豐年的肩說道：「剛喝呢，他們就……跑了，說是……呃……娃的腳先下……下來了，要找……找文大夫……救……救人。」

「什麼?!」祈豐年吃了一驚。「阿稷家的難產了？」

「不……不知道。」祈瑞年翻著白眼結巴道：「爹呢，我要找爹……」

「你！」祈豐年怒了，咬了咬牙正要訓他一頓，便見祈瑞年腦袋一歪，整個人靠在他身上，接著呼聲大起。他的怒斥頓時卡住，瞪著祈瑞年半晌，最後都化作無奈的一嘆，架著這個醉醺醺的弟弟往他的房間走去。

安頓好祈瑞年，祈豐年又去祈老頭屋裡看了看，檢查過老人的衣褲，確定沒有不妥，才在床邊坐下，看著老人的臉說道：「爹，阿稷的媳婦要生了，我過去看看，就回來啊。」

祈老頭的眼皮子動了動，嘴唇掀了掀，經過文太醫這幾次的針灸，他的病情已經穩定下來了，只是眼睛卻一直沒睜開。

而此時，九月正被余四娘和錢母圍著。

屋裡，錢來娣的聲音越來越弱，李大娘急得不行，余阿花一直守在錢來娣身邊喊著。

「來娣，不能睡，妳要撐著點……」

張小棗已經進進出出換了數盆血水。

外面，聞訊趕來幫忙的婦人已來了不少，屋裡屋外一片嘈雜。

「來娣她小姑啊，求求妳了，救救來娣吧！」

錢母哭得眼淚鼻涕滿面，整個人都滑到地上抱著九月的一條腿又哭又喊。

「我那苦命的來娣啊，打從生下來就沒享過一天福哇！她那天殺的爹嫌棄她，幾個弟弟、弟媳都是狠心人啊……我捨了老臉硬拚著才送了這催生禮，我兒要是有個好歹，我還怎麼活啊……」

錢母哭功一流，抓人的手勁也不輕，九月幾次嘗試都沒能救出自己的腿，不由滿頭黑線，不過她也聽出來了，錢來娣是家裡唯一的女兒，卻被重男輕女的錢父嫌棄，弟弟、弟媳婦也都是那種不管她死活的主兒，倒是這錢母還記著有這個女兒，拚湊了這一擔催生禮過來，不料禮一到，錢來娣卻難產了。

看著九月沈默不語，錢母心都涼了，余四娘也瞧著著急，她雖然埋怨錢母送的催生禮來得不是時候，可到底知道這會兒先救人才是最重要的，她的親親孫兒啊……

「姪女，好姪女，妳就救救妳嫂子吧，嬸子知道以前嬸子這張嘴口無遮攔，得罪了妳，妳要怪就怪嬸子吧，嬸子也知道錯了，這段日子不是一直誠心悔改嗎？」余四娘拉住九月一隻手，放低姿態求道。「阿稷可是幫了妳不少忙的，這些日子他連家都不顧了……」

「三嬸，我沒說不管。」九月聽到這一句，不由皺了眉。

「沒有沒有，是嬸子又嘴碎了。」余四娘連連點頭，還抽了自己的嘴一下。「只要妳能救下妳姪兒，以後讓我幹什麼都行。」

「三嬸，您怎麼知道一定是孫子？萬一是孫女呢？您也想重男輕女、糟踐孫女嗎？」九月的眼睛瞇了起來。

「不是不是，孫兒孫女我一樣疼。」余四娘的心裡突了一下，生生地把話轉了回來。「姪女，我那只是一時口快，心裡不是這樣想的。妳看，我家三個兒子，連個貼心的女兒都沒有，我就盼著有個小孫女呢，我怎麼會不疼孫女呢？沒這樣的事。」

「都鬆手。」九月皺眉不理她，只低頭看著地上的錢母，這副模樣，像什麼樣子？

錢母被她一瞪，下意識地鬆了力道。

九月順勢掙脫她們的包圍，到了一邊淡淡說道：「我不是大夫，也不是神仙，妳們求我有什麼用？我已經派人去找文太醫了，他一來，自然能救人。」

「妳能的，妳一定能的。」錢母爬了起來，一袖子揩去臉上的眼淚鼻涕，急急說道：「之前妳不是用符救了趙家兄弟嗎？妳一定也能用符救來娣母子對不對？」

九月無語了，她那不過是故弄玄虛罷了。

「九月，妳就畫一個吧。」人群裡，祈稻的媳婦猶豫著說道。「妳是福女，不論怎麼樣，讓阿稷媳婦沾沾妳的福氣，她心定些，說不定就沒事了。」

心定些……九月靈光一閃，有了主意。

「是呀是呀，福女有菩薩保佑，說不定這符一給阿稷家的貼上，菩薩也能保佑她呢。」

祈稻媳婦身邊的婦人連忙附和，其中有到刑場見識過神蹟的，附和得更是大聲。

九月的目光一掃，都是村裡的鄉鄰，而祈稻媳婦也是孤伶伶地擠進人群，陳翠娘卻不見人影，她不由皺眉，那個二嬸的性子似乎很清冷呀，看來之前到她那兒聲援，也是因為祈稻被余四娘牽扯進去，才不得不出面的？

「三嬸，我能做些什麼？」祈稻媳婦好不容易擠進了屋，忙向余四娘問道。

「喔喔……燒……燒水吧。」余四娘也不知道該派她做些什麼，只好胡亂一指。

「大堂嫂，妳去燒水吧，讓祈喜出來，幫我去拿東西。」九月見一片亂嘈嘈的，文大夫也不見蹤影，只好當機立斷。她前世沒有生過孩子，也不懂怎麼接生，所知的也只有一些淺薄的知識，現在也只希望自己能幫錢來娣撐到文大夫回來了。心裡有了主意，語氣便鎮定下來。「三嬸、錢嬸，妳們也別慌了，去準備些香燭供品，灶王爺、土地公還有祖宗牌位都拜一拜。」

這一句卻是她胡亂說的，目的就是打發這兩個只會幫倒忙的老婦人，這樣就不會動不動就知道嚎哭了。

「欸欸，好好。」余四娘連連點頭，錢母更是激動得不知道說什麼了，跟著余四娘就進了廚房準備去了。

祈喜很快便出來了，九月安排她回家去取朱砂和符紙、筆。

祈喜跟著九月有段日子，自然知道畫符需要什麼，當下只戴了斗笠就跑了。

現場只剩下九月面對一干人等的圍觀，她也不慌，既然想好了要穩定人心，自然要做得能唬得住人。她一轉身，就把小桌上散亂的碗筷移到大桌上，有機靈的婦人立即進來幫忙，很快就把小桌子清理出來。

「五豆、五桑、五薯，來，到大伯爺家裡玩。」祈豐年一進來，一眼就瞧清了情形，見三個娃兒坐在小桌邊不敢吭聲，就伸手招呼一下。「爹娘都忙著呢，一會兒大伯爺再送你們回來。」

「好。」幾個孩子很懂事，一起手牽手站起來，雖然他們平日也很怕這個大伯爺，可這會兒卻覺得他很親切。

祈豐年一手抱了一個，另一個也找了個相熟的漢子幫忙送過去。

他這邊剛剛回去，祈喜便提著個小籃子衝進來了。「九月！」

九月坐下來，迅速擺好符紙，拿起筆。

祈喜已經打開朱砂罐子。

以往，九月畫最多的還是平安符、驅邪符，對於其他的，她只是略知一二，知道怎麼個畫法，卻都沒有試過。所幸在場的也只是門外漢，瞧的只是個熱鬧，看到九月提筆擺出架勢，都不約而同安靜下來，屏氣凝神地看著，不敢吭一聲。

九月暗笑，提筆在符紙上飛快地畫起來，錢來娣的聲音已經弱下來，可禁不起再熬了。

在眾人的眼中，此時此刻，專注的九月彷彿籠上一抹金光（盲從心理作祟），所有人屏氣凝神，緊緊盯著她手中的筆，左、右、左、右……

終於……

「分別貼於床腳、床底、床頂。」九月記得就這麼幾個，就當是應付過去了吧，放下筆，隨手就給了三張。

張小棗忙伸手去接。

九月看到她手上的血，把符縮了回來。「還是我來吧，沾了血不好。」反正她是要進去的。

「九月，姑娘家進產房不好。」張小棗好心提醒道。

「沒關係。」不進去怎麼行？九月搖頭，示意祈喜把硃砂等東西收好，自己拿著符就快步進了產房。

「哎呀，妳怎麼進來了？快出去、快出去！」李大娘滿頭大汗，看到九月忙想趕出去，就連余阿花也投來不贊同的目光。

「李大娘，人命關天，如今還顧慮這些做什麼？」九月搖頭，躲開李大娘的攔截，三步併作兩步就到了床邊，把手中的符往床頂、床腳以及床底下貼去。

「這是什麼？」余阿花驚訝地問。

「是九月特意給來娣畫的符。」張小棗忙解釋道。「來娣，妳可聽到了，有九月在，妳不會有事的，一定不會有事的。」

被汗水糊了滿頭滿臉的錢來娣勉強睜開眼睛，幾不可見地點點頭。

「九月，符也貼好了，快出去吧。」張小棗催促道，生怕產房的血光污了九月的「佛光」。

「嫂子，我沒事。」九月堅決搖頭，逕自挽高袖子走到床邊。「孩子情況怎麼樣了？」

語氣中的堅定頓時讓李大娘鎮定下來，她忘了還要趕九月出去，上前回道：「只露出一隻腳丫子，這胎可能是橫的，我一直托著呢。」

李大娘確實有兩下子，還知道把孩子的腿推回去，只是這樣做的話，時間久了孩子會不會有事？可偏偏文大夫也沒有回來，九月心急如焚，卻也只能沈住氣按著自己所知道的來。

「李大娘，能把孩子的位置轉過來嗎？」九月試著問道。

「這……」李大娘猶豫著。

「如果臀位……臀先下來，妳能接得下來嗎？」九月又問。

「能。」李大娘點點頭。「只是，大人……」

「嫂子，妳別慌，我們正想辦法呢，妳和寶寶一定都會沒事的。」九月見她點頭，也不聽她多講，轉身對錢來娣說道。「妳聽我的，放鬆，調整呼吸。」

錢來娣看到她，眼中流露一絲亮光，點點頭便順著九月的話調整呼吸。

九月又吩咐余阿花給錢來娣餵了幾片山參，然後連鞋都不脫，直接爬到床上，跪在一旁搓熱自己的雙手，伸手去摸錢來娣的肚子。

也不知是山參起了作用，還是出於對九月的信任，錢來娣的呼吸漸漸規律起來。

九月憑著自己那點淺薄的記憶開始摸胎兒的頭，倒是很快就摸到一個硬硬的部位，在肚子的左下方，再加上那雙腳丫子朝著的方向，胎兒倒有些像蜷著手腳湊在子宮頸處？

「李大娘，孩子的頭就在這兒，能讓他轉過來嗎？」九月滿眼希冀地看向李大娘。

「能。」李大娘這會兒倒也冷靜下來，人命關天，她也只能豁出去了，反正有這位福女擔著呢，她也不怕余四娘說閒話。

「那試試。」九月嘴上說著試，手卻動了起來，順著錢來娣的肚子不斷按揉著，李大娘整個人幾乎都湊到被褥上，汗水已經浸濕她的髮和後背，她也顧不著，只小心地、輕輕地推進那隻小腳丫子。

「進去了！」李大娘高興地喊了一聲。

九月也感覺到手下有動靜，接著李大娘就喊。「看到娃兒的頭了！」

「阿稷媳婦，快，用力，攢了勁一下子用力！」李大娘心頭鬆快許多，大聲地指揮著錢來娣配合。

「啊——」錢來娣雙手緊抓著床單，大聲地喊出來，緊接著，一聲「哇——」的啼哭聲如同天籟在屋裡響起。

「生了生了！」外面一陣歡呼。

緊接著又是李大娘的聲音。「怎麼還有一隻腳丫子?!」

第一百一十章

雙胞胎！

李大娘的這聲驚呼讓九月瞬間被冷汗浸透，雙胞胎，而且還是腳先出來，偏偏錢來娣已經虛脫了，哪裡來的體力再承受一次？

這一刻，九月真希望自己是菩薩保佑的福女。

就在這時，外面響起喊聲。「文大夫來了！」

九月瞬間抬頭看向門口，眼中閃亮閃亮的，直接跳了出來，衝到門口，看到文大夫正被錢母攔著，不由火從心中起，她狠狠地瞪了錢母一眼，壓住火氣對文大夫行禮。「文太醫，我嫂子懷的是雙生子，如今誕下一個，肚子裡還有一個位置不正的，還請文太醫仁慈，救他們母子兩命。」

「九月，她……」祈稷一聽就傻眼了，高高壯壯的漢子眼中頓時朦朧起來。

「好。」文太醫也不含糊，扔下斗笠就邁腿進去。

「男子怎麼可以進產房！」錢母也不知在想什麼，還上前阻攔。

「不想讓妳的女兒死就給我閉嘴。」九月瞇起眼，冷冷地看了她一眼，手一伸，便把文太醫給請進去。「三嬸，您也來幫忙。」

喊余四娘進來，自然是想讓她親眼看著，免得以後又對錢來娣胡言亂語。

「欸，來了。」余四娘今天是難得的老實，推開祈稷就鑽進產房。

余阿花、張小棗兩人把已出生的娃收拾乾淨了，看到余四娘就遞了過來。「娘，是個丫頭。」

「真的？」余四娘居然真的稀罕丫頭，一聽到就雙眼發亮地撲過來，抱住孩子，上上下下地檢查一下，樂道：「哈哈，我余四娘有孫女了！」

說罷，抱著娃兒就往外面炫耀去了，壓根兒就忘了九月要她幫忙的話。

九月也顧不到她，文太醫已經給錢來娣把了脈，一句廢話都沒有，就從隨身的布袋裡掏出一個小布包。

小布包展開，是一排密密麻麻長短不一的銀針，到最裡面，卻是九根金針。

文太醫隨意取了一根扎在錢來娣的人中處，錢來娣「嚶」的一聲醒轉過來。

「給她餵些參湯。」文太醫淡淡地吩咐了一聲。

「是。」張小棗立即跑出去，她準備的東西已經給錢來娣吃完了，山參也只有片沒有湯，還得現做。

「九小姐，胎兒位置不對，我也沒有多少把握，現在只能扎針試試了。」文太醫轉向九月，目光坦然，就好像交代一件最平常不過的事。

「這……」余阿花欲言又止地看了看九月。

「我相信文太醫的醫術。」九月當機立斷。

「有勞九小姐把孕婦的肚子露出來。」文太醫低頭在他的針包上研究。

九月知道他在避嫌，當即上前，放下半邊幔帳，把床裡邊的一條被子拉過來堆到腹下，身上那條往上拉，正好露出肚子。

文太醫看到重新泡回酒裡的剪刀，點點頭，吩咐道：「這位大娘，孩子的頭若是出不來，妳便用這剪子破開生門，一會兒再用線縫上。」

「欸。」李大娘做了這麼多年，遇到的事不少，自然聽得懂他說什麼。

「大夫，保住我的孩子……」錢來娣卻突然撐起頭，對文太醫說了一句，語氣中無限的眷戀，分明就是在交代後事。

「嫂子，文太醫的醫術了得，妳和孩子都不會有事的。」九月用一種堅定的語氣說道。

文太醫看了看她，沒說話，手一拂，指間便多了四根銀針，也沒通知要開始，便到了床邊，對著錢來娣的肚子下針。

九月退回到李大娘身邊，余阿花守在床頭，雙手握著錢來娣的手，不知不覺紅了眼眶。

屋裡眾人全神貫注，也不知過了多久，一聲貓咪般的叫聲才喚醒他們的思緒。

「是個男娃！」李大娘已經說不出自己是什麼感覺了，把孩子接下來後，趕緊跟錢來娣報告一聲。

「快些清理。」文太醫還在旋著那些扎在肚皮上的針，催促道。

「快，剪臍帶。」九月一把端過碗，送到李大娘邊上。

剪臍帶、紮臍帶，然後轉手給余阿花抱去清洗，李大娘則還在收拾錢來娣這邊，胎衣還沒有娩出，大人就還不算安全，不能大意。

所幸，文太醫的醫術實在了得，沒一會兒，胎衣娩出，錢來娣也累極入眠，文太醫收了針，轉到余阿花那邊。

「孩子抱過來看看。」令人意外的是，文太醫居然提出要看孩子。

余阿花正給孩子包襁褓，聽到忙抱了過來，包還散著，一抱之下便有些散亂。

「文太醫，孩子有什麼不對嗎？」九月也擔心。

「無礙。」文太醫檢查了一番，還拿了幾枚金針往嬰兒身上扎了一下，針尾竟滲出一滴黑血，不過隨著他去了金針後，嬰兒的哭聲竟響亮許多。「先天雖有些不足，但日後好好養養便好了。」

九月這才鬆了口氣，她相信文太醫的醫術，既然他說無礙，那就無礙了。

「九月，妳把孩子抱出去吧，我幫著李大娘收拾一下。」余阿花索利地把孩子包好，遞給九月。

「我抱？」九月看著那小小軟軟的孩子，不敢伸手。

「沒事的，這樣抱著就行了。」余阿花看她這樣，就知道她沒抱過孩子，不由笑了，示範著把孩子放進九月懷裡。

九月只好僵著手抱著孩子，和文太醫一塊兒出來。

外屋，余四娘正抱著孫女不斷和人顯擺，錢母到底心繫著女兒，守在門邊不敢離開，祈稷也眼巴巴地站在門前，也顧不得去瞧女兒一眼。

「十堂哥，恭喜你，兒女雙全。」九月看到祈稷失魂落魄的樣子，不由心裡一軟，懂得心疼媳婦的漢子真是好漢子。

「兒女雙全?!」眾人頓時譁然，恭喜聲不斷。

「九月，妳嫂子呢?」祈稷急道。

「嫂子累了，睡過去了。」九月忙安撫道。

「她沒事?」祈稷驚喜地問。

「沒事，熬過來了。」九月笑道。「十堂哥，以後你可得好好待嫂子，她這次可是從鬼門關前回來的。」九月倒也不是有意嚇唬人，要不是文太醫在，無論是錢來娣還是這小男娃，只怕都過去了。

「我知道、我知道。」祈稷連連點頭，偌大的漢子如同孩子般又哭又笑起來。

「快抱抱你這小兒子吧。」九月把懷裡的娃娃塞過去，她不會抱孩子，這一會兒工夫手都快僵了。

「欸欸。」祈稷歡喜得手忙腳亂，不過總算把孩子穩穩地抱在懷裡，他比九月好些，幾個姪子小時候沒少抱，一會兒就適應了，一雙眼睛再也無法從懷裡的小人兒身上移開了。

「文太醫，還請您幫我嫂子開個調養的方子。」九月客氣道。

「好。」文太醫點頭，自有祈菽陪著去開方子，這邊幫忙的工匠們也都被祈黍安頓好，坐在堂屋裡言笑晏晏。

一場禍事消弭，還得了一兒一女，相熟的人都替祈稷高興。

「九月啊，嬸子……謝謝妳了。」余四娘抱著孩子走到九月面前，忽地紅了眼眶，膝蓋居然就軟了下去。

九月嚇了一跳，避到一邊，尷尬地說道：「三嬸，謝就不用了，您以後別罵我就行了。」

「不罵、不罵，以後誰敢罵妳，嬸子就幫妳罵誰。」余四娘聽到九月這話，笑著說道，一點也沒有不自在的跡象。

「祈家妹子，幫我也畫個符吧，我家那孩子到晚上老哭，一哭就身上冒汗，不管什麼法子都不成呢。」圍觀的婦人中有個膽大的湊到面前，異想天開地說道。

「還有我、還有我、還有我。」有一個帶頭，後面便接上來一堆人，紛紛述說起自家的病痛，想讓九月畫個符，好讓她們解除煩惱。

「幾位伯娘、嬸娘們，請聽我說。」祈稻的媳婦看到九月被圍住，忙勸道：「我們家九月也累了，大夥兒有事改天再說吧，這會兒還是讓她先歇歇，這人疲累著，畫出來的符也不知道能不能用呢。」

九月頓時對這位大堂嫂另眼相看，剛才就是她提醒用符「安心」，這會兒又站出來解圍，真是太善解人意了。

九月被祈稻媳婦解救出來後，便和祈喜一起回自家院子，再待下去，九月怕自己會忍不住說出不該說的話來。

眾人見她走了，倒也沒有勉強，恭賀了幾句也紛紛散去，余四娘也開始安排給李大娘的謝禮，還有接下來的報生。

錢母得知自家女兒沒事，又生了一兒一女，一顆懸著的心落了地，不顧祈稷的挽留，撐著傘又匆匆地走了。

而余四娘等人也開始商量著張羅著洗三（注）以及滿月酒席來。

九月和祈喜回到家，文太醫已經回屋去了，小虎和阿德也準備好熱水，而跟著文太醫的侍衛則早早地換過了衣服。

九月回房泡澡後，就直接睡了，今天做的事不多，可精神高度緊張之下，一鬆懈便覺得異常地累。

這一覺，睡得極香甜，最後還是祈喜過來喊醒她。「九月，起來吃點東西啦。」

九月這才覺得有些餓了，便坐起來，懶懶地開櫃子拿衣服，外面的雨不知何時已經停了。

「呼，今天三叔也真是的，大夥兒都忙成那樣了，他還有心思在我們家睡覺。」祈喜一邊拾掇九月的髒衣服，一邊說道。「虧他以前還說爹窩囊呢，依我看，爹比他有擔當多了。」

「人在哪兒呢？」九月驚訝地問，難怪一直沒看到人，原來躲起來了。

「在爹房裡。」祈喜朝外面努努嘴。

「現在還在？」九月又問。

註：洗三，嬰兒出生後第三天要舉行沐浴儀式，聚集親友為嬰兒祝福。

「對，弄得屋子裡進去就是酒氣。」祈喜顯然很不滿，家裡好不容易沒有那酒味了。

「一會兒去告訴三嬸，讓她來領人就是了。」九月點點頭，不當回事。

「欸。」祈喜眼睛一亮，應得脆脆的。

果然，吃了晚飯，祈喜就去找了余四娘，也不知道她是怎麼說的，余四娘很快就殺過來，進屋扯著祈瑞年的耳朵就往外走，祈瑞年迷迷糊糊的也不知道發生什麼事，只側著頭直喚「哎喲」。

「你個天殺的，家裡亂成一團了，你居然躲這兒睡覺，看我回去怎麼收拾你！」余四娘拉著祈瑞年的耳朵不鬆手，出來時看到九月，還咧嘴笑了笑，兩人互扯著出了院門。

九月只當沒看到，文太醫吃過飯正在院子裡散步消食，也裝作沒看見，倒是小虎和阿德兩人躲在廚房裡直樂。

祈喜打了水坐在廚房門口洗衣服，她自己的早洗好晾好了，這一桶是剛剛從九月房裡拿出來的，九月也不好意思光看，就湊過去，端了一張板凳坐著一起洗，一邊輕聲問道：「妳和三嬸說什麼了？」

「也沒說什麼呀，就告訴她三叔喝醉了，在爹屋裡躺著呢。」祈喜抿著嘴直笑。「九月，妳這次可是幫了三嬸大忙，以後她肯定不會再找妳麻煩。」

「我幫的是十堂哥。」九月不在意地說道。「十堂哥幫了我不少呢。」

「幫來幫去。」祈喜笑嘻嘻的。「十堂嫂是好人，不對，幾位嫂嫂都是好人。」

「妳也是好人。」九月忍俊不禁。天下沒有絕對壞的人，也沒有絕對好的人，任何事都是相對的。

「那當然了。」祈喜揚著下巴應道，接著看了看九月，猶豫了一會兒說道：「九月，妳……幫我也畫個符吧。」

「嗯？」九月抬頭看她。「八姊，妳不會也相信我有法力吧？」

「妳不是救了好些人嘛。」祈喜不好意思地笑了笑，羞怯地低了頭，聲音輕得跟蚊子叫一樣。「就幫我畫一個唄。」

「我哪……」九月不由苦笑，正要說話，就看到祈喜的表情，她便試探著問道：「妳要畫什麼符？」

「平安符。」祈喜飛快地接道。「出門能帶的……」

九月恍然，似笑非笑地打量著祈喜。

「我自己用的。」祈喜被她看得不好意思，紅著臉辯了一句，埋頭搓起衣服來。

「八姊，手下留情啊，我就這幾件衣服了。」九月打趣道，從祈喜手裡搶救出衣服，邊嘆著氣。「好吧，誰叫我最好心呢，為姊夫出點力也是應該的。」

「什麼姊夫，淨瞎說。」祈喜含含糊糊地駁道，臉上卻掩不住笑意。

「不是姊夫？那是給誰的？」九月逗她，故作神秘地低聲問道。

「妳還說。」祈喜嗔怪地瞪了她一眼。「是啦是啦，妳快給我做一個。」

「早承認不就好了。」九月忍不住哈哈大笑，引得不知情的文太醫和小虎等人頻頻側目。

「別笑了。」祈喜羞得滿面通紅，伸著滿是水的手就要來搗九月的嘴。

九月躲開，笑道：「不笑不笑，趕緊洗了，一會兒還得給爺爺泡腳呢，明兒我再給妳。」

祈喜才繼續洗衣服。

這時，院門被敲響了，祈豐年從堂屋裡出來，過去開門。

「祈屠……豐哥，吃了沒？」院門外響起一道蒼老的聲音。

「阿七啊，吃了呢，進來坐。」祈豐年很意外，不過還是客氣地把人請進來。

九月和祈喜好奇地回頭，只見一個比祈豐年還要蒼老的男人提著兩個小紙包走進來，後面還跟著一個老婦人、一個中年男子以及……那位頭一個跳出來向她討符的婦人。

「豐叔。」中年男子和婦人客氣地朝祈豐年彎腰，都有些不自在。

「屋裡坐吧。」祈豐年把幾人往堂屋裡請，坐定後便直接問道：「阿七，今兒來，有什麼事嗎？」

「豐哥，我也不會說話，我就……直說了。」名叫葛七的老人把紙包放到桌上，雙手在自己的膝蓋上搓了搓，才不好意思地開口。「聽說，今天下晌姪女兒救了阿稷那口子一命？」

「那是文大夫醫術高明，跟九月沒關係。」祈豐年現在可不打算繼續做個糊塗的醉漢了，就憑他無銀無糧混到京城的本事，憑那一路來回的見識，就足以笑傲大祈村，葛七一開口，他就猜到後面的話。

「是是是，文大夫也確實了得。」葛七連連點頭，話又斷了。

「是這樣的，」中年婦人看看這個瞧瞧那個，見他們都不好意思張口，不由急了。「我們家小順自今年年初起，就一直晚上睡覺老作夢，又是驚叫又是冒冷汗的，我們什麼法子都試過了，看大夫、吃藥，都不管用，去廟裡也求過菩薩，還請張師婆來作過法，可是還是那樣。」

「既然大夫不管用，廟裡菩薩和張師婆也沒法了，我家九囡又哪來的辦法？」祈豐年笑著搖搖頭。「阿源家的，我們都是鄉里鄉親的，我們有話也不用拐著說，我家九囡有什麼本事，我這個當爹的一清二楚，並不是我們不願意幫你們，實在是無能為力啊。」

「九月妹子的本事，我們都是看在眼裡的，之前她還救了趙家三兄弟，張師婆都不是她的對手，還有那天菩薩顯靈的事，我也親眼看到了。」那名中年男子葛源有些激動地說。

「她要沒本事，那天菩薩怎麼會顯靈呢？還有今天，祈稷家的情況，換了誰都是……叔，您就讓妹子幫一幫我們吧，我保證，就算這符對我們家小順不管用，我也不會說什麼的，妹子能給我們符，就是肯給我們面子，我們就知足了。」

這話倒也中肯。

祈豐年有些為難，目光往院子裡瞟了瞟。

「豐哥，你就當……看著玉娥的面子……幫幫我們吧。」葛七生怕他不答應，把葛玉娥都搬了出來。

這下，祈豐年徹底沈默了。

「他們和葛家姑姑什麼關係？」他們這邊聲音不小，九月聽得清清楚楚，便低聲問祈喜。

「葛七叔和三姊夫的爹是本家兄弟。」祈喜掩著嘴小聲解釋。「葛家姑姑前些年也怪可憐的，家裡人都不管她，也就這葛七叔嬸給她一口飯吃，只是他拿這話和爹說又是什麼意思，看著三姊夫的分上還馬馬虎虎。」

「豐哥，我知道，這些年我們也沒少在背後喊你屠子，可是……大夥兒都……」葛七有心想為自己辯解，可無奈的是，他這張嘴不會說話，一張嘴就說歪了，老婦人一聽，忙扯扯他的衣服打斷了。

「他嘴笨，你別聽他的。」老婦人不得已，自己出馬了。

「小順那孩子這兩個月確實受苦了，晚上睡不好，白天也沒精神，四歲的娃現在看著跟三歲的娃都比不上，再這樣下去，這小命……也不知道能不能保得住，我們這心裡都急著呢，你就瞧在小順喊根旺家的一聲嬸子的分上，幫幫我們吧，有沒有效都沒有關係，真的。」

這話還能聽。祈豐年的沈默有些鬆動了。

第一百一十一章

「孩子的事，我也作不了主，得問她自己。」祈豐年嘆了口氣，這事得九月自個兒說了算。

不過，縱是這樣，葛七一家人也是大大地鬆了口氣，只要祈豐年答應了，九月那兒，他們還是有辦法說動的，畢竟那孩子的心善，他們都看在眼裡。

中年婦人立即行動，出了堂屋，到了九月面前，熱情地奪走九月手中的衣服。「妹子，洗衣服嗎？嫂子幫妳。」說著就把衣服往木桶裡泡。

九月看看祈喜，無奈地嘆口氣。「嫂子，這些衣服已經洗好了，我正打算用清水漂呢。」

中年婦人尷尬極了，看了看衣服，囁嚅地說道：「那……我幫妳們打水。」

「不用了，打水的事有我們呢。」機靈的小虎提著一桶清水出來，堵住中年婦人的話。

「那……我幫妳們晾。」中年婦人還是不放棄，尋找能為九月效力的事。

「嫂子，不用了，這兒我們來，妳去把妳家孩子帶來吧。」九月搖搖頭。

「我幫妳們……啥？」中年婦人這時才反應過來，瞪大眼睛，驚喜地看著九月。

「源嫂子，九月讓妳去把小順帶來呢。」祈喜好笑地提醒一句。

「好……好！」中年婦人喜出望外，手裡還攥著衣服就往堂屋跑。「源哥，妹子答應了，讓我們把孩子帶來呢！」

「源嫂子，我的衣服——」祈喜忙追上去，把衣服解救了回來。

葛七一家聽到，頓時高興得站起來就要走。

「阿七啊，讓阿源回去就行了，反正要回來的，何必多跑一趟。」祈豐年笑著搖頭，勸下了幾人。

最後，葛源興沖沖地回家接孩子，葛源家的到院子幫忙晾衣服。

葛小順很快被帶到九月面前，四歲的孩子，瘦瘦小小的，頭髮泛黃，身上衣服一看就知道是哥哥汰換下來的，穿在身上顯得極寬大。

九月看到這孩子，就抬頭看向院子，不知何時，文太醫也不知去向，方才的談話，他肯定聽到了，可這會兒人卻不見了，又是為哪樁？

九月略一思索就明白了，文太醫這是不願動手了，無可奈何，只好硬著頭皮自己上，極力回憶前世知曉的那點淺薄知識。

可翻來翻去，她也只想起有關小兒夜啼的三條——一個是孩子缺鈣引起的多汗、枕禿、囟門閉合晚等等；二是受了驚嚇；三麼，也可能是白天玩得累了引起夜裡夢魘，夜裡睡不好，白天就犯睏，周而復始便成了惡性循環，導致日夜顛倒。

九月伸手撫了撫小順的頭，他的後腦勺處頭髮確實有點少，至於囟門，都四歲的娃了，閉得再晚也閉了。

小順在九月面前似乎有些怯意，整個人直往後縮，被婦人緊緊按住。

九月摸完他的腦袋，手直接伸向小順的小腿肚，捏了一下。
「哎喲——」小順立即叫起來。
「疼嗎？」九月鬆了手，問道。
「姑姑問你話呢，快說。」婦人催了他一句，又代小順回道：「確實疼呢，這段日子老是喊疼，不過白天在外面跟人家玩的時候，又忘記了。」
「天天在外面跑？」九月問道。
「也不是天天，不疼了就去，玩上一天又會疼。」婦人愁眉苦臉地摸著小順的腦袋，擔心地說道：「妹子，妳說，他會不會不小心去了不該去的地方，才這樣的？」
迷信的說法又來了。九月無奈地搖頭。「不是。」
「那是為什麼？」婦人忙追問，邊上站著葛七一家，也不敢過來插嘴，均是一臉期盼地看著九月。
「他這是缺……」九月說了幾個字又停下來，想了想，還是換了種說法，連解釋都省了。「他這個不難治，我一會兒給妳一個福袋，妳讓他日夜掛脖子上，不過，不能沾了水。」
「好好好！」葛源媳婦一個勁兒地點頭。
「回去以後，給他煮一桶艾草湯泡泡腳，不能摻水，要是一開始太燙，就把腿擱桶上面熏，上面蓋條毯子或衣服，別讓熱氣溢出來。」九月說的其實是她前世小時候小腿抽筋疼痛時，她外婆就這樣給她熏腿泡腳，可誰知，這個方法聽在葛七一家人耳中，卻成了另一種意味。

要知道，艾草湯可是驅邪的啊……

葛源娘和葛源媳婦看向小順的眼神都不一樣了，滿滿的憐惜，就好像小順得了不能治的病似的，倒是葛源聽得仔細。

「待到水溫能接受時再泡腳，泡到水涼了為止，泡的時候多給他揉揉。」九月站起來。「白天莫讓他睡，多曬太陽，熬些大骨湯給他喝，相信不用多久，他就沒事了。」

九月這番話說得中規中矩，艾草是祛寒祛濕的好東西，可以緩解小腿抽筋疼痛，偏偏葛源娘和葛源媳婦卻想歪了——孩子只怕真的沾了不好的東西，又熏又泡的，還要多曬日頭，分明就是驅邪嘛。

「你們在這兒等等，我去取福袋。」九月說罷就扔下他們回屋去了，符，自然只是掩護，真正的藥還是之前遊春教她的香。那孩子白天玩得太過頭，精神極度亢奮之下，夜裡就睡得不安穩，只要用那香讓他安神睡一晚，調整作息，慢慢的，自然就好了。

「回去找根紅繩掛上。」九月出來後，把福袋遞出去。

「謝謝、謝謝、謝謝！」婦人激動地雙手捧過。

「豐哥，謝謝。」葛七也向祈豐年連連道謝，雙手拉著他一直不鬆手。

「謝啥，不早了，快帶孩子回去吧，夜了在外面走不好。」祈豐年好心提醒。

聽在別有心思的葛源娘耳中，她頓時激靈了一下，招呼葛源抱了孩子，讓葛源媳婦把福袋塞到小順衣襟裡面，急匆匆地走了。

「那東西，真的有用嗎？」祈豐年送走了人，關上門回來，還猶豫地看著九月。

「可能、應該、或許、大概有用吧……」九月笑了笑，招呼祈喜去打水，給爺爺按摩的時辰到了呢。

第二天，天氣極好，工匠們不用人吩咐，就自發地上工，連祈稷也沒有休息，早早地趕了過來。

九月到草屋的時候，他們已經忙了一個時辰。

「九月，明兒洗三，妳來主持吧。」祈稷已經從家人那邊知曉昨天全部的過程，對九月更是打心眼裡感激，看到她就熱情邀請。

九月連連搖頭，告饒道：「十堂哥，你就饒了我吧，我可做不來那些事。」

祈稷大笑，他也知道九月做不來，便不再勉強。「那妳明兒可得早點過去。」

「成。」九月點頭，作為堂姑，明兒添盆是少不了的。

祈稷才放心地做事去了，一夜之間，他已經是有兒有女的人了，努力做事是應該的。

接下來，九月四處轉悠查看建房進度，橋那頭突然興沖沖跑來一個人，在眾人的注視下，直接來到九月面前，大聲說道：「九月妹子，妳真靈！」

「啊？」九月愣住了，面前的男人是葛源，可是他說的真靈……她哪兒靈了？

「昨兒回去以後，我就按妳說的做了，昨兒夜裡，我家小順睡得可好了，就是汗還有點多。」葛源興奮得手舞足蹈。

「嗯，那就好，今兒也別拘著他，小腿疼也要讓他活動活動。至於出汗麼，也不要緊。」九月點頭，原來他說的是這個，那不靈才怪，這麼小的孩子，正是成長的時候，整天瘋玩，那小腿能不疼嗎？

很快，葛小順好轉的消息傳遍了整座大祈村，眾人聯想到趙家三兄弟、張師婆、菩薩顯靈等等事蹟，那些想求福袋的人聞風而動，以前眾人避之唯恐不及的祈家院子第一次人滿為患。

祈豐年感嘆之餘，又不得不打起精神招呼客人，小虎、阿德不停地燒水泡茶，很快就把那點茶葉消耗殆盡。

文太醫的醫術也被眾人津津樂道，可是他一向嚴肅寡言，整日裡除了給祈老頭診治，便是帶著侍衛不見人影，眾人也不敢打擾他，只好纏著祈豐年求情，有熟人的就求個面子，沒有熟人的就找熟人，實在找不著了，那就大包小包的送禮。

九月在草屋工地的時候尚且好些，一到家，立即便被熱情的鄉親們包圍了。

妳想打水？沒問題，咱們代勞了！

妳想吃飯？沒問題，咱們手藝好極了！

妳想……

總之，小半晌的工夫，就嚇到九月了，這熱情……

「各位，謝謝，不過這會兒我家九月還得給我爺爺祈福呢，大家都回去吧。」最後還是祈喜想了一招，把九月從人群裡解救到祈老頭的屋裡。

眾人一聽，倒是不好再打擾，就退了出來，到了堂屋裡、院子裡繼續和祈豐年「聯絡感情」。沒有得罪過祈豐年的，這會兒慶幸不已，有那臉皮厚的，也不要緊，伸手不打笑臉人嘛，禮到笑臉到，祈屠子能好意思趕人出來？

「九月，要我說，妳乾脆一人發一個福袋算了，這樣多煩人呀。」祈喜打了盆水，準備給祈老頭泡腳，看到九月懨懨地坐著，便出了主意。

「八姊啊，妳當這是蘿蔔白菜大批發啊？還一人一個呢。」九月苦笑道。

「那咋辦？」祈喜沒聽懂什麼叫大批發，不過倒是把蘿蔔白菜聽進去了，也知道這主意不靠譜，忍不住皺眉。「要不，妳去鋪子裡住段日子？」

「以後總得回來吧？」九月搖頭，雙手撐在桌上。「唉，還不如以前呢，至少清靜。」

「又瞎說，哪有人盼著當災星的？」祈喜白了她一眼，把水盆放在床邊的腳榻上，轉身去挪祈老頭的腳出來。

這些日子，都是她和九月一起照顧老人，擦臉擦身泡腳按摩，衣服也是常換，老人躺了這幾日，身上也是乾乾淨淨的。

「我不是福女，我只是個再普通不過的村姑，那些福袋都是沒用的紙。」九月嘆著氣。「我得想個辦法讓他們不再相信我。」

「不行。」祈喜立即反對。「妳忘記被人指著鼻子罵的事了？好好的姑娘家，被人罵成那樣，憑什麼呀？現在好了，知府老爺都說妳是福女，咱們能堂堂正正地走在人前，再不用看人家眼色過日子，妳可別又想不開。」

九月回憶以前，難免想到祈喜受牽連的事，立即拋開煩惱，湊到祈喜身邊幫忙，一邊低低地問：「八姊，水大哥有消息了嗎？」

「沒有。」祈喜臉一紅，有些失落地搖頭。

「那妳還向我要平安符？妳知道往哪兒送？」九月狐疑道。

「我這不是想先準備著嘛，等有了消息也不怕來不及。」祈喜這次倒是老老實實地交代了。

「八姊，我的符沒有任何效果的。」九月嘆了口氣，伸手替祈老頭按揉頭部的穴道。「葛小順其實根本不是病，只不過小孩子正長身高，跑得多了才會小腿疼，而且小孩子白天玩高興了，晚上睡覺也有影響，日子久了才會這樣。我那福袋裡除了符，還有一小包安神香，那才是治症狀的關鍵，妳可別指望我的符有奇效。」

「原來是這樣。」祈喜驚訝地看著她。「九月，妳還會治病呀？是不是跟文大夫學的？」

「我哪會治病。」九月失笑。

「不過，既然不是那個……為什麼大夫都診不出來？」祈喜又問。

「可能他們找的大夫不怎麼樣吧，像齊公子或是文太醫，一定有辦法的。」九月搖頭。

「九月，太醫也是大夫嗎？為什麼我總聽你們喊文大夫叫太醫呢？」祈喜後知後覺地請教。

「太醫……是大夫裡面很了不起的人才能稱太醫的。」九月只好矇混過關，同時，她也頭一次對郭老的身分好奇起來。

「喔。」祈喜不疑有他，扯回話題。「九月，其實妳要是能幫幫鄉親們，也是好事呢，今天來的那些人裡面，有幾個家裡是真的不好，不像有些人，完全是衝著求『福』來的。」

「可我的符不是萬能的呀。」九月無奈地搖頭。

「妳瞧整日在廟裡拜來拜去的人，可曾得了什麼？無非就是求個心安，讓心裡有個盼頭。」祈喜給祈老頭泡好了腳，擦乾後就坐在床邊替他按起足底，之前她曾見九月這樣做過，也學了一、兩手。

「這能有什麼用？」九月還是搖頭。「求佛不如求己，任何事都需要自己努力，明知道沒譜的事還盲目寄予希望……我們這不是幫人，是在害人。」

「那怎麼辦？」祈喜想了想，緩緩點頭。

「明兒是十堂哥兩個孩子洗三，等過了，我去鎮上找齊公子。要是可以，請他來義診幾日。大不了，齊公子這幾日的吃用都算我們的，其他的我們也管不了。」九月想了想，總算擠出一個主意來。

直到入夜，那些人一直等到祈豐年露了疲態才不情不願地回去，九月和祈喜倒還好，坐在屋裡一邊給祈老頭按摩一邊和他說話，絮絮叨叨地隨口閒聊，祈老頭時不時地給個反應，動動眼皮、動動手指、張張嘴。

但，躲終歸不是好辦法，祈稷家孩子洗三，家裡著實熱鬧了一把，九月和祈喜也早早過去幫忙。

李大娘又被請了過來，這邊有她照應著，九月和祈喜便偷溜著去看錢來娣。兩天歇下來，錢來娣倒是恢復了些許精神，看到九月時，更是紅了眼眶。

「坐月子可不能哭呢。」九月一看到，忙搶著說道。

「九月，多虧了妳。」錢來娣勉強克制住眼淚，拉著九月的手哽咽道。

「能一胎便湊個『好』字，足以說明嫂子是個有福氣的，就算沒我，一樣可以遇難呈祥。」九月忙安撫。「瞧瞧，多可愛的寶寶，嫂子應該高興才是，哪能哭呢。」

「就是，不能哭，都高高興興的。」余阿花給九月和祈喜端來桂圓雞蛋湯，余四娘得了個孫女，竟比孫子還寶貴，加上祈稷初為人父，昨兒硬是讓人進鎮買了一大包桂圓，今兒當點心招待客人。

「九月，這兩個娃娃全虧了有妳，才能平平安安的，妳能不能給他們取個名字？賜個福袋？」錢來娣那日見九月往她床上、床底貼了符，所以這會兒就認定是九月的符發揮作用，便想著給孩子求個福袋，保佑他們健健康康地長大。

「呃……」九月差點嗆到，正要說話，便看到祈喜朝她擠眉弄眼。

「這個自然沒問題。」祈喜搶著應下。

「福袋是小事，可這取名的事，還有三叔和十堂哥呢，我來取哪合適。」九月只好順著祈喜的話說道。

「合適、合適。」余四娘正巧進來，聽到這話連連拍手笑道：「妳可是這兩個孩子的福星呢，再說了，妳當姑姑的給姪兒、姪女取個名字有什麼不合適的？」

「是啊，九月，妳要是不取，娘可就要犯愁了，她昨兒還想叫姪女五月呢，結果被阿稷說了，說叫五月，那不是比九月聽著還大了嗎？」余阿花笑道。

「我說叫五福，他們又說這名兒取得大了，不能用。」余四娘拉著九月。「我不管，反正這取名字的事就賴上妳了。」

九月苦笑道：「這真不合適。」

「沒什麼不合適的，我都請示過族長了。」余四娘卻一副真賴上她的樣子。

「不是還有三叔嘛。」九月還在掙扎。

「他不配。」余四娘頓時拉長了臉。「那天殺的，前兒家裡出了這樣大的事，他居然喝醉跑妳家躲起來了，他還有什麼資格給孫子、孫女取名？不管他，取了我也不用。」

「那我試試吧……」九月不由訕笑，把三叔躲她家的事捅出來，還是她讓祈喜幹的呢。

第一百一十二章

祈家的名字有個特點，名字都是隔代按單、雙取，祈豐年這一代是雙名，九月這一代則全部是單名，輪到祈稷兒女這一代，則是祈五開頭，第三字則是以農作物為名。

祈稻的兒子叫祈五穀、祈五粟，祈菽的兒子叫祈五豆、祈五桑，祈黍的兒子叫祈五薯。

輪到祈稷家的，叫什麼好呢？九月真的頭疼了，她真的不懂啊。

「十堂哥，我真不會取名，要不，先給他們取個小名，大名另外請個師傅好好算算？」九月也不知道孩子取名有什麼忌諱，只好婉轉地請教祈稷，孩子爺爺被取消資格了，那孩子的爹總有發言權吧？

「莊稼人家，不興什麼大名，九月取什麼名字就叫什麼吧。」祈稷卻嘴一咧，完全不在意。

「我本來還想叫果兒、石頭的小名呢，你這樣說，祈五果、祈五實會不會不好聽？」九月摸著頭，很沒底氣地問。

「那就祈五果、祈五實，哪個實？」祈稷總算好學地問道。

「自然是果實的實。」九月想了想，勉強覺得這個還行，每個孩子都是父母愛情的果實嘛。

「好，就叫五果、五實，五實小名還可以叫石頭，結實。」祈稷咧著嘴笑了。

石頭結實？九月頓時無語。

名字解決了，這邊的親戚好友也越來越多，九月承受不住這些人的熱情，悄悄離開，直到洗三儀式開始，她才回到祈稷這邊的院子。

很快，就輪到她添盆了，她也不知道要添什麼，見祈喜往盆裡扔了幾文銅錢，隨手往腰間一摸，還有兩小塊碎銀子，一個盆裡一塊，直接扔了進去。

「咚」的一聲，李大娘驚訝地抬頭看看她，隨即便反應過來，喊得越發起勁，吉祥話更是一張口就是一串。

這邊儀式完成，閒下來的婦人們又往九月身邊湊。

九月這兩天被圍得怕了，還沒等她們挪過來，就和余四娘打了聲招呼，匆匆溜出去了，家裡自然也少不了來聯絡感情的鄉親，她出了院門，便直接往工地走。

一下坡，就看到祈夢帶著葛小英、葛小山急急往這走，她只好站住。「三姊，這才來呀？洗三禮都結束了呢。」

「九月……」祈夢一抬頭，眼睛紅紅的，看到九月就忍不住哭了。

「怎麼了？誰欺負妳的？」九月吃了一驚。

「沒……」祈夢欲言又止，搖了搖頭。

「是奶奶！」葛小山卻忿忿地說道。「九姨，大姑家的婆婆病了，大姑來家裡，奶奶就讓娘來跟九姨求『福』，娘說九姨忙，結果奶奶和大姑就罵娘，還把我們趕出來了。」

「什麼？」九月吃驚地看著祈夢，居然還有這樣的事？「你爹呢？」

「爹去鎮上了，他說要去四姨父那兒看看有沒有活兒幹。」葛小山小小年紀，說話卻很順溜。

「小海呢？」九月看看他們，既然趕了，為什麼留下小海？

「九姨，奶奶趕的是我和娘，沒有趕小山，是他自己不放心，跑出來跟著我們的，小海還在家裡。」葛小英紅著眼睛解釋。

「走，回家。」九月沈了臉，扶著祈夢往家走。

回到家，果然一院子的「熟人」，看到九月，有不少人覥著臉站起來。

九月直接帶著祈夢和葛小英、葛小山進了自己的屋子。

九月給祈夢母子三人倒了水，拿了兩條手帕遞過去，這才說道：「三姊，快說說，到底怎麼回事？」

「我……」祈夢聽到問話，越發委屈起來，掩面大哭。

葛小英在一邊陪著哭，葛小山也紅了眼睛。

「奶奶老是罵娘，還打過娘……」葛小山使勁地用袖子抹了一下眼睛。

「爹賺來的錢都被她拿給大姑和大伯了，還給他們買好吃的、穿的，過年新衣服都沒有我們的分兒，那些錢都是我爹賺的，家裡的活兒都讓我娘做，大伯娘整天就知道吃，給她的孩子買好的，讓他們上學，我也想上學，奶奶卻罵我。」

「為什麼？難道你們不是她親孫子？」九月頓時皺了眉。

「她說我爹一有錢，就拿去給那個野種。」葛小山又抹了一下眼睛，越是抹，眼淚掉得越多。「姑奶奶的孩子，怎麼是野種？石娃叔叔待我們可好了，他每回從鎮上回來，就給我們捎零嘴，可是奶奶看到，都會把零嘴拿去給大伯的孩子，她還罵我娘和石娃叔叔不乾不淨。」

「什麼?!」九月頓時火了，看向祈夢。「三姊，小山說的都是真的？」

祈夢哭得更大聲，趴在桌上不可自持。

「三姊，哭有什麼用？妳快說啊！」九月無奈了。

只是，祈夢這些年備受煎熬，難得有宣洩的時候，哪能說停就停？

「九姨，妳陪我去把小海也帶出來好不好？我怕大伯的孩子欺負他。」葛小山連連啜泣，哀求地看著九月。「他們經常偷偷打小海，有一次，還抓著小海的腳丫子往臭水溝裡放，被我娘看到了才把小海帶回家，可是他們接著就去告訴奶奶，說娘罵他們，奶奶又拿娘出氣……」

「九月，妳幫幫我……」祈夢被葛小山一提醒，也顧不得哭，伸手抓住九月的手。「幫我把小海帶出來……」

「帶他出來簡單，以後呢？」九月把手帕遞過去。「三姊夫知道這些嗎？」

「知道。」祈夢點點頭，吸了吸鼻子。「他心裡也不好受，那是他的娘，他能做什麼？」

「爹和娘很好的，從來不吵架，大伯和大伯娘天天吵。」葛小山插嘴道。

「那，三姊夫什麼打算？」九月繼續問道。

「我也不知道他怎麼想的，上次我回來就告訴他鋪子的事了，可他讓我瞞著，現在家裡人還不知道我分了一間鋪子呢。」祈夢哭得狠了，說話都一抽一抽的。「平時回來他娘鬧他，他就到鎮上去，十天半個月不回來，總說等他賺夠了錢，就帶我們娘兒四個去鎮上，家裡的……都給他們。」

「你們沒分家嗎？」九月驚訝地問。

「沒有，婆婆說爺爺還在，沒有分家的道理。」祈夢說起這個，隱隱有些失望。

「爺爺？是姊夫的爺爺？」九月驚訝地問，那是多少歲數了？

「是呢，比我們爺爺還大四歲。」祈夢點點頭，哀求道：「九月，幫我想想辦法好不好？這樣的日子……我真過不下去了，小山都七歲了，我想送他上學，我們當爹娘的沒出息，總希望孩子別像我們一樣，可是婆婆只讓大伯家的兩個孩子上學，還說家裡供兩個已經很難了……她都不想想，這些年是誰在撐著這個家……」

「我知道了。」九月點點頭，拍了拍祈夢的肩，知道葛根旺的態度就好，既然他讓祈夢瞞下鋪子的事，想來必是有了打算，並不是一味為那個爛家鞠躬盡瘁的糊塗蟲，那她伸一把手，倒也無礙了。

九月讓葛小英留在這兒照顧祈夢，帶著葛小山出了屋，朝廚房喊了一聲。「小虎！」

小虎快步跑出來。

「你來。」九月招手，帶著葛小山往院子外面走。

「出什麼事了？」祈豐年在堂屋裡看到，高聲問了一句，院子裡的人一直關注九月，這會兒也紛紛站起來。

「沒什麼事。」九月隨意地揮揮手，帶著葛小山和小虎出了院子，到了坡下，見左右無人，便對小虎說道：「小虎，你速去一趟鎮上，找到張義，讓他去找我三姊夫，就說家裡有事，讓我三姊夫速速回來。」

「好。」小虎聽進去了，他不知道誰是九月的三姊夫，不過他和張義是好兄弟。

派走了小虎，九月帶著葛小山前往葛根旺家，她對這路還不熟，走了一半就變成葛小山帶路。

一路上，不斷遇到上前打招呼的人，還好，這些人並沒有提福袋的事。

「九姨，就在那兒。」到了一處路口，葛小山指著前面一棵大樹提醒道，說罷，整個人飛快地衝上去。

九月順著看去，只見葛小山已經衝到樹下，一把掀翻了一個個子比他矮卻比他胖的男孩。接著，葛小山一頭撞在另一個比他高胖的男孩身上，把人撞倒在地後，他飛快拉起地上躺著的小男孩，把小男孩護在身後。

要不是這一番動作，九月還真的沒發現那邊還有一個那麼小的小孩子。

「哇——」兩個胖男孩驚天動地的哭了起來。「娘啊——臭小山打我！」

緊接著，那大樹旁的院子裡衝出一個胖胖的婦人，三人那模樣，站到一塊兒就能看出是母子，她眼睛本就細長，被肥肉擠得更成一條縫，下巴疊了三層，脖子已然看不見，遠看就像一顆碩大的頭直接擱在肥肥的肩上，身上的肉更是一動一大顫。

「死小子，又是你！」胖婦人衝到葛小山面前，一張嘴便是一嘴唾沫，肥肥的手掌也高高地揚起來。

葛小山下意識閉上眼，轉身抱住葛小海，兄弟兩人縮成一團。

九月眼見葛小山要吃虧，忙快步上前，毫不猶豫地伸出手阻擋。「住手！」

「誰多管閒事……」胖婦人惱怒地回頭，目光一看清是九月，凶神惡煞的臉頓時笑得如沐春風。「喲，原來是妹子呀，今兒吹的什麼風呀，怎麼把妳吹來了？」

九月的手臂隱隱作痛，這肥女人，肉夠結實的，震得她手臂都疼了，這一巴掌要是下去，葛小山和葛小海怎麼受得了？

心裡不痛快，說話語氣便冷了。「怎麼？我不能來嗎？」

「喲，妹子說的這是哪兒的話呀，妳來，我們歡迎還來不及呢。」胖女人諂笑著，一轉頭衝著葛小山一瞪眼。「還不請你們小姨進去坐坐？傻愣著幹什麼？」

「妳又是誰？憑什麼對我外甥指手畫腳的？」九月冷眼打量她一番，心裡已經猜到她的身分，卻假裝不知。

「我是……」胖女人臉上一黑，卻又不得不賠著笑臉。

「小山，帶上你弟弟，我們回去吧。」九月懶得理她，轉頭招呼葛小山帶著葛小海回去。

「欸、欸欸，去哪兒啊？」胖女人急了，顧不得還在地上哀號的兩個兒子，橫上一步就攔在九月面前。

「自然是去我家了。」九月看白癡似的看了她一眼。「今兒是我堂哥的孩子洗三，我三姊還有孩子們理應去道賀吃席面的，怎麼？還去不得嗎？」

「這吃席面的事，有三夢和小英就行了，小山和小海去做什麼？這不添亂嗎？」胖女人可是得了婆婆叮囑的，不能讓這兩孩子跟著走，再說了，他們都走了，她的孩子跟誰玩呢？

「主人家不嫌棄，不必妳操心。」九月抿著唇，牽起葛小山和葛小海的手。「小山、小海，咱們走，九姨給你們買好吃的。」

「妳不能帶他們走！」胖婦人急了，伸手就要抓向離她最近的葛小海。

葛小海嚇了一個哆嗦，機靈地躲到葛小山那邊。

「為什麼？」九月瞇起眼，盯著胖婦人。

「因為……因為他們都是我們葛家的子孫。」胖婦人說不上來，胡亂地嚷嚷道。

「笑話，難道我作為小姨請他們吃一頓飯，他們就不姓葛了？」九月提高了聲音問道。

「反正……妳就是不能帶他們走。」胖女人說不過她，乾脆耍賴，撐開雙手跳到九月前面三步遠處，雙腳一跨，居然還蹲馬步想攔截他們。

可是，如此空曠的地方，她那五短三粗的手臂一橫，能濟什麼事？

九月好笑地看著面前的鐵桶，也不知該笑這婦人天真還是該同情她的傻。

「走。」九月懶得理她，逕自帶著葛小山和葛小海往左邊走。

「不准。」婦人跳到左邊。

九月往右，她又跳到右邊，動作倒是敏捷。

九月幾番挑釁之下，婦人有些氣喘吁吁起來，雙手垂下撐著膝蓋直喘氣。

「走。」九月把兩個孩子的手牽到一處，在葛小山肩上拍了拍，這孩子極機靈，應該能理解她的意思。

果然，葛小山緊緊牽著葛小海的手，退後了兩步。

九月作勢往左邊邁去，婦人見了忙往左邊一撲，拉住九月的衣袖，葛小山卻帶著葛小海從右邊突圍出去，急急地跑了幾步之後，遠遠地停下來看向九月。

「你們先回去吃好吃的，九姨一會兒就來。」九月朝他們揮揮手。

「給我回來！」婦人見上了當，鬆了手就要追。

九月腳一伸，婦人頓時撲倒在地，地面似乎顫了顫，一團灰塵騰地竄起。

九月連退了幾步，用手連連揮著面前的灰塵，眉頭緊緊鎖了起來。這婦人，真的跟鐵做的似的，這一腳險些把她骨頭給折了，這會兒還痛著呢。

「妳不許走！」婦人見兩個孩子跑得沒影，手一撐就爬了起來，抓向九月。

只聽「嘶」的一聲，九月手臂上一涼，竟被這婦人撕下一小片袖子，九月大怒，甩手便是一揮，這一下，結結實實地揮在胖婦人的臉上。

然，損敵一千自傷八百，胖女人臉上五個指印高高浮起的同時，九月的手掌也紅了一大片，她不由倒吸了口涼氣，連連甩了甩自己的手。

「殺人啦——快來人——快打死人了——」

胖婦人「嗷」的一聲坐在地上，又拍大腿又拍地的嚎了起來，邊上那兩個小胖子早早溜到牆角站著，這會兒也看傻了眼。

聽到這胖婦人如此驚悚的喊聲，九月反倒不急著走了，她倒要看看這婦人還能玩出什麼花樣。

「快來人吶——狐狸精打人了——災星殺人啦——」胖婦人見無人出來，號得更加淒慘。

「啪——」九月一聽到這兩句，上去就是一巴掌，冷冷地看著胖婦人說道：「妳再說一遍？」

「妳……」胖婦人頓時傻眼了，愣愣地看著九月。

「我什麼？」九月盯著婦人那張肥臉，這一會兒的工夫，她已經領教這婦人的厲害，那麼這些年，三姊是怎麼過來的？「說，妳是不是經常這樣對我三姊？」

「我……」胖婦人的嘴角被自己的牙齒磕到，正滲著血，她有些害怕地往後縮了縮，隨時提防著九月的手。

「妳什麼？看妳今天的所作所為，就知道妳沒少欺負我三姊是吧？還有妳那兩個兒子，要不是我來，小海是不是要被他們折騰死了？」九月危險地瞇起眼。

「沒……」胖婦人想要辯解。

九月壓根兒不給她機會，繼續問道：「沒什麼沒？我親眼看到的，妳當我是瞎子？都抓到了還想賴，誰知道你們背著人是怎麼欺負我三姊和孩子們的。」

「怎麼回事？怎麼回事？」院子裡終於有人出來了，一個老婦人，精瘦精瘦的，一雙細長的眼睛倒有些像葛根旺，她後面還跟著一個老人、一個中年婦人，出了院門，三人就停住了，驚訝地看著胖婦人。「根福媳婦，這是怎麼回事？」

「娘啊，這瘋女人打我，她想打死我啊！」胖女人就好抓到了救命稻草，一下子爬起來衝到老婦人面前，抱著老婦人的大腿痛哭起來。

「妳還真說對了。」九月冷冷一笑，緩緩轉身對著他們一字一句說道：「今兒我不整死妳，我就不叫祈九月！」大不了她叫祈福。

第一百一十三章

老婦人愣了一下，看著她的目光頓時複雜起來。

倒是她身後的中年婦人眼中流露出驚喜，上前一步扒開地上的胖婦人，把老婦人拖後了幾步，附耳說了起來。

不遠處，被胖婦人吸引過來的人越來越多，漸漸的，附近幾個院子裡也出來許多人，看到九月把那胖婦人打得哭爹喊娘，眾人都止了腳步，沒有一個上前阻攔，倒是有不少人在指指點點哄笑的。

九月也不著急，好整以暇地等著老婦人和中年婦人商量的結果……

「原來是小英她小姨呀，誤會、誤會。」老婦人笑容滿面地上前。「屋裡坐吧，中午可吃了？要不，就在我家吃吧，妳也是難得來一趟。」

「吃飯就免了。」九月怎麼可能進去，淡淡地看了看老婦人，指了指自己的手臂。「賠我衣服就是了。」

「這是……」老婦人這才注意到九月的衣服缺了一塊。

「這胖女人誰家放出來的？」九月指著胖婦人。「妳女兒嗎？一個婦道人家，光天化日居然對我一個姑娘家耍流氓，好好一件衣服就這樣毀了，哼，妳說怎麼辦？」

「賠，肯定賠。」老婦人有求於人，只好低聲下氣地應著，心裡把那胖媳婦罵了個狗血淋頭。

「也不要妳多的，就十兩銀子吧。」九月素手一揮，伸出一根手指。

「十……十兩?!」老婦人嚇了一大跳。

「怎麼？賠不起嗎？」九月不滿地看著她。「妳知道我這衣服什麼料子嗎？就這十兩，我還只算了布料錢，這做工這繡藝，哪一樣不是需要錢？」

九月今天穿的是遊春送給她的衣裳，布料雖然不同平常，但也非如此高價，老婦人不知內情，還以為九月說的是真的，這一下可著實嚇得不輕，就是把她家全給賣了，也不值十兩銀子啊。

「小英她小姨，都是自家親戚，妳大人大量，就饒了我大嫂這回吧。」中年婦人上前求情道。

「大人大量？」九月驚訝地笑道：「我們這些人中，除了那兩個胖小子，估計我是最小的吧？讓我饒了她？剛才她發威的時候妳怎麼不出來說？」

中年婦人尷尬地退到一邊。

「小英她小姨，我們家確實沒有這麼多錢，要不等妳姊夫回來……」老婦人見九月這樣說，也知道不好打發了，就是不知道九月這趟上門是為了什麼，難道是給那兩個敗家的出氣？老婦人越想越有可能，不由白了臉。

「大嬸，妳這是說的什麼話？這女人要流氓，和我姊夫有什麼關係？」九月頓時沈下臉，出了事又想讓她姊夫兜著？

「哈哈——」眾人頓時哄然大笑。

老婦人被笑得老臉通紅，乾脆也縮了回去。身後的老人看看九月，又看看地上的胖婦人，嘆了口氣，一句話也沒說，直接轉身進了院子，眼不見為淨。

「小英她小姨，能不能……便宜些？」中年婦人忍不住又上前。

「便宜些？」九月睨著她問。「那成，我也不要銀子了，妳明兒給我送一套一模一樣的衣服來就是了。」

中年婦人皺了皺眉，強笑道：「送一套也不是不可以，只是，妳能不能幫我畫個符？」

「呵，還討價還價了。」九月樂了，問道：「妳想要什麼符？」

「我婆婆這幾天一直喊肩膀抬不起來，妳看看要什麼樣的符？」中年婦人大喜，以為自己的事情有望了。

九月目光往那胖婦人身上一轉。「衣服是衣服，畫符是畫符，兩碼事，妳想要符，也不是不可能。」

「妳說，任何條件我都答應。」中年婦人連連點頭。「要多少錢？」

「我要是樂意了，免費白送；我要是不高興，千金難買。」九月冷哼道。

「這……」中年婦人頓時失望，轉頭看了看仍坐在地上的胖婦人，眼中滿是厭惡。

就在這時，她的救星出現了！

葛小山帶著葛小海匆匆回去，就直接去和祈夢說了這兒的事，祈夢是深知這幾人的厲害的，生怕九月吃虧，便急急地趕過來，後面還跟著祈豐年等人。

祈夢跑得滿頭的汗，到了九月身邊時，擔心地問道：「九月，妳沒事吧？」

「三姊，妳來做什麼？」九月無奈地嘆氣，三姊一來，讓她還怎麼整下去？

「快回去吧。」祈夢見她沒吃虧，鬆了口氣，拉著她就要回去。

「三夢啊。」中年婦人瞬間活了過來，笑著上前就拉住祈夢。「妳來得正好，幫我和小英她小姨求個情，讓她幫我畫一張符唄，畫什麼都行。」

「這……」祈夢看看她，又轉頭看向九月。

「不好意思，我今兒手疼。」九月伸出那隻被阻擋、還打了兩巴掌的手。「要不然，給大夥兒送上十張、八張都沒問題。」

「妳的手怎麼了？」祈夢緊張地拉高九月的袖子，居然還真的紅了一片，她不由大恨，目光直直射向地上的胖女人。「大嫂，我家九月怎麼了？妳怎麼下這樣的狠手？」

這位柔弱的祈三姑娘，自己被欺負狠了忍著，自己孩子被欺負狠了也只會偷偷地哭，這會兒看到九月的手紅了一片，倒是把她的新仇舊恨都勾了出來，這一記眼神不可謂不凌厲，把胖婦人瞪得不由自主地縮了縮。

「九月，咱們走。」祈夢到底還是祈夢，那一瞪之後，似是把所有勇氣都消耗殆盡，一轉身就拉著九月往外走。「什麼符不符的，讓她們自己想辦法。」

九月還以為祈夢這下該發作一回了，那積攢多年的鬱悶早該有個發洩的時候，可此時，她覺得自己高看了祈夢，又或許是她要求太高，長年被壓迫的柔弱女子，總得有個轉變的過程。

沒辦法，九月只好睨了那中年婦人一眼，面無表情地由著祈夢拉她回去。

「娘！」中年婦人看到她們離開，不由大急，來之前，她家男人可是撂了狠話的，今兒她要是不求回十個八個福袋回去，耽誤了他的財路，她也甭想回去了，她的孩子、她的嫁妝……不行，她不能放棄。

「那……」老婦人看看胖媳婦，又看看自家閨女，最終，心裡的天平偏向親生的，猶豫了一會兒忙追上去。「三夢啊，三夢，等等、等等！」

祈夢卻悶著頭只管走。

「三夢，好媳婦——」老婦人大急，只好在眾目睽睽之下肉麻兮兮地喊道。

九月頓覺渾身都起了雞皮疙瘩，祈夢也險些腳下踉蹌，不過，到底還是停住了。

「小英她小姨，老大家的不懂事，衝撞了妳，妳別急，嬸子替妳出氣。」老婦人忙上前拉住祈夢的手，諂笑著說道。

「放手。」九月淡淡地看著老婦人，祈夢已然皺起眉，那神情，她敢肯定老婦人暗中下手的勁兒不輕。

「好好。」老婦人也不敢再得罪她，馬上鬆了手。

「按理說，妳是我三姊的婆婆，我該稱妳一聲姻嬸。」九月瞄了一眼祈夢的手，果然看到她暗中揉著手，不由皺了眉。「但是今兒妳做的事可真不怎麼樣，我今天來只不過是想帶幾個外甥去他們堂舅家吃席面，便遭到妳那大兒媳好一通胡罵，妳身為長輩，可有話說？」

老婦人怨憤地橫了胖媳婦一眼，轉向九月又賠笑道：「是她不對，一會兒我一定管教管教她。」

「一會兒管教？」九月挑眉，諷刺地說道：「只怕一會兒妳管教的是另一個兒媳婦吧？」

「不會不會。」老婦人連連擺手。

「小英她小姨，妳放心，我們現在就給妳出氣。」

中年婦人也追上來，對九月說完這句，立即扭身奔著那胖婦人去了，走到近前，彎腰脫下了一隻鞋，衝著胖婦人就是一頓狠打，把那婦人打得一陣鬼哭狼嚎，碩大的身軀想要爬起身逃跑都艱難。

老婦人看得眼角直抽，心裡暗道她這閨女啥時候竟也學得和她一樣狠了，一邊又背過身對九月笑道：「小英她小姨，妳看這符……」

「想要符？」九月似笑非笑地看著老婦人，撫了撫自己的手。「今兒我的手受傷了，腳也傷了，沒那個力氣畫了，妳想要幾張符，明兒帶著禮來我家取，我不要別的，一張符換她身上三斤肉。」

「啊？」老婦人頓時傻眼了，換她兒媳婦身上的肉？這可怎麼換？又不是豬能宰了割下肉來，那可是活生生的人呀。

「姻嬸，我自回來也沒能和我三姊還有孩子們好好聚聚，正好這幾天天氣不錯，我就接我三姊和孩子們回家住幾天，妳沒意見吧？」九月可不理會老婦人有多錯愕，又拋出另一句話。

老婦人還在錯愕中，聽到這話也只是點點頭，至於有沒有聽進去，就不知道了。

九月就這樣帶著祈夢和三個孩子回了祈家。

祈豐年尾隨過來看到這一切，也沒有說什麼，就跟著九月回去，連招呼也沒有和那個親家母打一聲。

家裡屋子反正空得很，再來幾個也不怕住不下。

安頓好祈夢母子四人，九月拉過最小的葛小海，撩起他的衣服，她可是親眼看到他被兩個小胖子壓在下面的，也不知道有沒有傷到。

果然，葛小海的身上青紫一片，祈夢一看到就抱著葛小海直掉淚，祈豐年也沈了臉，一語不發地生著氣，院子裡閒坐的幾人看了，紛紛指責起葛家人的不是。

「這都什麼人呀，九月，妳別給他們畫符，那種人不配！」祈喜心疼地直跺腳。「三姊，妳怎麼不早告訴我們？就這麼由著他們欺負啊？你們都別回去了，我們家也不是養不起你們娘兒四個。」

「少說兩句。」祈豐年打斷祈喜的話，背著手進了裡屋，沒一會兒就端著一碗藥酒出來，拉過葛小海，悶不作聲地揉起來。

阿德平時不怎麼說話，不過眼力卻是一流，看到這會兒的情景，笑著朝院子裡逗留的人說道：「諸位，不好意思，這會兒也不方便，你們看……」

眾人倒也識相，他們還想求九月畫符呢，今天葛家的事更是讓他們心生警惕，別看祈家九囡整天笑笑的好說話，真惹到她了，也了不得呢！於是紛紛退了出去，走之前還幫阿德把坐過的凳子、椅子收到堂屋裡。

九月見院子裡終於清靜了，在座的也都是自家人，才開口問道：「三姊，妳怎麼打算？」

「那個家……不能待了。」祈夢的眼睛早腫得跟核桃一樣。

「那就分家。」祈喜忿忿地說道。「三姊夫有能耐，要是早早分了家，你們的日子早就舒服了。」

「誰不想分家……」祈夢嘆了口氣，抽泣道：「可是爺爺還在，要是我們提分家，會被人戳脊梁骨的。」

「分家不分家的，我們做姊妹的也不好說。」九月當然也贊成分家。

「這事還是等三姊夫來了再商量吧，不過三姊，妳也不能遇到事就只知道哭，哭能解決問題嗎？有什麼委屈，妳不能憋著，得讓三姊夫知道，讓他知道他不在的時候，他媳婦、孩子過的是什麼日子，總不能一有事，他躲鎮上去了，留下你們幾個活受氣吧？是男人就得有擔當，要不然，娶什麼媳婦生什麼孩子？」

「他已經夠累了……」祈夢有些不忍。

「他累妳就不累嗎？」九月立即駁道。

「人活一世，有哪個人不累？窮人家汲汲營營就為了能吃飽穿暖；富人家家大業大，也一樣累，稍稍一鬆懈，沒了進項，那就得捅出一個大窟窿來。姊夫在外面打拚確實累，可是妳呢，一大家子的瑣事，這日子安生些，倒也罷了，累得也不過是個軀殼，歇上一晚照樣生龍活虎的，可是心累呢？三姊，妳才二十六歲，可妳瞧瞧自己，大姊看著都比妳年輕，更不用提二姊、四姊了。」

「妳二姊和四姊的日子，哪是我們能比的。」祈夢臉上微紅，垂著頭低低地說道。

「四姊是過得不錯，可是二姊……妳又知道她不累了？想在一群女人中間立足安穩度日，她需要付出多少心力？除了防著自己不被人陷害，還要護著兩個孩子平安無事，能容易嗎？」九月嘆著氣。「也虧了是二姊，要是換成三姊妳，只怕被人家害得骨頭渣都不剩了。」

祈夢不由愣住了，二姊那麼光鮮亮麗的背後居然還這麼不容易？

聽到這些，祈豐年抹藥酒的手不由抖了抖。

「就是，就說九月吧，大夥兒都說她是福女，如今倒是處處求著了，可之前呢？誰想過九月是怎麼過來的。」祈喜也不滿地嘀咕道。

「那……我該怎麼辦？」祈夢沈默了一會兒，軟了聲音。

「我已經讓小虎去找三姊夫了，等他回來再說，在這之前，你們就在這兒住著。」九月不再說教，有些話，做姊妹的也只能點到為止，該怎麼辦，還得看祈夢自己有沒有那個決心。

「小山、小海，這幾天也別胡亂出去，免得被他們家的人搶了回去。」祈喜接著說道。

「嗯。」葛小山重重地點頭。「我會看著弟弟的。」

「行了，八姊，我們做飯去吧，我好餓。」九月拋開這些事，揉著肚子站起來。

「呀，都這會兒了。」祈喜才想起從祈稷家出來還沒吃飯呢，只怕那邊的席面也結束了，還不如自己做些吃的。

於是，留下祈夢母子四人在堂屋裡，九月和祈喜則進了廚房，阿德已經把菜都切好了，饅頭也蒸了。

中午就自家這幾個人，文太醫和侍衛又出去採藥了，一般中午都不回來，倒也不需要費心準備。

吃過了飯，九月去了工地，祈喜留下和祈夢一起給祈老頭活動身子，葛小英在邊上幫忙，葛小山、葛小海則跟在祈豐年身後寸步不離。

這些年來，祈豐年和女兒沒怎麼相處過，更別提這些孫輩們了，這一下午，也算是頭一次獨自帶外孫，看著葛小山的懂事、葛小海的乖巧，這個老人孤寂的心防頓時崩了一角。

黃昏時，工地收工，工匠們自會安排吃住，九月便回來了，一進院就看到祈豐年眼角帶笑，站在一邊看著葛小山、葛小海，而兄弟倆則有模有樣的在院子中間蹲馬步。兩人也不知道站了多久，額上已滿是細汗，腿腳也隱隱有些打顫，卻一直咬牙堅持著。

第一百一十四章

「親家在嗎？」

九月正要上前打趣葛小山兄弟幾句，就聽到沒來得及關的院門外傳來葛母虛偽的聲音，她只好停住腳步。

葛小山和葛小海聽到這聲音，更是臉色一變，瞬間收起架勢躲到祈豐年身後。

「來，別管他們。」祈豐年摸摸兩人的頭，把他們往裡帶了帶，示意他們繼續，至於門外那人，他不屑理會。

「小英她小姨在呢。」葛母手上提著兩隻母雞，看到九月，兩隻眼睛笑得沒了縫，她身後還跟著中年婦人，那婦人手裡還挎著籃子，滿滿一籃雞蛋，還有一刀足有五斤重的五花肉。

九月只是瞟了一眼，明知故問道：「有事？」

祈喜和祈夢這會兒都在廚房，聽到聲音，葛小英往外面瞧了一眼，就飛快縮回去，沒一會兒，祈喜走出來，坐在廚房門口看著這邊，雙手在圍裙上揩著，一副隨時聽命的架勢。

「小英她小姨啊，妳說的肉……」葛母賠著笑臉。「實在不好割，能不能……用這些代替？」

「這些？」九月心裡不由奇怪，這符真的對她們這麼重要？居然肯這麼大方送這麼多東西來。

「我們家……也只能拿出這些了。」葛母臉一紅。「家裡兩個孩子進學，老大身子骨又不好，老大家的……妳也看見了，家裡餘錢也不多了，這些還是從老大家的手裡刮出來的，那小賊婦居然瞞著我們攢下好些私房……我們只要三張符，這些算是抵了她那些肉錢吧。」

九月自然不會真要那婦人身上的肉，說這話不過是嚇唬人罷了。

「我這兒還有半貫銅錢，也給妳。」中年婦人見九月不說話，以為東西入不了九月的眼，一咬牙，從腰裡摘下一個布袋，把裡面的銅錢全倒出來。

兩人的迫切，讓九月更加好奇起來。「先說說，妳們為什麼這麼急著要符？」

「這……」中年婦人為難地看了看葛母。

「不方便說就算了，東西都拿回去吧。」九月撇嘴，轉身就要進屋。

「我說、我說！」中年婦人忙說道。「我婆婆得了病，老是睡不安穩，還說有鬼追她，每天總是說些嚇人的話，把家裡幾個孩子嚇得，晚上也不敢睡了，我男人就讓我回來拿幾張符，真的，只要三張就夠了。」

夢到有鬼追她？九月挑眉，看來都不是什麼好人，不然沒做虧心事，為什麼會害怕鬼追她？

「等著吧。」九月抬抬下巴，示意祈喜過來把東西都收好，抬腿進了屋。

沒多久，身後響起葛母歡天喜地的聲音。「小山、小海，好好跟你們外公學學，你外公當年可威風著呢。」

「沒錯沒錯，小山、小海吶，多學學，以後教教你們表哥啊。」中年婦人也緊跟著說道。

九月只畫了三張最簡單的平安符，連袋子也不裝，就這樣拎著拿出來，至於那合香，更是捨不得拿出來浪費了。

葛母和中年婦人歡天喜地的捧著走了。

「三姊，這些妳拿著。」九月把那半貫銅錢塞給祈夢。「估計這也是從姊夫手裡摳出來的，現在物歸原主。」

「這怎麼行？這是妳賺的。」祈夢連連擺手。

「行了吧，幾張符能值幾個錢？」九月把錢往祈夢面前一推，笑道：「兩隻雞先養起來，其他的該吃的吃、該醃的醃，不用客氣。」

「這天氣潮濕得很呢，要是把肉醃起來怕是曬不乾，還是趁著這幾天給小英、小山、小海補補身子吧。」祈喜早把東西安置妥當，笑咪咪地進門，正巧聽到九月這話，便接過話茬兒。

九月見祈夢還在猶猶豫豫的，便故意興致勃勃地討論道：「成，那些蛋可以挑些出來，能孵的孵，不能孵的就做成鹹蛋吧。」

「也可以泡一些醋蛋，爺爺喜歡。」祈喜立即提議。

葛小英聽得兩眼發亮，怯怯地拉著祈喜的衣袖小聲問道：「八姨，能教我做鹹蛋和醋蛋嗎？」

「當然能啦。」祈喜伸手摟住她的肩，撫著她的頭。

離開了葛家的陰影，幾個孩子的本性也隱隱展露出來。

接著，兩個小的繼續跟著祈豐年練武，葛小英高興地跟在祈喜和九月身後去了廚房。

沒一會兒，文太醫和侍衛回來了，葛小山見文太醫坐在堂屋門口拾掇一堆藥草，不由好奇地湊上去。

做好了飯，祈豐年帶著兩個小的和文太醫等人在堂屋用飯，九月三姊妹帶著葛小英便在廚房裡湊合。

九月有意緩解祈夢的悲傷，便天南地北的說起有趣的事，今生雖然沒經歷多少，可前世的故事卻是極多，遇到的、聽說的、書上網路上電視上看的，應付好奇的葛小英和祈喜卻是夠了。

漸漸的，祈夢的眉心在不知不覺中舒展開，話也多了些許。

直到夜幕降臨，小虎回來，祈夢的眉才又皺起來。

「找著了？」九月見小虎一個人回來，有些意外。

「一起回來了，不過三姑爺直接回家去了。」小虎有些不安，三姑爺可是什麼話也沒留，他怎麼回話呀？

「沒說什麼？」九月問道。

「什麼都沒說呢。」小虎搖搖頭，撓著腦袋。「我把事情都告訴他，他什麼話也沒有，辦完鋪子裡的事才跟我一起回來，然後就直接回家去了。」

「知道了，快去吃飯吧，在灶上熱著呢。」九月點頭，沒再問下去。
「他什麼意思？」祈喜不高興地皺眉。「媳婦孩子可都在這兒呢。」
「妳少說兩句。」祈豐年敲了敲桌子。「都去歇著吧，他要來自然會來。」
祈夢紅著眼睛低頭不語，也不知道在想什麼。
「小英，陪妳娘回去好好睡一覺，別的什麼都不用管，有我們呢。」九月指使葛小英把祈夢拉回房裡，至於葛根旺，她卻有不同想法。
「走，睡覺去。」祈豐年一直對這件事沈默以對，這會兒也只是招呼葛小山、葛小海隨他回屋休息，這還是頭一次他和孩子們這樣親近。
九月見他們回了屋，起身出來，向小虎、阿德兩人吩咐一聲——今晚要是葛根旺過來，就說家中不便，讓他先回去。
小虎和阿德面面相覷，不過兩人對九月的話倒是很信服，便點頭應下。

第二天，葛根旺還是沒有過來。
祈夢越發沈默起來，卻沒有提出要回去看看，這一次，她似乎也變得堅決了。
九月不知道祈夢以前有沒有遇過這樣的事，又是如何處理的，她除了讓小虎、阿德留意村裡的動向之外，什麼也沒有說。
就連葛小英幾個，也沒有問這些。
葛小英跟在祈喜後面，家裡有人上門聯絡感情的時候，她幫著一起端茶倒水；飯點了，她就幫著準備食材；該給祈老頭洗臉洗身體的時候，她在一旁幫忙；該給老人翻身按摩的時候，她也做得不含糊。

九歲的小姑娘已經有了異於同齡人的沈靜。

而葛小山、葛小海過得極是開心，在這兒沒有人欺負他們，還有好吃的好玩的，連以前只敢遠遠望一眼的外公，如今都和藹地教他們功夫，每天爬樹、站馬步玩得不亦樂乎。

除此，兩個孩子還意外地入了文太醫的眼，文太醫採藥回來收拾的空檔，竟教起兩個孩子認草藥。葛小海四歲，正是學東西最快的時候，而葛小山則勝在好學，不懂的總是要問個三、五遍，問清楚了才甘休。

這也虧得文太醫竟這般耐心，面對童言童語的問題，總是一一認真解答。

一晃又是兩天連綿細雨，如往常一樣，吃過晚飯，廚房有小虎、阿德收拾，九月幾個姊妹就一起去了祈老頭屋裡，洗臉的洗臉、按摩的按摩，老人的反應如今也越來越大。

這是好現象。

「九小姐，三姑爺來了。」幾人正說著，小虎來到門口回稟。

「誰？」祈喜乍一聽沒反應過來。

「我爹。」葛小英一下子站起來，雙眼發亮。

「來就來唄。」九月撇嘴。

院子裡，葛根旺隻身站著，任雨淋著，連個雨具都沒有。

「你怎麼也不打個傘啊？」祈夢一瞧見，眼眶一紅就衝了過去，把葛根旺往屋簷下拉，一邊拿袖子心疼地往他臉上抹。

「媳婦，我們分家了。」葛根旺任由她抹著，他看著祈夢，露出一口白牙傻傻地笑著。「以後，再沒有人能欺負你們娘兒四個了。」

「分……分了？」祈夢頓時瞪大眼睛，不敢置信地看著葛根旺。

「分了。」葛根旺重重點頭，有些歉意地看著祈夢。「媳婦，我沒用，我什麼東西也沒能帶出來……」

淨身出戶！九月聽懂了，抬頭看了看剛剛出來的的祈豐年。

「沒有就沒有吧，你們還年輕，不怕以後置辦不起來。」祈豐年淡淡說道。「不早了，孩子們剛睡下，你們也早些休息吧，小英晚上跟妳八姨作伴。」

「欸！」葛小英雙眼閃亮亮的，應得脆脆的，她雖然不太明白分家是怎麼回事，可她知道以後再沒有人能欺他們，這點就足夠她高興了。「爹，我去給您熬薑湯。」

「姊夫還沒吃飯吧？我去給你做碗麵條。」祈喜跟著葛小英去了廚房。

「他們……沒把你怎麼樣吧？」祈夢淚流滿面，上上下下地打量葛根旺。

「我一個大老爺們，他們能把我怎麼樣？」葛根旺只是笑，抬手揩了揩祈夢的眼淚。

「多大的人了，還哭成這樣，也不怕九月笑話妳？」

「咳，你們繼續，我什麼也沒看見。」九月已經努力當個隱形人了，卻還是被葛根旺點了名，不由清咳一聲，準備迴避。

「九月，我還有事和妳商量呢。」葛根旺忙喊道。

九月看了看他身上濕淋淋的衣服提醒道：「三姊夫，有事慢慢說，你還是先把這身衣服換了吧，要是病了，可就什麼事也做不成了。」

「對對對，看我糊塗的，先去換身衣服吧，別著涼了。」祈夢自責地拍拍額頭，推著葛根旺就要加屋。「你先回房，我去找爹借衣服。」

「好。」葛根旺進堂屋時，還回頭朝九月看了一眼，目光中那個熱切，不知情的看了還不知得怎麼誤會呢。

既然葛根旺找她有事，九月也沒有立即回屋，在堂屋中坐下來，等著葛根旺出來。看著祈夢忙進忙出，與之前相比，這會兒的祈夢就像換了個人似的，整個人都煥發著神采，只差沒在臉上刻下「我很開心」的字樣。

沒多久，心急的葛根旺便簡單洗過澡，換上祈豐年的衣服，他比祈豐年高了半個頭，衣袖褲腳都短了一截。

祈夢圍著他直轉，口中說著明兒就去買布做衣服云云，葛根旺只是一個勁兒地說「好」、「都隨妳」，神情間含情脈脈。

九月看著不由莞爾一笑。

「爹，喝薑湯。」葛小英送上熬好的薑湯。

葛根旺接過，吹涼了些，便在葛小英的期盼下喝了下去，熱氣中，額頭微微見了汗。

葛小英滿意地拿著空碗回廚房去了。

道。

「九月，我想自己開間賣吃食的鋪子，妳看可好？」莫根旺用手掌抹抹嘴巴，就急急問

不知何時起，九月在他們心裡已不再只是「小姨子」了，相反地，無論是葛根旺還是楊大洪，都對她表現出十二萬分的信任。

「賣什麼吃的？」九月沒有急於表態，吃食這一行，做得好做不好很難說，最重要的還得看手藝。

「我在酒樓的時候，私下琢磨了一種油果，我做過兩次，連酒樓的劉大廚也說不錯，我想……」葛根旺說得有些侷促，他也不知道那油果做出來會不會有人買。

「什麼樣的油果？」九月疑惑地問。

「我去做一些妳試試？」葛根旺立即站起來，就往廚房跑。

「欸……」祈夢正想說明兒再試，葛根旺已經進了廚房，只好坐了回來，對九月無奈地笑了笑。「他就這樣，想到什麼不去做，就渾身難受。」

九月微微一笑，不覺得葛根旺有什麼不對，相反地，她覺得三姊夫比爹要強得多。

第一百一十五章

葛根旺做的油果極簡單，不過是發了麵的麵粉加了些許糖搓成湯圓大小，在油鍋裡炸成金黃色，吃著雖然香脆，但多吃幾個卻很膩。

葛根旺用的是豬油，九月吃了兩個，那股濃濃的油味直衝她的胃，令她隱隱有些反胃，她還是不習慣吃這些沾了葷腥的東西。

「怎麼樣？」葛根旺和祈夢期盼地看著她。

「還行。」九月端起茶杯，倒了一杯水漱漱口，才感覺稍稍好些。「姊夫，只賣這一種，開鋪子未免太單調了，擺個攤就能解決的事。依我看，你不如把鋪子租出去，然後做了這些，擺到集市口去賣，也是不錯的。」

葛根旺有些失望，他哪裡聽不出九月語氣中隱含的規勸，他也知道只憑他這三腳貓的功夫就想開鋪子，有些不踏實，可他還是忍不住想試試。

「九月，我吃著挺好吃的呀。」祈夢看看葛根旺，心有不忍，便又捏了一顆嚐嚐。「我們可以試著多幾種花樣，這樣不就能撐起鋪面了嗎？」

「三姊，我不是說三姊夫手藝不好，只是你們現在的處境，你們應該比我更清楚。」九月嘆口氣，不得不狠心戳穿。

「鋪子是你們的，想開隨時都可以，可我不覺得現在適合自己開，還不如把鋪子租出去，後院可以隔一隔自家住，姊夫有心做生意，大可以在家做好送到集市口擺個攤試著賣，這樣至少風險少些，有那房租在手，小山也能上學堂，姊夫的生意也不愁沒有本錢，你們這一大家子也不用擔心受寒挨餓。」

「可是……」祈夢還是不忍，自家男人既然有心，她就該全力支持。

「九月說得對。」葛根旺卻聽進去了，沈吟片刻，鄭重說道：「是我太心急了，以前我一個人在鎮上，怎麼樣都行，一時心急，沒顧到他們娘兒四個……」

「我們沒什麼的……」祈夢一味顧慮葛根旺的感受，還欲再勸。

「姊夫也不必氣餒，萬事起頭難，你初初做這樣的生意，也不知道前景如何，在集市口擺個小攤，卻比巷子裡要強些。」九月笑道。「等你做出名氣來，那時酒香不怕巷子深哪。」

「好，就按九月說的，把鋪子租了，我們另外支個攤子。」葛根旺想通之後，倒是爽快得很。「反正我心裡也沒底，先用攤子練練手也好，免得買賣做不成功，還拖累一家子挨餓。」

「三姊夫，你要是真心想做這些吃食，我倒是有幾個小吃推薦給你參考。」九月倒也欣賞葛根旺的爽快，當下也不藏私，把知道的爆米花、芝麻糖之類的小吃告訴他。

要不是祈夢極力阻止，加上家裡也沒有那麼多材料，葛根旺真的會立即衝到廚房奮鬥去。

第二天一早，九月剛剛醒來，就聞到一股油果的甜香味，起來一看，果然是葛根旺在廚房裡折騰，葛小英姊弟幾個在一邊眼巴巴地看著。

這勁兒值得表揚，只希望能一直保持下去。九月笑容滿面地走進去，立即迎來葛小英姊弟三人好一番殷勤。

「家裡就這麼點麵粉了，全讓他們給用完了。」看到九月，祈夢面帶無奈，笑意卻顯露無遺。

「沒關係，我今天要去鎮上，多帶些回來就是了。」九月微微一笑，祈夢今兒又似變了個人般，眸中帶著媚意，看來昨夜後續節目豐富得很啊。

「不用了，我們今兒也去，既然想做，就到鎮上去，買東西也方便。」葛根旺笑著說道。

祈夢不放心他一個人去鎮上，又不放心孩子，最後一家人才算達成共識，舉家搬到鎮上。

所幸，鎮上的鋪子有楊進寶和吳財生統一安排，這會兒也沒有租出去，後院仍空著，一家人倒不怕沒有落腳之處。他們是淨身出戶，祈夢幾個也是倉促過來，便連搬家的行李也沒有。

告別了祈豐年等人，葛根旺揹著最小的葛小海，祈夢牽著葛小英、葛小山，帶上今早新做的一半油果，與九月一同進鎮。

一路上，葛根旺不忘和九月討論爆米花等吃食，一臉躍躍欲試。

只是，想要馬上施展拳腳卻還是有困難的，住處需要收拾、生活必需品需要添置，食材也不是憑空能變出來的，這些都需要錢，而他們身上一文銅錢也沒有了。

九月沒有過問，不代表不去管他們，到了鋪子裡，找到楊進寶和吳財生，把葛根旺的事說了一下，又問了張信，知道鋪子裡的銀子大多被提出來用到祈福巷上，如今只剩下二十兩銀子，還是今早才收回來的貨款，九月直接提了二十兩出來，算是借給葛根旺。

葛根旺感激涕零，帶著銀子出門採辦去了，他已經從九月這兒知曉爆米花、芝麻糖的做法，那做爆米花的工具還得九月畫出圖紙來，其他的卻可以馬上置辦了。

祈夢帶著孩子們一起去了屬於他們的那間鋪子收拾，九月喊了舒莫過去幫忙，自己則去找張信、張義還有阿安瞭解鋪子裡的近況。

祈福香燭鋪生意日漸穩定，除了供應給寺廟，鎮上一些大戶人家平日的香熏燭需求也增加不少。加上張師婆被判刑，原本在張師婆那兒的客戶也紛紛轉到祈福香燭鋪，而且由於九月的福女之名傳揚開來，最近還多了不少慕名而來的客人，這兩天，張信已經在接觸想要批發香熏燭到別處兜售的兩個商人。

「就你們兩個吃得消嗎？」九月聽到這兒，不由擔心起張義和阿安來，他們又要製香製燭又要進貨，能吃得消？

「還好。」阿安一如既往的寡言，只不過，看著九月的目光中隱隱流露著歡喜。

「說起來還得感謝張師婆，她原先把附近的小香燭販子們都收在手裡，現在她不幹了，以前那些製香燭的人家就沒了銷路，這段日子都往我們這兒送，蠟塊、木粉也不用愁沒有門路了。」張義興致勃勃道。

「知府老爺還說張師婆平白誣衊我們鋪子的清白，她名下的院子一律充公，那些香燭什麼的，都貼補給我們，滿滿兩倉房呢。」

「真的？」九月眼睛一亮，這個知府還挺識趣的呀。

「當然真的。」張義立即去開了倉房的門。「兩間滿滿的都放不下呢，這間是做好的，另一間是原料，之前還在院子裡堆了許多，我們已經用掉了。」

「張師婆的東西，可看過品質如何？」九月有些擔心。

「有些還可以，有一些不怎麼樣，燭色偏黑，燒得也太快，香味也不純，估計不全是松木、杉木粉。」張義早就想到，帶著九月進門，把屋裡分門別類擺放的貨物一一介紹了一遍。

九月很滿意，他們做的比她想像的還要好，她也毫不吝嗇地朝他們豎起大拇指。「不錯。」

「這個……都是阿安提醒的。」張義不好意思地撓頭，指了指安靜的阿安。

「有你們兩個和張信在，我就放心了。」九月微笑地看看阿安。「以後的事只會越來越多，就你們倆撐著未免太累，還是考慮多招幾個夥計幫忙吧。」

「成。」張義點頭，阿安自然也沒有意見。

鋪子裡一切正常，九月相當滿意，事實上，已經不能用滿意來形容了，換她自己來經營，也未必能做得像他們那樣好。

「東家，張師婆那兩間院子妳要去看看嗎？我聽吳掌櫃說，那兒不大好租出去呢，就是自己做買賣，難免有些影響。」看罷這些，三人回到院子裡，張義突然提了一句。

「那邊的院子拿下來了？」九月問道。

「是，遊公子從官府手中購下的，還有那棺材鋪，如今也改了您的名字，原先那個掌櫃的與張師婆有染，牽涉了一些事情，被官府帶走了，那鋪子裡的阿仁、阿貴兩位大哥想繼續做那行當，之前來尋過兩位掌櫃，如今也等著東家回話呢。」

「行，你陪我過去看看。」九月點點頭，拿下這三個院子，這條巷子便全部納入祈福巷底下了。

阿安見沒他的事，便轉身回到雜物房，對張義說的話沒有絲毫反應，也讓九月頻頻側目。出了鋪子，往巷尾走去時，九月忍不住問道：「張義，你和阿安如今相處得還好嗎？」

「嘿嘿，東家，過去的都過去了，我們又沒有什麼大仇，阿安也不是那心胸狹窄之人，他不計較，我當然不會和他處不好啦。」張義笑道。「他人好，夠義氣，我服了。」

「那就好。」九月笑了。「香燭鋪以後還得靠你們多多費心，我總是希望你們能處好的。」

「您就放心吧，交給我們，絕不會有事。」張義把胸膛拍得啪啪響。

張師婆的院子如今已搬空，餘下的都是尋常家具用品，九月轉了一圈，便出來了。

九月隨意轉了轉，又和棺材鋪的阿仁、阿貴聊了幾句，直到聽說楊進寶和吳財生回來，才回到香燭鋪。三人費了一個時辰討論如何安排這些鋪子，說到最後，終於繞到銀子的問題上。

「九月，香燭的生意雖然每日都有進項，可也只是杯水車薪，妳看接下去怎麼做？」楊進寶很認真道，香燭鋪的銀子根本不夠支撐這麼多鋪子的開業。

「現在撐起幾家了？」九月也無奈。

「六家，別的倒是有人在問，只是他們想做的與妳的要求不符，我們便一直在考慮中。」楊進寶說道。

「東家，其實有樣東西倒是錢來得很快。」吳財生喝了幾口熱茶，笑盈盈道：「就看東家願不願意賺這個錢。」

「什麼東西？」九月好奇地問，天底下還有來錢快的生意？

「福。」吳財生神神秘秘地說道。

「符？」九月眨眨眼睛。「吳伯，我們鋪子裡的符不是很多嘛，那個能賺幾文錢呀？」

「您沒聽懂，我說的是『福』，祈福的『福』，不是『符』。」吳財生失笑。

「自您那天回來，這滿鎮的人都傳開了，您是福女，是有菩薩護佑的，有關您的事，如今也被人津津樂道，那福袋還成了人人追捧的護身符。您還不知道吧，前兒柳員外得了一張符，他還特意來尋我看過，確實是您畫的平安符，他花了十兩銀子才買到的呢。」

「什麼?!」九月吃驚地瞪大眼睛。「我什麼時候畫符賣過銀子了？」

「我也奇怪，不過，柳員外說是從一個姓尤的人家手裡買的，那人手上有三張，除了他，錢員外、王老闆也買了一張。」吳財生笑道。「東家，您好好想想有沒有畫過符給了姓尤的人家，聽說那人可是拿了他們全家的性命賭那符是真的呢。」

「他們就這麼相信是我畫的？」九月不可思議地問道，她想來想去也想不起認識哪個姓尤的人家，這些天，除了給幾個姪子做了福袋，也就給葛根旺的姊姊……難道是他們?!

「他們初時自然是不信的，可他們派人到了我們鋪子裡，買了幾張過去對過筆跡，還讓我和楊掌櫃瞧過，確實是您的手筆。」吳財生確定道。「要不然，我們也不會任由那人頂著您的名頭胡來了。」

九月畫符有個習慣，畫完之後總會在最下方不顯眼之處留下一個小點，若不是吳財生心細，只怕她自己也沒發現。除此之外，吳財生熟悉她的筆跡，才能一眼便看出是九月出品。

「原來如此……」九月恍然，心裡倒是沒有太大的憤慨。

「九月，那姓尤的人家是幹什麼的？」楊進寶好奇地問。

「如果我猜得沒錯，那是三姊夫的姊夫家。」九月無奈地笑了笑，把事情的經過說了一遍。

「竟還有這樣的人。」楊進寶皺了皺眉。

「賣就賣吧，反正不會再有下一次了。」九月淡然一笑。「銀子的事先不急，暫時用香燭鋪裡的頂著，若實在不行，我們還可以借，或是找人合作，這賣符……我總覺得對不住人家。」

「成，實在不行，我們再想辦法。」楊進寶自然知道福女的真相，所以也能理解九月的想法。

第一百一十六章

九月見鋪子裡的事都被楊進寶和吳財生安排妥當，便完全放心，交代一聲就出了門。

只是，到了成衣鋪裡，才知道遊春今天不在，她也不等，轉身去了魯繼源那裡，閒坐了大半天。回鋪子的路上，她看到一家鐵匠鋪，忽地想起葛根旺的生意，便走了進去。

「老闆，你這兒能訂製東西嗎？」

她要做的是老式的爆米花機，那個黑葫蘆般的機器連同驚天動地的「砰砰」聲，在她童年的記憶裡留下深刻的印記，除了爆米花，還有那甜滋滋雲朵般的棉花糖。

鐵匠鋪的老闆是個上了年紀的老鐵匠，多年經驗自然而然成就了他對鐵器的敏銳，九月把需要的器具細分畫成圖，他那雙略濁的眼睛頓時大亮，湊在九月身邊便細問起各種疑惑。

九月一一解釋。

爆米花機倒還算簡單，除了搖桿和滾筒，最要緊的便是閥門，關上時必須緊緊密合才能確保壓力不外洩。

還有棉花糖機，這兒沒有燃氣、瓦斯爐，要加熱只能用煤炭代替，這樣下面就得做個鐵盒放置煤炭；既然機器無法自轉形成棉花糖，那就製作個轉盤，再用鐵絲連接腳踏板，踩著旋轉。

「姑娘，這些東西都是幹麼的？」鐵匠看罷，瞇了瞇眼，他看得出來，這姑娘賊著呢，估計是怕他偷師，把東西拆開畫，只是她卻不知道，他是鐵匠，這一番看下來，哪裡會看不出怎麼組裝呢？

「不瞞你說，這兩樣是我們家做買賣要用的。」九月笑了笑。「老闆，多久能取貨？」

「五天。」鐵匠盤算了一下。

九月又問了價，和鐵匠談了談保密約定，這鐵匠倒也是個有些見識的，見九月如此交代，什麼也沒說，直接讓人拿了紙筆，和九月立了一份契約，言明絕不把這些東西洩漏出去。

他的爽快也深得九月欣賞，給了二兩銀子離開的時候，九月還特意說了一句。「老闆，若是東西做得好，以後少不了還要麻煩你。」

「好。」鐵匠笑著點頭。

九月出了鐵匠鋪，站在門口仔細辨認一番，記住這鐵匠鋪的位置，才轉身往自己的鋪子走去。

舒莫去給祈夢幫忙還沒有回來，九月一路進了廚房，自己動手做了一碗麵吃下，索利地洗了碗筷，來到雜物房。

屋裡，張義和阿安正各忙各的，看到她進來均停下動作。

「你們忙你們的。」九月隨意揮揮手，她之前的房間讓舒莫母女住了，這會兒舒莫不在，她也沒有胡亂進別人房間的習慣，在雜物間轉了轉，便去前面尋了一套筆墨和一疊紙回來，坐在雜物房的大桌前勾勒她的想法。

時間在不知不覺間流逝，直到黃昏時，阿安點燃小油燈放到她面前，她才回過神，而她面前已擺了二十幾張紙，每張紙上或密密麻麻地寫著字，或栩栩如生地繪了圖。

叩叩叩——後門被拍響，張義剛好扛了一袋木粉要進門，聽到這聲音就把木粉放在門邊，轉身去開門。

「五子哥，今兒送什麼來了？」張義帶著調侃的聲音從院子裡響起。

「今兒看到兩隻小兔子，落兒肯定喜歡，就送過來了。」五子的聲音裡帶著笑意。

九月驚訝地抬頭，聽五子這話，似乎和落兒很熟呀，她看看門口，再轉頭看看阿安。

阿安留意到了，神情淡淡的，不過雙手卻指了指以前舒莫住的房間。

那擺明就是在說五子和舒莫成雙成對了？九月頓時瞪大眼，用驚喜的眼神詢問阿安。

阿安終於露出淺淺的笑，點點頭。

「多久了？」九月忍不住好奇，低低地湊過去問，五子配舒莫？也挺不錯的呀。

阿安搖搖頭，同樣低聲道：「妳回去以後沒多久，我們都出去辦事了，就莫姊和落兒在家，五子哥不知道為什麼喝醉坐在後門，莫姊以為是賊，險些把人打懵了，其他的他們都沒說，反正我們第二天一早回來的時候，五子哥是從莫姊房裡出來的。」

「嗯？」九月的眼睛睜得圓圓的。

阿安臉上微紅，避開她的目光，坐回位子上碾壓榆樹皮去了，這樣的事，他怎麼能和她討論呢？

「九月妹子，妳什麼時候回來的？」九月正為他們高興著，五子便出現在門口，顯然是從張義那兒知道九月在鋪子裡，特意來打招呼的。

「上午來的。」九月笑著起身，迎了出去，目光不由自主地打量五子一番，果然他的氣色好太多了。「五子哥最近可好？」

「好，挺……好的。」五子竟被她看得有些心虛，臉微微發紅。

「咦？這是什麼？」九月的目光落在他手上，明知故問。

「是小兔子，在街上看到有人賣，我就買了，送給……我看落兒挺喜歡這些的。」五子的臉又一紅，不過倒是大方地展示手中的兔子。

「莫姊帶落兒去我三姊那兒幫忙了，估計一會兒就該回來了，五子哥屋裡坐吧。」九月退後一步，請五子入內，反正這屋裡還有阿安和張義，也沒有什麼瓜田李下的嫌疑。

「九月妹子，我……」五子卻猶豫了一下，看看九月，紅著臉頓了好一會兒才繼續說道：「我有事想和妳商量，妳能不能……」

「這樣啊。」九月有些意外，想不出他們能商量什麼，不過還是點點頭。「我們去廚房那邊吧。」

五子點頭，先走了過去，很自然地從廚房裡找了根草繩，把兩隻小兔子的腳拴在桌下，然後搬了兩張小凳子放在門口簷下。

九月看著他，她在的時候，五子也是來過幾次，不過頂多就是送個貨，從來沒進過廚房，如今看樣子卻是挺熟悉這兒的。

兩人在廚房門口坐下，五子明顯有些緊張，雙手不斷在膝蓋上搓著，頭低低垂著，耳根都有些泛紅。

九月看著他眨眨眼，卻不知道五子此刻的心情。

沒看到她之前，他還能假裝自己真的把她當成妹子，可這會兒，他發現自己的心並沒有真的調適過來，尤其一想到他即將要說出的話，他就忍不住心裡發虛，一陣緊張。

他能說他是為了她喝醉酒才來到這後門嗎？他能說那夜他把舒莫當成了她嗎？不能！這種話一說出來，他還有什麼臉面在她面前出現？他已經沒有機會伴在她身邊了，不想連兄妹也做不成。

「五子哥，你是不是遇到什麼難事了？」九月猜到他可能有事要她幫忙卻不好意思開口，便主動問道。

「九月妹子，我……」五子脹紅了臉，飛快地睨了她一眼，雙手抱住自己的頭，低低地說道：「我該死，我做錯事了。」

「啊？」九月一臉意外，一時之間，沒有把他說的事與他和舒莫聯想起來，所以極擔心地問道：「出什麼事了？嚴重嗎？」

「我……」五子羞愧難當，這種事怎能在她一個姑娘家面前說呢？可是，偏偏掌櫃的卻說這事只能找她。

九月不由大急，一拍自己的腿，就提高聲音一迭連聲問道：「哎呀，你快說呀，犯什麼錯了？嚴不嚴重？」

「魯掌櫃說，這事只能找妳，我……沒辦法，只好找妳商量了。」五子支支吾吾半天，總算在九月瞪視下鼓起勇氣，可一看到她這張臉還有那清澈的目光，他頓時又洩了氣。

「我……」

「五子哥，有話就說呀。」九月無奈地嘆口氣。「只要我幫得上的，絕無二話。」

「我想提親。」五子生怕心頭那點勇氣消失，飛快說了一句。

「啊？」九月愣了，提什麼親？他不是和舒莫……啊！她明白了。

「我……」五子不好意思地撓撓頭，紅著臉看向九月。「魯掌櫃說，妳如今是她的東家，這事還得問妳。」

這話說得不明不白的，不過九月還是聽懂了，笑道：「五子哥，你是想向莫姊提親？」

「嗯。」五子點頭，話說出來了，後面的也就順了許多。「我自己犯了錯，就應該負責。」

「你都做什麼了？」九月眨眨眼，問得很自然，卻忘了她如今只是個姑娘家，這兒也不是現代，與男子談這樣的事，根本不應該。

「九月妹子，妳就別問了。」五子尷尬地看看她。「妳能幫我不？」

「這事我還真幫不上忙。」九月搖頭，看到五子失望的目光，忙補了一句。「莫姊只是受雇於我，並不是我家的僕人，她的事我哪能作主？不過你可以去我四姊家，找張嫂幫忙，她們是表姊妹，有什麼話都好開口。」

「這樣去，合適嗎？」五子有些侷促。

「為什麼不合適？」九月反問。「你剛剛還說是你自己犯了錯，還說得負責呢。」

「那……那我去。」五子臉一紅，點點頭。

「五子哥，莫姊是個好女人，你以後可不能欺負她娘兒倆。」九月笑道。

五子得了建議，興高采烈地走了，沒一會兒，舒莫便帶著周落兒回來了。

「姑娘，天晚了，今晚就別回去了，樓上的屋子一直空著呢，收拾一下就好了。」舒莫的眉宇間有股淡淡的憂色，同時，整個人竟有種說不出來的柔情，九月不由多看了幾眼，舒莫便領著周落兒進廚房去了。「我馬上做飯。」

這會兒天色已暗，九月原也不打算回大祈村，當下回了雜物房，把之前寫的都整理起來，拿著東西上樓去了。

樓上房間一如既往的整潔，被褥還是她之前那套，還帶著陽光曬過的味道，顯然是舒莫時常打掃。

九月點燃小油燈，繼續整理寫好的東西，這一整理，又忘記時辰，中間只在舒莫的提醒下吃了一點飯菜。直到深夜，她才疲憊地收拾東西，用早已涼了的水洗漱一下，脫衣鑽進被窩。

很快，五天便過去了，九月依約去了鐵匠鋪，取回那兩樣東西，鐵匠也沒有欺她，明明白白算清了銀錢，兩樣東西也不過五兩多。

九月把東西帶回來，費了半天的工夫組裝成功，並且開始試用。

爆米花機挺成功的，不過，腳踏棉花糖機卻遇到一點小麻煩。

那做出來的鐵絲太粗無法活動，任她怎麼踩也轉不動中間的軸芯，沒奈何，她只好換了根細草繩代替，這一次成功是成功了，可是細草繩禁不起鐵盒裡的炭燒，沒用多久就自燃了。

九月只好又跑了一趟鐵匠鋪，費了大半天的工夫，總算把那鐵絲改良了。

鐵匠很識趣，始終沒有再過問這些東西的用處。

九月拿著這一圈小小的鐵絲，快步往鋪子走去，她迫不及待想要再試一次，要是還不行，就只能把鐵匠師傅請過來看看緣由了。

「祈姑娘？」

九月經過一條主街，在街口與一輛轎子迎面遇上，正待錯身而過，那轎子的窗簾卻被掀起，裡面響起一聲軟軟的女聲，九月停下腳步回頭。

那轎子的窗簾卻是放下了，不過轎子也落了地，這會兒正前傾著等裡面的人出來。

九月有些疑惑，那聲音她不熟，又是誰在喊她呢？

答案很快揭曉，轎裡下來一位曼妙的盛裝女子，笑盈盈朝她走來。

第一百一十七章

「這位姑娘，我們認識嗎？」九月驚訝地看著她，她很確信從來沒見過這人。

那女子笑盈盈地扭著腰肢到了九月面前，上上下下打量了九月一番，抿嘴笑問道：「祈姑娘可有空？前面有家茶樓，一塊兒喝杯茶吧？」

雖然她用的是問句，可那語氣卻隱含著居高臨下的意味。

「素不相識，喝茶就免了吧。」九月卻不領情，眉眼也不曾動一下地說道：「不好意思，家中還有事，不方便。」

「喝杯茶而已，耽誤不了妳多少工夫的。」女子沒想到九月拒絕得這般直接，心裡有些不悅，不過面上還是笑笑的。「怎麼？這個面子也不給嗎？」

「這位小姐，妳我不過是萍水相逢，我為什麼要給妳面子？」九月心裡不喜，聲音越發淡了。

「我叫紅蕊，杜紅蕊，我知道妳叫祈九月。」女子卻不生氣，笑道。「這下我們算認識了吧？」

「知道我叫祈九月的人很多，我知道名字的人也不少，難不成我得一個一個跟他們喝茶？」九月挑挑眉。

「妳在怕什麼？」杜紅蕊也挑眉，語氣沒了耐性，隱隱地也多了一絲嘲笑。

「不知道妳在說什麼。」九月撇撇嘴，直接轉身。

「我十四歲便做了他的曉事人，這十年來，他身邊鶯鶯燕燕無數，可到頭來，也只有我一個才有資格陪著他。」杜紅蕊看到她要離開，口一張就說出這番話來。

九月腳步頓了頓，緩緩轉身，淡淡地看了杜紅蕊一眼，那眼神就像在憐惜一個一無所有的路人。「妳是誰家的曉事人，跟我有關係嗎？」

杜紅蕊的臉莫名其妙熱了，她目光一變，隱隱露出殺意。

「還有，十年，還只是個曉事人？」九月唇角一勾，似笑非笑地看著杜紅蕊。「杜姑娘，我真佩服妳的勇氣，這樣的事，妳居然能在大街上說得這樣坦然，九月自愧不如。」說罷，便頭也不回地走了。

留下杜紅蕊在原地直跺腳，臉上青一陣白一陣，手中的帕子更被她蹂躪得不成樣子。

「祈九月，妳別得意，少主遲早是我的！」杜紅蕊盯著九月離開的方向，狠狠地咬了咬紅唇，一轉身，看到路邊行人朝她投來的目光，不由瞪了一眼，喝道：「看什麼看？再看挖了你們的眼睛！」

眾人頓時哄散，唯恐躲避不及，被這看似貌美實是煞星的姑娘當了出氣筒。

不得不說，杜紅蕊的話還是惹到了九月。

杜紅蕊從頭到尾都沒有提她是誰的曉事人，可九月知道，杜紅蕊口中的他，是遊春。

但九月告訴自己，她不是純情小姑娘，不會因為一個陌生女人的話就隨隨便便質疑心上人，她要相信遊春。

製作棉花糖的工具重新組裝完成，九月試驗再試驗無數次之後，終於，白白的棉花糖成功地纏了出來，頭一個便送給周落兒。周落兒高興得捧了半天，也捨不得嚐一口。

幾天後，葛根旺的營生工具都準備妥當，於是幾人就商量著明天一早擺到巷口試試。

一大早，九月就到祈夢的鋪子前，如今鋪子還沒正式租出去，後院和前面鋪子的牆也沒有砌起來，從前面過去倒也省力。

葛根旺已經在繫擔子了，祈夢正在清點東西，葛小山幫著拿了些他力所能及的，葛小英在給葛小海洗臉梳頭，幾個孩子的臉上都帶著喜悅。

今天，是他們家正式出攤的頭一天，一切美好的想像都即將開始，所以一家人笑容滿面地忙著。

「九月，妳怎麼也這麼早？」看到九月，祈夢迎上來。「還早呢，妳再去歇會兒吧。」

「說好了幫你們幾天的嘛，再說了，小海都起來了，我這麼大的人了，難不成還睡回籠覺啊？」九月笑著走進去，伸手摸了摸葛小海的頭。

「九姨。」三個孩子圍著九月，尤其是小山、小海，自那天九月去葛家把他們帶回來，他們對她便很親近，他們喜歡這個小姨。

「都準備好了嗎？」九月柔柔地笑著。「等到了外面，你們倆就負責吃，邊吃邊稱讚，懂嗎？」

「嗯嗯，懂。」葛小海重重點頭。「要說好吃，讓他們饞。」

「小海真聰明。」九月讚賞地摸摸他的頭，看著葛小海喜悅地挺了挺小胸膛。

準備妥當，那就出門，所幸他們這兒出了巷口就是通往集市的主要路口，倒也不用挑擔走太遠。很快就到了巷口，九月選了一個離自家鋪子近的空地，幫著支起攤子，上面擺上了一小籮一小籮分類而裝的各種小吃，凍米糖、凍米餅、油果、芝麻糖以及九月後來添的麻粩系列，長的圓的扁的，各種口味，都準備了一些。

爆米花則是現做才有廣告效果，葛根旺在離攤子三尺遠的地方支起工具，然後從擔子裡一一取出材料準備起來，棉花糖機則擺在攤子另一邊，由葛小英和九月負責。

這一臺，九月一個人就能搞定，只不過，她說好只是幫幾天的忙，自然要帶一帶葛小英了。

天光漸漸亮起來，來集上的人漸漸多了起來。

原本經常擺在這一帶的幾個人挑了擔子過來，見葛根旺幾人占了他們的位置，便上前理論，正走到前面，其中一人發現九月，立即拉著其他人指了指九月。

幾人一愣。「祈姑娘，妳怎麼也在這兒擺攤？」

福女耶，如今康鎮誰人不知誰人不曉？

九月不認得他們，不過人家這麼客氣，她自然也不好端著，便笑著回道：「我三姊在這兒擺攤，我來幫忙。」

「這是妳三姊？」來人驚訝地看向九月身邊的祈夢。

「是呢，這是我三姊，那邊是我三姊夫，新做的買賣，還請各位多多照顧。」九月微笑著介紹了葛根旺夫妻，看他們挑著擔子，想來也是時常來趕集的，打好關係準沒錯。

「原來是這樣。」那幾人打量了祈夢和葛根旺一番，互相看了看，紛紛說道：「那我們擺別處去。」

「這兒……是你們的位置嗎？」九月一怔，敢情是她占了他們的位啊。

「以前我們時常擺在這兒，不過這兒的位置也不固定，我們到那邊就是了。」幾個人面對九月倒是態度極好，紛紛說沒關係，便挑著擔子離開了，換到對面巷口尋了個空位擺下來。

「九月，這是他們的位置，這樣好嗎？」祈夢有些擔心。

「沒事，沒聽他們說嗎？位置不是固定的。」九月笑著安撫道。「不過你們若想長期擺下去，和他們打好關係也是必不可少的。」

「等會兒爆了第一鍋，給他們送些過去嚐嚐。」葛根旺看天色已亮，開始準備爆第一鍋米花。

祈夢自然唯葛根旺的話是從。

九月對於葛根旺的這個做法，自然也不會反對，相反地，她挺欣賞他的頭腦的。

集市上漸漸熱鬧起來，祈夢的攤子也迎來不少觀望的人，不過大多數人都是衝著九月來的，鎮上有關「福女」的話題已經傳得沸沸揚揚，這會兒看到九月居然在這兒擺攤子，機會難得，都圍了過來。加上葛小山、葛小海一人拿著一枝白雲似的東西在一旁舔，一時好奇便問了價，得知才三文錢一枝，於是都紛紛掏錢出來，一來是想和福女結個善緣，二來也是想攀交情以後好求個符。

九月一時竟忙不過來，葛小英抱著個竹簍，這會兒也不用她收錢，來買的人直接把銅錢扔進去，然後取了棉花糖離開。

排在後面的幾人等著無聊，乾脆在祈夢那邊看了起來，祈夢沒做過生意，頓時手忙腳亂。所幸圍過來的都衝著九月的面子，幾個懂些生意經的甚至還幫起忙給祈夢指點如何看秤，還幫著祈夢算好帳，惹得祈夢一陣不好意思，不過她也不是那等蠢笨的，很快就熟練起來。

就在這時，葛根旺喊了一聲「放炮嘍——」吸引了眾人的注意力，葛小英幾個飛快地捣住耳朵，祈夢也側身捂住耳朵。

葛根旺等眾人都留意到這邊，才拿過籠罩蓋住閥門那頭，接著，隨著「砰」的一聲巨響，爆米花的香氣也傳開來。

「怎麼回事?!」眾人還沒回過神，街那頭噼哩啪啦跑來幾個人，帶頭的赫然是刑捕頭，不過他的衣服已經換了一身，不再是之前的藍衣紅邊，而是黑衣藍邊，倒像知府身邊的隨從。

「刑捕頭。」九月也沒想到這聲巨響會把捕頭引來，忙讓葛小英繼續顧著棉花糖攤，自己快步到了前面，朝刑捕頭福身。

「祈姑娘？」刑捕頭驚訝地看著她，又看看葛根旺。「這是怎麼回事？」

「刑捕頭，這是我三姊夫，方才是他在做爆米花呢。」九月忙示意葛根旺把那籠罩拿開，裡面是乾淨的密筐，不用擔心弄髒爆米花。「您嚐嚐。」

「就這東西？」刑捕頭觀察了一下，鬆了口氣。「我還以為出什麼事了呢，這聲音也太大了。」

說罷捏了一粒嚐嚐。

「味道不錯。」刑捕頭笑著點頭，讚了一句。

他身後幾位捕快眼巴巴看著，面露好奇，不過倒是沒有上前來拿。

「幾位，也嚐嚐。」葛根旺拿了幾張黃紙，手一兜就成了幾個紙筒，裝了爆米花進去，一人送上一筒，這一分，第一鍋所剩便不多了，他乾脆盛了送到之前讓位置的幾個人面前。

刑捕頭見這邊無事，便帶著手下離開了，餘下的人紛紛聚了過來，問起爆米花的價，得知那一紙筒也不過五文錢，都頗感興趣。

葛根旺也顧不得與人說上幾句，飛快地回來繼續下一鍋。

隨著再一次「砰」的巨響，圍觀的人蜂湧而上。

這樣的場面，一直持續到午後，人群散去，九月幾人才算鬆了口氣。

祈夢管的那一攤已經清得差不多了，九月這邊的砂糖也用光了，這會兒機器上就插著三枝做好的棉花糖，葛根旺那邊倒是還有不少米，「砰、砰」聲也不時持續著。

葛小英姊弟三人乖巧地幫祈夢收拾東西，這兒離家近，他們幾個小的就能把拿得動的先送回家，沒一會兒，祈夢的攤子就清得差不多了。

「九月，妳先回去吃飯吧，這兒我們來。」祈夢眼中滿是喜悅，一早上的工夫，她的竹簍都裝滿了，換在以前，她可是想都不敢想的。

「姊夫，歇歇吧，回去了。」九月笑著點頭，還剩下三枝，帶回去自己吃得了，也費不了幾文錢。

「最後一鍋了。」葛根旺卻仍幹勁十足，今天開門大吉，一上午的收穫已讓他看到亮晃晃的前景，他相信，只要天天持續下去，他家的好日子很快就會來了。

「隨他吧，我們先回去。」祈夢笑著拍拍九月的肩，兩人正準備收拾棉花糖機，集市裡走出三個人，停在她們身後。

「祈姑娘，又見面了。」來人是一男兩女，其中一個正是之前攔住九月說話的杜紅蕊。

第一百一十八章

九月轉身，看到杜紅蕊的瞬間，笑意便淡了下來。

杜紅蕊今日一身紅衫，瞧那質料也不是尋常布料，陽光下，隱繡的花朵若隱若現，為曼妙的身段更添媚意。

而她身邊的女子，梳著婦人髮型，也是一身紅，只不過她的紅卻透著一股英氣，明明身形嬌小，卻英姿颯爽，讓人不由自主多看了幾眼，而她邊上的男子則是虎背熊腰，穿著青色勁裝，瞧著也不是個能讓人小看的主兒。

不過，與杜紅蕊一起逛街的人，九月一點興趣都沒有，掃了一眼便繼續幫祈夢收拾。

杜紅蕊看她這樣，笑意更濃，心裡得意地想——要是妳知道我身邊的這兩人是誰，妳還會這樣囂張嗎？只怕巴結也來不及吧？

「祈姑娘怎麼在這兒擺攤呢？」杜紅蕊看看身邊的人，嬌聲問道。

「我們小門小戶人家，每日不為生計豈不是要喝西北風了？」九月淡淡地說道。「比不得杜姑娘如此悠閒。」

「那倒是。」杜紅蕊有些得意。「我們家少主可捨不得我做事呢。」說罷，一雙眼睛還盯著九月直看。

「杜姑娘。」九月心裡一突，抬頭笑著問道：「妳家少主管得可真寬，妳的吃喝拉撒是不是都歸他管了？」

「妳……」杜紅蕊聞言頓時惱了。「不愧是鄉野出來的，說話這般粗俗。」

「咦？我說的哪裡粗俗了？」九月驚訝地眨著眼。「難不成杜姑娘成仙成佛了？不吃不喝不拉也不撒嗎？」

「妳還說……」杜紅蕊嬌嗔地跺了跺腳，要不是顧著身邊兩個人的看法，她非抽死這小丫頭不可，可這會兒她不得不忍著，一雙眸含淚看向那兩人。「藍姊姊，妳看她……」

「噗——」豈料，那女子卻忍不住笑了出來。「這位姑娘說得極是，吃喝拉撒本就是每個人最要緊的，不吃不喝會死人，不拉不撒也會死人。」

杜紅蕊的話頓時梗在嗓間，可沒辦法，這兩人她惹不起。

「夫人明理。」九月聽到這話，倒是對這女子另眼相看。

「姑娘，這是什麼？」那小婦人指了指棉花糖，好奇地問。

「棉花糖。」九月見涉及生意，又見這女子沒有惡意，便客氣地應了一聲。

「多少文一枝？」小婦人明顯很感興趣。

「三文。」九月倒是不介意把東西賣給她。

「我們都要了。」小婦人和善地笑著，轉頭看了看身邊的男人，示意他付錢。

男人寵溺地朝她笑了笑，正要掏錢，杜紅蕊直接甩出一塊小小的銀錠，扔在九月的腳邊。「不用找了。」

九月的笑意冷了下來，她低頭看看那沾了泥的銀錠，再抬頭看看杜紅蕊，心生怒意。

杜紅蕊沒看到身邊兩人投來的鄙夷目光，還挺歡喜地看著九月。「看什麼？這一錠足有一兩多，妳賺到了。」

九月盯著她看了一會兒，忽地笑了笑，轉身張望一番，衝著角落的幾個小乞丐招手。

因為張義和阿安的關係，鎮上的乞丐們幾乎都認識，九月一招手，他們便飛快跑了過來。

九月直接拿下最後三枝遞到那幾個乞丐手裡。「送給你們了。」

「喂！妳！」杜紅蕊的臉都綠了，指著九月就要說話。

九月掃了杜紅蕊一眼，轉頭對那幾個小乞丐說道：「這位姑娘的銀子髒了，你們幫個忙，洗乾淨還給她。」

「好。」幾個小乞丐連連點頭，搶著把那小銀錠撿起來，送到杜紅蕊面前。

杜紅蕊不由退了幾步，嫌惡地瞪了他們一眼。

「還沒洗乾淨呢。」其中一個小乞丐提醒。

遞銀子那個才恍然大悟，把那小銀錠往自己黑乎乎的衣服上擦了擦，對著太陽照了照，還嫌棄那銀子不夠乾淨，「啐」的一聲，吐了口唾沫在銀子上，又在衣服上擦了擦，銀錠頓時閃亮亮的，才滿意地捧到杜紅蕊面前，諂媚笑道：「姑娘，好了。」

杜紅蕊看著他怎麼「洗」的銀子，哪裡還會去接，連退了幾步，皺著眉喝道：「滾滾滾，離我遠些！」

「夫人。」小乞丐又把銀錠遞給小婦人。

「送你們吧。」小婦人倒是不嫌棄小乞丐，笑咪咪地說道。

「謝謝夫人、謝謝爺。」幾個小乞丐大喜，衝著兩人連連鞠躬，捏著小銀錠和三枝棉花糖歡天喜地跑了。

九月一邊收拾東西一邊注意著那邊，看到小乞丐的表現，不由暗笑，這幾個小子倒是挺機靈的。

這會兒，葛根旺也收拾好了，他們也不理會那幾人，逕自進了巷子。

回到祈夢家，九月立即被祈夢拉住。「九月，妳是不是得罪那位姑娘？」

「哪位姑娘？」九月挑眉，反手扶住祈夢的肩。「都是不相干的人，妳以後看到也不用理她。」

「那妳怎麼認識她的？」祈夢愣了一下，連葛根旺也投來好奇的目光。

「偶爾認識的。」九月聳聳肩，不願多說。「快快，數數今天賣了多少錢？」

說到今天的進項，祈夢眉開眼笑，把那些問題都拋到腦後。

一家人也不去準備午飯，就這麼圍坐一桌開始數錢。

葛小山機靈，進屋尋了幾條細細的草藤放到桌上，用來串銅錢。

「八百六十四文呢。」葛小英從她爹那兒得了準確數字，高興得兩眼彎彎，以前她看到的也不過是幾文、十幾文，現在可是滿滿一桌，還都是他們自己家的，頓時激動得臉都紅了。

葛根旺也很高興，開始算成本，很快就有了結論，這八百六十四文裡面，扣去製作機器工具的不論，其他東西也不過兩百多文本錢。

「九月，這五百文妳收著。」葛根旺提了一串銅錢，上面每一百文打了個結，他點了五個結出來，打算用剪刀絞斷。

「姊夫，給我做什麼？」九月忙攔下，搖頭笑道：「工具的錢以後再還吧，如今這些就當本錢，我希望你能用這些繼續翻倍，到時候就一筆還我吧。」

「好。」葛根旺目光中有著感激，在他們家最困難的時候，這個小姨子的幫忙讓他十分感動，大恩不言謝，他懂。「那就以後還。」

「娘，我好餓，我們做飯吧。」葛小英撫了撫肚子，看了看九月，都忙到這個點了，九姨一定也很餓了，早上他們才喝一碗粥呢，不知道九姨有沒有吃。

「好好好，我這就去。」祈夢這才回神，匆匆做飯去了。

家裡也沒有備太多的菜，於是祈夢便做了一鍋麵疙瘩湯。

九月也不挑食，美美地喝了一大碗。

這邊葛根旺等人開始準備明天要賣的，她便叮囑葛小英領著兩個弟弟去補眠，自己也回了鋪子，這幾天讓她還真有些累了。

豈料，她想休息，有些人卻偏偏不讓她如意。

祈福香燭鋪的東家是誰，如今已不需要遮遮掩掩，九月回到鋪子，一進正門，便看到鋪子裡坐著人，正是杜紅蕊三人。

九月皺了皺眉，停下腳步。

杜紅蕊沒發現她，逕自對張信說道：「你們這兒的房東是我們家公子，你還不去讓你們東家出來？一個小小的掌櫃，作得了主嗎？」

「姑娘，我們東家真的不在，妳有事不妨與我說。」張信站在三人面前，不卑不亢說道。「妳若真有急事，我們東家回來，我會轉告她的。」

「你既然知道遊公子，為什麼還要推三阻四？」杜紅蕊很不滿意，在外面受了九月和那些小乞丐一番戲弄，正沒處出氣呢，這會兒一個小小的店鋪掌櫃居然也敢和她這樣說話？

「紅蕊。」小婦人一直保持沈默，這時也有些看不下去，不悅地喊了一聲。「妳都說他作不了主了，為難他有什麼意思？」

「藍姊姊。」杜紅蕊紅唇一嘟，委屈地看著小婦人。

「這位小哥，既然你們東家不在，那楊掌櫃和吳掌櫃在嗎？」小婦人不理她，笑著轉向張信。「我們也沒惡意，只是剛來康鎮，聽說我們家公子與一位姑娘合作了一樁生意，心下好奇，便過來看看。」

小婦人倒還算和善，便是她身邊的男子也沒有說什麼，只靜靜地陪在小婦人身邊，時不時投上一個寵溺的目光，對於其他，他絲毫不為所動。

「不好意思，楊掌櫃和吳掌櫃今兒約了人，這會兒還未回來。」張信明顯察覺到杜紅蕊的不善，心頭起了警惕，對小婦人也存了戒備。

「藍姊姊，依我看，他們是故意躲著我們呢。」杜紅蕊聽到這話，冷笑一聲。

九月在柱子後面聽著，這女人還挺自以為是的，她原本不想和這些人多牽扯，尤其是在遊春沒有出現、事情不明的時候，可這會兒，這女人明擺著挑釁，也激起她心底的火氣，當下，她緩步出來，面無表情地問道：「張信，出什麼事了？」

「東家。」張信看到九月，眼睛一亮，恭敬地行禮。

「妳總算回來了啊。」杜紅蕊看到九月，一雙眼滿是不屑。

九月不理會，轉頭看向小婦人。「這位夫人，可是要買東西？」

「我們來看看。」小婦人一雙妙目就黏在九月身上，越看越是流露欣賞，她覺得這姑娘有點意思。

「這兒是我們公子的地方，我們來看看還需要妳的同意嗎？」杜紅蕊自以為有倚仗，說話便倨傲起來。

「這鋪子既是我租下的，租金沒到期之前，這兒我說了算。」九月瞇了瞇眼。

「笑話，我們公子還會在乎區區幾兩租金？妳信不信只要我一句話，我們公子就會立馬讓妳滾蛋！」杜紅蕊也是被刺激狠了，看到九月這模樣，心頭就沒來由惱火，囂張的話不經大腦就脫口而出，說完後才暗暗後悔，看了看身邊兩人。

「好啊，那妳讓他來，如果他說一句讓我們滾蛋，我保證片刻不留。」九月冷冷地看著杜紅蕊，一字一句說道。

小婦人饒有興趣地看著九月，對杜紅蕊的話卻是置若罔聞。

杜紅蕊這才暗暗鬆了口氣，隨即口氣也大了起來。「就妳？還需要我們公子出面？我來說也是夠看得起妳了。」

「妳？」九月上上下下地打量她，好一會兒才似笑非笑地說道：「等妳成了遊夫人再說妳夠不夠資格吧。」

「妳！」杜紅蕊頓時變色，這一句話無疑擊中她的痛處。

「張信。」九月再不理她，淡淡地朝小婦人點頭，逕自進了櫃檯，吩咐道：「送客！」

「是。」張信立即出來，朝幾人客氣而又堅定地伸出手。「幾位，請！」

杜紅蕊自然不甘，正要說話，小婦人身邊的男人抬頭看了她一眼。「回去吧。」

杜紅蕊頓時消了聲，跟在兩人後面走出去，走了幾步，她卻不甘地回頭瞧了瞧祈福香燭鋪的招牌，眼中滿是忿恨。

九月進了後院，心頭的鈍痛浮現，她站在院中發了會兒呆，轉身進了雜物房，卻只是站在門口，整個人從裡到外的累。

雜物房裡的張義、阿安回頭看她，都有些驚訝。

「阿安。」九月盯著桌子某處看了好一會兒，才輕聲喊道。

「我在。」阿安扔下工具，快步到了她面前，眸中滿是擔憂。

「幫我去一趟落雲山。」九月輕咬著牙，若不是萬不得已，她也不想借助任何人的力量，哪怕那個人是她的外公。可現在遇到這樣的情況，她也不想和遊春有任何金錢上的牽扯，最徹底的就是把買房子的錢還給他，欠著外公的，慢慢還就是了，至少沒有杜紅蕊這樣的人出來說閒話。

九月還是受傷了，她很介意杜紅蕊說的話。

「好。」阿安連去落雲山做什麼也沒問，直接點頭。

「你等我一下，我去拿個東西。」九月垂眸，暗暗嘆了口氣，轉身回房。

阿安和張義互相看了一眼，等九月上樓，張義放下手裡的活兒，跑去前面鋪子打聽消息。

九月到了屋裡，扯了紙筆出來，猶豫地坐了一會兒，最終還是寫下一張欠條，另外又附上一封信，三言兩語地解釋一下，不過，她並沒有提杜紅蕊的事。

寫好後，又在欠條下方她的署名上印了記她的印，兩樣一起裝在信封裡，下樓交給阿安。

「快些回來。」九月朝阿安扯了一抹笑意。

「好。」阿安把信揣在懷裡，便立即出發了。

九月沒有再進雜物房，而是回到房間，此時此刻她只覺得累，只想好好睡一覺，什麼都不想去想。

回到屋裡連衣服也沒脫就躺下了，這一躺下，她便沈沈睡去。

阿安回來的時候已是深夜，與他一同回來的還有郭老身邊的一個侍衛，得知九月還在安睡，兩人也沒有打擾她，便各自去休息。

九月這一覺睡得昏昏沈沈，直到次日午後才醒來，洗漱收拾好，阿安和那侍衛便來尋她了。

「九小姐，爺讓屬下來聽候差遣。」侍衛朝九月行了一禮，從懷裡掏出一封信。

九月認得他，是之前隨郭老在她家住過的其中一個侍衛，她朝他微笑著點點頭，接過信，裡面是二十張百兩面額的銀票，還有一張紙，她打開一看，卻是她寫的那張欠條。

「爺說，自家人不需要這個。」侍衛等到九月看完，才開口。

「辛苦了。」九月點點頭，沒有多說，心裡暗自決定，等鋪子有了錢就還上這一筆，老人苦了一輩子，她沒有孝敬倒也罷了，如何還能啃老呢……

「爺還說，以後屬下就跟在九小姐身邊了，九小姐儘管吩咐。」侍衛說道。

「你叫什麼名字？」九月這時才有些意外，她哪需要侍衛保護啊？不過她知道，這些侍衛只聽命於郭老，她這時若讓他回去，他定然不肯，只好等下次見到郭老再請他收回成命吧。

「黃錦元。」侍衛抱拳行了很鄭重的禮。

第一百一十九章

「我也沒什麼事，你去休息吧。」九月收起信封，轉身往廚房走。

黃錦元倒是沒跟上來，不過他也沒出去，就站在院子裡，阿安看了看他，給他擺了張凳子過來，自己回雜物房忙去了。

廚房裡，舒莫給九月留了飯，見她進來，一邊端了飯菜，一邊擔心地打量九月。

九月心裡存著事，也沒有交談的興致，便只顧低頭吃飯，可是那飯菜吃在嘴裡，卻如同嚼蠟，扒了幾口後，她便放下碗。

「姑娘，您昨晚和早上都沒吃呢，這會兒吃這麼一點怎麼夠？」舒莫著急地說道。「這樣身體會受不了的。」

「沒事，我不餓呢。」九月朝她笑了笑，抬腿出了廚房。

還不待她走到後門處，黃錦元便跟上了。

九月回頭，黃錦元便說道：「小姐要出門？」

「嗯，出去辦點事。」九月點頭，一看這架勢就知道他要跟著了。

「屬下陪您去。」黃錦元得了郭老的吩咐，自然不會讓她一個人出去。

九月沒有反對，開了門直接走在前面，黃錦元落後三步，不疾不徐地跟著。

沒多久，九月來到成衣鋪。

進了門，九月看到上次的那個夥計，上前問道：「齊公子在嗎？」

「在，姑娘稍候。」那夥計看九月又來找齊孟冬，客氣了兩句就讓九月在廳中等著，自己跑著上了樓。

這會兒正值午後，鋪子裡沒有幾個客人，九月垂眸斂目站著，也不打量鋪子裡的衣服，黃錦元則站在門邊安靜地等她。

齊孟冬沒有讓她等太久，夥計上去只一會兒，齊孟冬就翩然而至，笑容滿面道：「九月姑娘來了，快，樓上請，介紹兩個人給妳認識。」

「不用了。」九月站著不動，抬眸看著齊孟冬，淡淡說道。「我是來還東西的，麻煩齊公子轉交。」

「什麼東西？」齊孟冬瞪大眼睛，隱隱覺得不妙。

九月低頭，取出那信封，從裡面數了十五張銀票出來，遊春放在她這兒的有千兩左右，加上後來買的院子，算一算怎麼著也要這麼多吧。

「請幫我把這個還給遊少。」九月面無表情地把銀票遞出去，提到遊春時，語氣淡得不能再淡。「房契地契，還請齊公子好人做到底，幫我拿回來吧。」

「什……什麼?!」齊孟冬頓時傻眼了，眼前的哪裡是銀票啊？分明就是最燙手的山芋……

齊孟冬希望從九月的神清中看出端倪，無奈九月由始至終都是一臉淡然，便是說到還債時，她那語氣更是雲淡風輕，這時他真真切切地感覺到不妙，當然，並不是他不妙了，而是他的兄弟有大麻煩了。

「等等，我這就上去！」齊孟冬眼皮跳了跳，遊春好不容易認真一回，作為兄弟，他不希望這一段就此了結，更何況九月也合他的眼緣，有這樣的嫂子，總比那些自詡名門閨秀的大戶小姐強。

齊孟冬帶著銀票和不安匆匆上樓去了。

九月這次來，除了還銀票，更重要的是想聽一聽遊春的解釋，她雖然看著只有十六歲，可到底已不是衝動的年紀，又經歷過一次失敗的婚姻，她比誰都知道信任兩字的重要，而且就算杜紅蕊說的是真的，她也想親耳聽到他說。

她看著齊孟冬上樓後，淡然的轉身，心裡卻還是有些緊張。

也不知過了多久，樓梯上再次傳來腳步聲，九月沒有轉身，只是，她聽到自己心跳不由自主地隨著那腳步聲加快起來。

誰知來的不是遊春，也不是齊孟冬，而是一位女子。

「九月姑娘。」

九月心一沈，緩緩轉身，看到了那個曾和杜紅蕊一起出現在香燭鋪的小婦人。

「九月姑娘，我師兄請妳上樓一敘。」小婦人滿臉笑容。

九月有些疑惑地看著她，師兄？難不成這就是遊春的小師妹？

「我叫魏藍，遊春是我四師兄。」小婦人似乎看出她的疑惑，笑著跳下最後兩格臺階，到了九月面前，拉著她上樓。「他們都在樓上等著呢。」

稍一猶豫，魏藍不由分說地拉著九月到了樓上，來到左邊一間敞開的房門前。

屋子裡，除了遊春和齊孟冬，還有康俊瑭、老魏、三爺以及之前見過面的那些人，不過那個杜紅蕊並不在，九月目光掃了一圈，正猶豫著要不要進去，魏藍已經親熱地扶著她的肩，把她推了進去，兩眼彎彎地笑道：「來了來了，四師兄，你準備怎麼謝我？」

「妳想要什麼儘管說。」遊春的目光從九月進門時，便一直緊緊膠著在她身上，這會兒也只是略帶笑意地掃了魏藍一眼。

「有你這句話就成了。」魏藍眉開眼笑地拍著手。

遊春目光深深地凝望著九月，卻沒有說話。

九月倒是很想質問一番，可這滿屋子的人分明都用看好戲的眼神看著他們，她整個人不自在起來，尤其是那個康俊瑭，這會兒正懶懶地半倚在椅子上，接觸到她的目光後，更是朝她拋了幾個媚眼，咧著嘴直樂。

而最中間的桌子上，赫然放著她讓齊孟冬轉交的銀票。

他明明看到了銀票，卻讓別人下樓叫她上來，現在還擺出這陣仗……

這是什麼意思？九月皺眉，心底的惱怒竄了上來，她這是發了什麼瘋？居然自己送上門來給他們當猴看？九月一張俏臉沈了下來，她看也不看遊春，轉身便要走。

「九月妹子。」這時，魏藍又纏了上來，緊緊摟住她的肩。「來，我給妳介紹一下，這是大師兄，也就是我相公。」正是那天陪同的那個男人。

「齊天。」大師兄微微頷首，聲如洪鐘。

九月借勢掙脫魏藍的手，朝齊天微福了福身，人家這般客氣，她也不好失禮，但臉色卻還是冷冰冰的。

「二師兄劉如帆留守家裡，不在這兒，這是三師兄陳雙牧。」魏藍也不在意九月的疏離，笑咪咪地引她到了三爺那兒。

九月知道那日營救她的事，這位三爺出了大力，只可惜之後便一直沒遇到，沒辦法答謝，於是便拜了下去。「陳三爺援助之恩，九月記下，若他日有需要九月出力之處，九月定全力回報。」

「如此，先謝過九月姑娘了。」陳雙牧微微避開九月的大禮，男女有別，他不便伸手去扶，便示意魏藍代勞，自己雙手抱拳還禮。

「少夫人，都是一家人，別客氣，您要是想謝我們啊，請我們喝一頓酒就好了。」老魏性子直爽，在旁邊看得牙都酸了，便站出來笑著說道。

「魏爺，九月至今未嫁，這少夫人的稱呼從何而來？」豈料，九月聽到這一句，臉色沈了下來。

齊孟冬瞪了老魏一眼，又看了看僵站著的遊春，笑著打圓場。「老魏不會說話，九月姑娘別往心裡去，他的意思呀，這不是親也提了嘛，我們遲早得改口叫少夫人的不是？」

「謝齊公子提醒，我今兒既來了，那便把庚帖也一併退還吧。」九月看也不看遊春，心情再起波瀾，遊春的態度以及杜紅蕊的挑釁，激發了她骨子裡那絲傲氣。

「九月妹子，紅蕊不過是個丫鬟，妳別在意她說的。」魏藍看得心驚，一心急，脫口安撫道。

「紅蕊？」遊春終於開口了，聲音帶著疑惑。「她做了什麼？」

今日他們聚集成衣鋪，正商討著祈豐年給的證據如何發揮最大作用，不料九月卻帶著一千五百兩銀票過來，說要還他，他當下再不淡定了，偏偏又要主持會議，還是小師妹自告奮勇下樓安撫九兒的，偏偏現在又冒出個紅蕊……

「遊公子。」九月淡然地對上遊春，語氣平靜得猶如陌生人。「這是一千五百兩銀票，算是我買下那些院子的錢，若不夠，你說，若是你不想賣，那我立即讓人搬走。」

「九兒，妳怎麼了？」遊春錯愕不已，大步來到九月面前想拉她的手。「紅蕊惹妳生氣了嗎？」

九月卻避開了，冷著臉說道：「遊公子請自重。」

「那個……大師兄，我餓了，陪我做飯去。」魏藍見事情有些失控，眼珠子一轉，拉著齊天就要出去，一邊對九月說道：「九月妹子，別急著走，留下嚐嚐我和我相公的手藝。」

「多謝齊夫人，不必了。」九月現在只想早些了結這堆爛事，以前是喬喬，現在又是杜紅蕊，誰知道後面還有誰？她只覺得累，當下抬頭看著遊春說道：「你不必覺得欠我什麼，我救你一命，你也救我一命，你想要的，如今也給你了，了了這一筆，你我便兩清了。」

「什麼意思？」遊春心中一痛，受傷地看著她。

「庚帖還我，你那張，我會讓人送來。」九月逕自說道。「另外，請管好你的女人，下次再跟個瘋狗似的纏著我，別怪我對她不客氣。」

說罷，腳步急轉，快步出了房門。

「九……」遊春欲留人，卻不知想到什麼，到了門口生生地止住腳步，轉頭看向齊天。「大師兄，紅蕊那天和你們一起出去，到底做了什麼？」

而這時，九月在樓梯口遇到了杜紅蕊。

杜紅蕊手中端著托盤，笑盈盈地過來，一雙眼水汪汪地看著她，走到她身邊時，杜紅蕊突然身子一軟，摔在她面前，托盤滾到她腳下。

九月雖然走得快，可看到杜紅蕊便起了戒心，所以東西滾到腳下時，她避開了，淡淡地看了杜紅蕊一眼，也懶得理她，抬腿跨過那些杯盤便要下樓，可突然間，腰間被重重撞了一下，整個人不由自主摔了下去。

「九小姐！」守在門口的黃錦元一直注意著這邊，初時他也沒在意杜紅蕊的動靜，可待他發現不妙時，九月已經從樓梯上滾了下來。他不由大驚，飛身而起，袖中的飛刀也急急射向杜紅蕊的眉心。

遊春等人在屋裡聽到動靜，不由一驚，紛紛跑出來，正好看到一點寒光急急射向杜紅蕊，陳雙牧動作奇快，順手摘下腰間玉珮擲了過去，堪堪擲中飛刀，不過因為援救不及，飛刀只是偏了方向，從杜紅蕊的肩頭穿刺而過。

眾人不由大驚，這勁頭，分明就是想置人於死地啊！

老魏幾人趕緊抽出兵器，飛身往黃錦元那邊圍去，卻見九月滾到樓下，頭重重地敲在樓梯柱子上。

「九小姐！」黃錦元射出飛刀，人便竄到九月身邊，無奈她滾得太急，他伸手沒抓到，再回身她已昏迷了，他顧不得老魏幾人，飛快地躍到九月身邊抱起她，一手扣在她脈上。

「九兒！」遊春心頭大震，衝了下去。

只是，他到了黃錦元面前，卻生生地止住了，因為黃錦元手中不知何時多了一把劍，正殺氣凜凜地對著他。「九小姐若有事，定誅你們滿門！」

說罷，手一抖，那劍竟縮進他的衣袖，接著，黃錦元理都不理他，直接抱起九月出門。

黃錦元抱著九月出門疾奔往最近的醫館，頓時引起路上行人的注意，畢竟一個大男人抱著個大姑娘出現在街上，也是一件奇事了。

可是，當眼尖的人看清那姑娘血糊糊的額頭時，頓時噤了聲，紛紛讓道。

黃錦元自然不會理會這些，他方才摸過了，她的脈搏有些亂，要是她在他頭一天侍奉就出了事，他如何向王爺交代？

「大夫！快救人！」黃錦元也沒看那醫館是什麼名，直接闖進去，衝著坐堂的大夫吼道。

大夫見狀，自然不敢怠慢，匆匆在前領路，讓黃錦元把九月抱進內室。

這邊是給需要急救的病人安排的，倒也乾淨。

「大夫，她從樓梯上摔下來了，頭撞到樓梯柱子，脈象有些亂，你快瞧瞧。」黃錦元把九月安置好後，拉著大夫的衣袖緊張說道。

「我知道，你且在一邊等著。」大夫忙安撫道。

黃錦元這才退到一邊，看著大夫給九月把脈治療傷口。額上被撞破了，左腳怕是也傷到骨頭了，至於其他則需要觀察。大夫很快就有了結論，退出去備藥去了。

黃錦元皺眉，看著依然昏迷的九月，咬了咬牙，出了醫館，站在門口隨手一揮，某個物品從袖中飛上天空，「砰」地炸開，綻放出絢麗光芒，不到一刻，幾個穿灰衣的男子便從大街小巷湧至黃錦元面前。

「九小姐受傷了，速速準備馬車回落雲山，另外，通知文太醫。」黃錦元繃著臉，飛快吩咐道，這鎮上的大夫他不太相信，萬一是庸醫，治壞了郡主，那些人會不會被誅滿門他是不知道，可他的這顆腦袋就保不住了。

幾人再次迅速退去，黃錦元才回到醫館裡面。

大夫已經給九月的額敷上藥、包紮好了，這會兒正給她的腿加固木板。

「給。」黃錦元等他纏好繃帶，從懷裡掏出一錠銀子拋給大夫，直接抱起九月出去。

「欸、欸，她這傷得靜養，不能搬動！」大夫拿著銀錠追出來，黃錦元已經登上一輛馬車，揚長而去。

「大夫，剛才那個姑娘是不是福女？」大堂裡等著看診的病患猶豫著問。

「我看著有點像……可是，福女怎麼也會受傷？」另一個插話道。

「福女也是凡人，怎麼就不會受傷了？」有人反駁道。

「嘶——好像真的是。」大夫後知後覺地倒吸了口涼氣，他剛才只顧著治傷，這會兒被人一提醒，頓時反應過來，那可不就是福女嗎？她怎麼受傷了？

「大夫，剛剛那位姑娘怎麼樣了？」後腳趕來的齊孟冬來到大夫身邊，輕聲問道，順勢遞上一個小銀錠。

「頭上撞破了這麼長的傷口，流了不少血，左腳怕是傷了骨頭，唉，人還昏迷著呢，那人就把人帶跑了。」大夫得了銀子，倒是說了兩句，說罷又指了指腦袋。「唉，那姑娘看著像福女，希望她吉人天相，別把這兒撞壞了。」

「他們往哪邊去了？」齊孟冬皺了皺眉，看來她撞得不輕呀，這可真是要命了……

「馬車往那邊去了，三、四個年輕人護著走了。」大夫指了指街那頭，搖著頭回去看診了。

齊孟冬眉心緊鎖，想了想，拐到街角，招了一個人去成衣鋪報信，自己先往落雲山方向追去。

第一百二十章

就在齊孟冬到達落雲山下的時候，文太醫一手金針施完，九月已經醒了。

經文太醫診治後，九月的腿沒有傷到骨頭，只是扭傷腳踝，但是她頭上的傷麻煩些，傷口足有兩指寬，要是一個不好，怕是要留下傷疤。

「可有哪兒不舒服？」郭老緊張兮兮地湊在邊上問，文太醫診治的這段空檔，他已經知道是怎麼回事，可這會兒卻不是追究的時候，他外孫女的身體才是最重要的。

「沒事。」九月勉強勾了勾唇。怎麼可能沒事？從樓梯上滾下來，整個人都痛了，更別提這頭撞的，她都看見星星了，這會兒還暈暈的反胃。

「瞎說，頭都撞破了，能沒事？」顧秀茹捧著一碗參湯進來，紅著眼瞪著九月。

「也就流了點血，我血多著呢。」九月微眯著眼，看著這個生活了十五年的熟悉房間，心裡莫名平靜下來，這兒才是她最安心的地方。

「來，喝點。」顧秀茹端著參湯正要坐下，被郭老伸手接過碗。

「我來。」郭老舀了一勺，試了試溫度，才送到九月嘴邊，餵得小心翼翼，就像在呵護什麼珍寶般。

九月忍著那噁心，小口小口地抿著，不知不覺間潤了眼角，有那麼一瞬間，她想起了外婆，她生病的時候，外婆就是這麼小心翼翼照顧她的。

這一刻的觸動，讓她心底某處頓時決堤，所有的委屈和脆弱如潮水般沖了出來。

「別哭，有外公在。」郭老也忍不住唏噓，放下空碗，替九月捏了捏被角，手在她的肩膀處有一下沒一下地拍著。「睡會兒吧，等妳醒了，所有事都過去了。」

九月一驚，難得淚汪汪地看著郭老。「您想幹麼？」

「我能幹麼？」郭老又是好笑又是好氣。「那臭小子敢欺負我外孫女，我找他出出氣總行吧？」

九月沈默，有人為她出頭自然是好的，可是她昏迷的那一瞬，似乎聽到有人說要誅誰滿門？

「好啦，安心睡吧，我保證他絕不會缺一條胳膊也不會少一條腿，必讓他全鬚全尾的來見妳。」郭老嘆了口氣，這孩子和釵娘一樣死心眼。

「我不想見他，他和我又沒關係。」九月吸了吸鼻子，弱弱地說道。

「沒關係？」郭老一愣，緊張地問道：「他是不是出爾反爾了？」

九月沈默。

「哼，妳放心，他敢不娶妳，我就去請皇上作主賜婚，看他敢不敢拒。」郭老眼一瞪，很霸氣地說道。

「爺，讓九小姐先歇著吧。」顧秀茹忍了笑，安撫地拍拍郭老的肩。「九小姐，您放心，爺不會亂來的，他就是想替您出出氣，讓他知道您娘家也不是沒人撐腰的。」

九月被他們倆一說，只覺得頭更暈了，懶得解釋，乾脆閉上眼養神，沒一會兒便睡了過去。

待她醒過來的時候，便聽到牆的另一邊傳來遊春的聲音。「郭老，我想看看九兒，求您讓我進去吧。」

九月皺了皺眉，頭又開始暈了。

「男女授受不親，我外孫女清清白白的姑娘家，讓你進去不合適。」郭老冷哼一聲。

「我有話想和九兒說，郭老，您就……」遊春的語氣中滿是哀求，可惜郭老鐵了心要治他，直接就打斷他的話。「你有話等她醒了再說吧，這會兒她需要靜養。」

「她的傷如何了？」遊春嘆了口氣，低低地問。

「左腿骨頭斷了，額上撞了那麼長的傷口，哼，好好的一個姑娘家就這樣破相了，你說如何？」郭老故意說道。

骨折？九月皺了皺眉，她的腿骨折了嗎？文太醫不是這樣說的呀。

「郭老，我不日就要回京，這幾天……能不能讓我照顧她？我保證，等她醒了我就走……」遊春以為郭老因為這次的事堅決反對他們了，心裡不由又苦又酸。之前因為火刑的事，她的幾個姊姊對他存了偏見，他還沒來得及挽救她們的印象，如今竟又讓郭老反感，只怕他和她的親事更難了。

你我兩清了……遊春想起九月那一句話，頓時心如刀割，他沒想到，杜紅蕊竟背著他說了那麼多混話，不行，他要是再不積極一點，等平反冤情的事一了，怕是連娘子也沒了。

「等她醒了你就走？你這是什麼話？你……」郭老真正怒了，冷聲問道。

然而，後面的話卻斷了，九月支起耳朵想聽得再清楚些，卻沒聽到有人說話，直到過了好一會兒，才聽到遊春說道：「請郭老成全。」

「哼。」郭老冷哼一聲，似乎離開了，接著又是幾個腳步聲遠去，再接著，是門被掩上的聲音……

九月皺了皺眉，忙輕輕翻了個身，面朝著牆壁閉上眼睛。

果然，她剛剛轉過去，房間裡便有人進來，接著床板一沈，床邊便坐了一個人，一雙溫熱的手落在她額上，耳邊傳來遊春低低的聲音。「九兒……」

額頭覆上那溫暖的時候，九月整個人都僵住了，她心裡有怨，此時最不想面對的就是遊春，可是他已經進來了，她只能繼續裝睡。

「九兒。」遊春坐在床邊，手輕觸她額上包著的白布，目光落在那一抹觸目驚心的紅色上，心裡一陣翻騰。

都怪他太大意了，總想著避開她就是對她最好的保護，沒想到卻是身邊的人把她傷成這樣，越想他便越悔。「對不起……」

對不起有屁用？九月氣呼呼地想著，明明身邊有爛桃花，偏還對她說自己身邊侍候的都是小廝，結果呢？有一個陪了他十年的曉事人，什麼遊家祖訓不許納妾，敢情也就是當她傻，鑽了祖訓的漏洞啊？

哼哼，他今年也就二十六歲，居然就有個十年的曉事人，真是……「叔可忍嬸不可忍」！

「九兒……」不經意間，遊春瞥見九月的睫毛顫了一下，兩人也算「同床共枕」好長一段日子，對她的一些習慣已很清楚，所以饒是她呼吸放得平緩，他還是察覺到了——她這是不想理他。

不由自主的，他的心開始發慌。

他不是康俊瑭那小子，如何哄女人開心還真的沒有經驗，想了想，還是決定從實招來。

遊春略側了側身，一手撐在九月腰前，俯身抱住她，唇貼在她耳邊低低地說道：「紅蕊是管家給我找的丫鬟，無父無母，是個可憐人，也算是與我一起長大。十年前我著了對手的道，被人下了媚藥，是她幫我解了毒……我和她就那一次，妳信我好不好？」

呸呸呸……九月抿緊了唇，抗拒耳邊的熱氣，無奈，她低估了身體對他的接受度，耳後被他的熱氣拂過，已經不由自主地泛紅。

遊春留意到了，唇邊流露一絲笑意，唇貼上她耳後摩了摩，繼續說道：「那之後，我就再沒有讓她跟在身邊了，這些年身邊只有小廝，是真的。」

居然用美男計！九月感覺自己竟開始發熱，可是他這樣抱著她，她想偷偷透氣都不可以，心裡著惱，不由暗暗爆粗口。

「只是我沒想到她的野心……」遊春嘆了口氣，將臉埋在她頸窩處。「對不起，是我太大意，沒能保護好妳。」

都說對不起沒用了還對不起……非等她出事了他才想到說對不起？晚了，現在怎麼著也得輪到她扳回一局了吧？

心底的脆弱無意間被郭老觸動釋放之後，一向清冷的九月竟也有些孩子氣起來，這一刻，她賭氣的心性就像個真正的十六歲少女，一點也沒有當初當禮儀師時的淡然理智風範。

女人，都是需要哄的。

「九兒，信我好不好？我說的都是真的，我和紅蕊就那一次，這些年身邊雖然不是沒有女人，可那些女人只是為我做事，真的……」遊春想起自己的基業，忍不住嘆氣，經此一事，他覺得還是坦白為好。「之前，我怕妳知道我做的生意會不高興，我才沒有說的，其實我……」

九月輕咬著下唇，努力放緩呼吸，她真想掀開被子好好地質問一番，可是郭老說她腿骨折、還撞得很嚴重，她現在起來會不會太不給郭老面子了？

「我在每個地方都有生意，其中最重要的……就是紅樓。」遊春說得猶猶豫豫，他略抬起頭，打量著九月的臉色，看到她緊咬下唇，嘆了口氣，手撫上她的唇。「那些姑娘都是自願的，她們為我搜集消息，我為她們提供棲身之所，供她們過最好的日子，可我自己從來不曾沾過她們。」

紅樓……九月這時才明白他說的紅樓原來是青樓，心裡不由暗讚，想收集情報，青樓和市井酒樓無疑是最佳場所，他倒是會做生意，那樣的生意可不僅是搜集消息，簡直是收集銀子的最佳利器啊。

「九兒……」遊春看了一會兒，輕輕咬上她的耳垂，猶如在草屋時與她耳鬢廝磨。「我愛妳……」

突然的告白讓九月腦海中一片空白，他……

「我已經派人把紅蕊送到最近的紅樓，以後那兒就是她的歸宿，妳要是還生氣，我就讓人賣了她，或是直接打殺了都可以。」遊春柔聲說道，可說的話卻讓九月心裡一緊，不由自主地睜開眼睛。

送到紅樓？賣掉？打殺？天！那不是……九月前世受的教育讓她無法接受這樣的事。

「九兒，信我，好不好？」遊春勾起一抹笑，他就知道她裝睡，這會兒見她睜開眼睛，手撫上她的臉，使她轉向他這邊。「九兒，信我。」

看著他的眼睛，九月緊繃的心情莫名鬆懈了些，只是，她還不想這樣輕易放過他，便繃住臉說道：「你什麼時候屬蒼蠅了？」這麼吵……

「妳生氣了，又不理我，我這不是沒辦法嘛。」遊春有些高興，她終於理他了。

「出去。」九月拍開他的手，只是這一動，頭又有些暈，不由皺眉，緊緊閉上眼睛，臉色越發蒼白。

「怎麼了？是不是又不舒服了？」遊春一驚，撫著她的頭緊張地問。

「出去。」九月幾乎是咬著牙說出這一句，拜託，難不難受的你去撞柱子試試。

「我讓孟冬給妳看看。」遊春想起身，可看到九月這樣子又不放心，只好揚聲朝外面喊了一聲。「孟冬，快些進來！」

她只覺得天旋地轉，胃裡一陣一陣地翻騰。

「怎麼了、怎麼了？」嘩啦啦，外面進來一群人，除了齊孟冬，還有郭老、顧秀茹以及文太醫。

「她……」遊春正要說話，九月忽地翻身起來，衝著他就「嘔」開了。

她並沒吃多少東西，喝下參湯又睡了一晚，這會兒腹中空空，吐出來的全是酸水。

遊春也不在意，抱著她輕撫著背幫她順氣，眉心皺得緊緊的。「還愣著幹麼？快幫她看看。」

「喔喔。」齊孟冬忙上前，扣住九月的手腕。

「現在看到了吧？」郭老瞪著遊春，很不滿意。「我說的可是事實？她傷得不輕。」最重要的是傷到心了。

「嘔——」九月只覺整個房間都在旋轉，俯在遊春膝上又是一陣狂嘔。

「怎麼樣？」遊春直直盯著齊孟冬。

「她……」齊孟冬剛剛開口，便被郭老打斷。「行了，別問來問去的，都給我讓開。」說罷示意了文太醫一下。

「把她放好。」文太醫對遊春還算客氣，遊春去祈家提親的事，他也是知曉的，雖然這會兒有些小矛盾，可保不準以後就成了郡馬呢？

遊春忙配合地扶著九月躺回去。

文太醫點點頭，直接掏出針包，齊孟冬一見，忙讓到一旁，目不轉睛地看著文太醫施針。

片刻後，文太醫收起針，九月已經睡了過去。

「如何？」郭老忙問，遊春等人也是直盯著文太醫看。

「這是撞擊後的反應，所幸九小姐福澤深厚，並無大礙，只消配以安神湯藥靜養幾日，必可恢復。」文太醫朝郭老恭敬回道。

「那便好。」郭老點點頭，瞥了遊春一眼。

遊春收回目光，注意力全在九月身上。

郭老看了幾眼，嘆了口氣，示意其他人都退出去，自己在一旁坐下來。

好一會兒，遊春突然開口。「郭老，讓我留下來照顧她吧。」

「然後呢？」郭老語氣淡淡，看到九月方才那樣，他忽地心軟了，這孩子受了這麼多苦，如今也算是遇到一個知冷知熱的人，他要是強行干涉，會不會斷了她的姻緣？與她外婆一樣，孤孤單單一輩子？

這種苦他們嘗過，他不想再讓外孫女也受這種苦，於是語氣便有了鬆動——這鬆動不代表他原諒了遊春，他還得看看遊春的誠意，是不是真心為著九月，又能為她做到哪一步。

「我愛她。」遊春的目光仍膠著在九月身上，語氣極其溫柔。「我想和她在一起，就像當年我爹和我娘那般，相濡以沫。」

「如果我讓你放棄你努力十幾年的事，才同意你們在一起，你做得到嗎？」郭老瞇了瞇眼，氣勢一放，不怒自威。

「我做不到。」遊春沈默了一會兒，認真回道：「我爹娘都是枉死的，我身為人子，不能為他們報仇已是大不孝，如今我只想為他們正名，平反冤情罷了。」

「說得容易。」郭老冷哼一聲。「既是正名，平反冤情，必涉及當年的案情，你覺得你動了別人的根基，別人還能讓你安然而退嗎？你讓我如何放心把我的外孫女交給你？」

「他們想動我，也不是那麼容易的。」遊春抬頭，坦然迎著郭老的目光。「這些年我的根基不比他們淺，足以護得住她。」

「護得住她……護得住她為何還讓她傷成這樣？」郭老眼一瞪，冷冷地看著遊春。「你知道她險些喪命嗎？一個丫鬟居然能這般猖狂，你敢說你沒有責任？」

「是我的錯。」遊春愧疚地垂眸。

郭老盯著他看了一會兒，突然問道：「你既知道我的身分，為何從不提讓我援助的事？」

「您是九兒的外公，我不希望九兒覺得我和她在一起是為了……」遊春苦笑。「我不是沒想過請您幫忙，可我更在乎九兒的感受，不想讓她誤會。」

「說得真好聽。」郭老譏笑地看著遊春，站了起來。「你找她爹的時候，怎麼不想著她會不會誤會？」

遊春無言以對，他和她的牽扯，已不是那麼簡單的相遇相戀了，不知不覺間，涉及了許多本不該涉及的，她爹是砍下他爹娘和家人們腦袋的劊子手，她爹也是為他們遊家擔風險保存證據十幾年的證人。

還有郭老是她的外公，也是當今皇帝的小皇叔。如果郭老願意助他，他家人平反的事情必事半功倍，可他方才可以為了求郭老讓他見九月而下跪，卻不願意為了遊家的事對郭老說出「求」字。

他是真的怕九月誤會他、疏遠他……

第一百二十一章

遊春最終還是留了下來，齊孟冬回康鎮主持事務，只不過，在郭老有意無意的干涉下，遊春再沒有和九月獨處的機會，九月也因為傷勢問題，連續臥床五、六日，那暈眩感才算完全消失，腳傷也漸漸恢復。

傷稍稍一好，九月便待不住了，她掛心祈夢家的生意，那天才擺了一天的攤子，不知道這幾天他們忙不忙得過來。還有鋪子的事、家裡的事，現在也不知道進度怎麼樣了

這一日，九月決定先回家去。

「妳的傷，」郭老很不高興，瞪著九月反對道：「萬一還沒完全好，留下病根怎麼辦？」

「外公，有文太醫在，您怕什麼？」九月笑笑，故意晃了晃腦袋。「您看，這樣都沒事。」

「別晃了，當心又頭暈。」顧秀茹忙上前扶住她。「爺，您要不放心，就一起去大祈村住幾天吧。」

「行。」郭老立即點頭，他決定了，他要去看著她，省得那小子又不安生，想到這兒，他還側頭瞥了遊春一眼。

遊春只是笑，看到九月安然無恙地站在面前，他哪裡還不知道她的腳傷其實是郭老誇大

嚇他的，這是郭老對他不滿呀。

郭老看著這笑刺眼得很，淡淡地問道：「你不是說她醒了你就走嗎？」

「我先送你們回去。」遊春一想起自己馬上要進京，看著九月滿心不捨，可又怕郭老阻止，忙又補上一句。「我還有事找祈伯父商量。」

「你跟他有什麼好商量的。」郭老嘀咕了一句，揮揮手讓人去準備馬車。

「真沒事？」顧秀茹湊在九月身邊低聲問道，這幾天的相處，兩人之間也親近不少。

「真沒事。」九月笑了笑，腳上本來就只是扭傷，頭上麼，也就是輕微腦震盪，有文太醫在，這幾天又睡得好、吃得好，郭老還不要錢似的買各種補藥養她，她現在的氣色比受傷前還要好了。

「不舒服就說。」顧秀茹瞄了瞄遊春。「沒必要著急，要的就是讓他心疼，下次他就不敢這樣對您了。」

「嬤嬤。」九月不由好笑。

顧秀茹的聲音其實不低，遊春的耳力又一向不弱，哪能聽不到這話，此時他也忍俊不禁，淺笑著看九月。

無奈，九月還是不想理他，雖然她知道冷戰不好，但她心裡有疙瘩，一時半會兒的拉不下這面子。

不知不覺間，九月的心態已然改變了，之前說與他兩不相欠，這會兒卻變成冷戰，兩者之間，到底有些微弱的區別，若真的兩不相欠，她還會這樣在意嗎？

馬車很快便準備好了，顧秀茹扶著九月上車，郭老便跟了上來，文太醫坐了另一輛，至於遊春，他自己是騎馬來的，這會兒也不用擔心跟不上。

馬車緩緩而行，郭老掀起窗簾一角，見遊春與一侍衛在前面引路，便轉頭看著九月問道：「丫頭，妳打算怎麼做？」

「就這樣唄。」九月知道他問的是什麼，無奈地笑了笑。

「男兒膝下有黃金，可那天，他為了見您都給爺跪下了，看得出來他對您是真心的。」顧秀茹拍拍九月的手，替遊春說起好話。「九小姐，男人三妻四妾是常事，遊公子無妻無妾，對您又是一片真心，如今那丫鬟也被他發落了，您呀，別太挑剔了。」

「嬤嬤，哪是我挑剔呀。」九月撇撇嘴，挽住顧秀茹的胳膊依在她身邊說道：「我都給他解釋的機會了，還主動上門，他連個屁……一句話都沒有，如果不是我受傷，他哪會來這兒呀？」

「您呀，」顧秀茹笑道。「您心裡有氣，可以和他鬧、和他吵，卻不能老是不理他，有誤會，說開就行，有心結，也必須解開才行。」

「嗯。」郭老聽到這話，神情有些傷感，九月有些奇怪，卻不方便問，只點點頭附和顧秀茹的話。

「當年您外婆和爺就是因為誤會沒來得及解開，才分離一輩子……」顧秀茹也注意到了，嘆了口氣對九月說道：「小姐，您可別犯糊塗。」

「我知道了。」九月看了看郭老，心有所觸，鄭重地點點頭。

「回去以後給他個機會，好好談談。」顧秀茹見九月聽進去了，頗為欣慰，目光落在郭老身上。

當年的誤會，導致他們分離一輩子，苦了一輩子，她身為旁觀者兼局中人，深深知道這是什麼樣的煎熬，她不希望九月也步他們的後塵，那樣爺必定會難受，他如今剩下的也就是這些外孫女們了，自然希望她們都過得好。

「嗯。」九月點頭，目光落在車簾上，她知道，他就在前面。

大祈村很快就到了，如今有馬車進出村子，村民們已經習以為常，多看了幾眼後也就各做各的事，不像之前那樣聚過來圍觀。

「外公、九月。」祈喜聽到動靜出門，便看到剛剛下車的郭老和九月等人。「嬤嬤，你們怎麼一塊兒回來？咦？九月，妳怎麼受傷了？」

九月的頭暈雖然好了，可傷口仍在，因此還纏著紗布，祈喜一看到，頓時驚慌地喊了起來。

這一喊，把院子裡的人吸引出來，連隔壁的余四娘等人也紛紛出來。

「怎麼回事？」祈豐年顧不得給郭老見禮，目光盯著九月頭上。

余四娘快步到了九月面前，大驚小怪地喊道：「哎呀，傷得不輕啊！」

「我沒事。」九月瞄到那群人，心裡不由嘆氣，都這麼久了，這些人居然還往家裡跑，真有耐心啊……「小傷而已，不小心摔的。」

「好好的怎麼會摔到？妳可是福女。」余四娘一臉不相信。

「三嬸，我也是人，又不是神仙。」九月好笑地看了看她，毫無疑問，在場不少人都與她一樣想法。

「娘，先讓九月回去歇著吧，還有傷呢。」余四娘還待說什麼，被余阿花拉住了。

「對對對，這頭上受了傷可得好好歇著，快去快去。」余四娘連連點頭，反過來催促九月，然後對著郭老等人笑道：「姻伯一路辛苦了。」

郭老只是微笑著朝她點頭，先進院子去了。

馬車和馬自然有侍衛們安頓，遊春的馬也被黃錦元牽走。雖然黃錦元對遊春仍有些意見，可架不住郭老的態度啊，說不定這人以後仍是郡馬，他們做侍衛的也不好得罪狠了。

進了院子，文太醫先去探望祈老頭，這幾日都在落雲山為九月的傷忙碌，也沒顧得上這邊，不知道祈老頭如何。

郭老在堂屋坐下，祈豐年跟了進去，遊春在眾目睽睽之下也不好與九月說什麼，只好跟在他們後面，顧秀茹和祈喜扶著九月回屋，後面仍跟著一群噓寒問暖的熱心人。

祈喜見他們一直跟著，到了門口忍不住轉身對他們說道：「鄉親們，你們也看到了，我家九月受了傷，一時半會兒的也沒辦法給你們畫符，大家還是先回去吧。」

「好的好的，我們不急，妳先照顧好妳妹妹，等她好了我們再來。」眾人連連點頭，倒是先散了。

只不過聽他們的口氣，並沒有放棄求符的事。

九月不由好笑。「他們一直在這兒？」

「可不是。」祈喜關上門，很無奈地說道：「從妳去了鎮上，我還以為能清靜幾天呢，沒想到他們照樣來，不過現在倒是不空手來了，多少會提些東西，也不管我們要不要，塞了就走。今天這是剛來呢，有幾個還是別村過來的，他們說妳給三姊夫姊姊的婆家畫了三道符，她婆婆的病治好了。」

「可不是治好了。」九月不由撇嘴。「十兩一張符呢，三張就是三十兩，什麼病好不了？」更何況是裝病。

「什麼十兩一張？」祈喜瞪大眼睛。

「三姊夫姊姊的婆家姓尤吧？」九月問道。

「是呀。」祈喜點頭，隨即一愣。「他們把符拿去賣了？還十兩一張？他們搶錢啊！」

九月無奈地苦笑。「確實是搶錢的好辦法。」

「九小姐，您為何不自己賣符呢？」顧秀茹也笑道。「這財路，平白讓人給占了。」

她只是說笑，不料九月卻正經道：「我自然是要做的。」

這幾天她又想清楚了，與其讓別人占便宜，還不如自己做，這樣她還能視情況用香，說不定還能幫上別人。

九月的傷雖然好轉，但還是需要休息，顧秀茹和祈喜略陪著說了會兒話就退出去忙了。

九月安然睡下，等她再起來時，已是黃昏，家裡已在準備晚飯。

堂屋裡，祈豐年和遊春正坐著商量事情，郭老不在這兒，想來也回屋休息去了。

「九月，妳來。」祈豐年看到她，招了招手，如今父女倆的感情也親近不少，祈豐年這聲稱呼也變得極其自然。

「怎麼了？」九月淡淡地看了遊春一眼，走了進去。

「我準備去京都，家裡的事就交給妳和八喜了。」祈豐年一開口就給九月送上了一個大驚喜。

「您進京幹麼？」九月皺了皺眉，目光直接掃向遊春。「你的主意？」

「九兒，我……」

遊春無奈地看著她，他並沒有勸說祈豐年跟他入京，只是提了一下馬上要入京的事，想和祈豐年商量一下親事以及以後需要證人等等，沒想到祈豐年竟主動說要跟他入京，他根本連反對的工夫都沒有，她便進來了。

「跟他沒關係。」祈豐年搖搖頭，打斷遊春的話。「是我自己想去。」

「您去京都幹麼呀？」九月很不解。「他想要的證據已經得到了，您又不是直接見證那些陰謀詭計的人，去了有什麼用？難道您忘了十幾年前入京是什麼遭遇了？」

「當年那人把證據託付於我，這十幾年來，我都沒能完成那人的託付，這一趟，好歹也算是了結一段心事。」祈豐年解釋道。

「那東西是那人強塞給您的，又不是您自願接下的，東西能保存到現在，夠意思了。」九月冷哼道，擺明就是找遊春麻煩。

「哪能這麼說……咦？你們怎麼了？」祈豐年正要解釋，忽地發現不對勁，不由狐疑地打量九月和遊春。

之前他們在他面前可是也不避諱的，怎麼這會兒就好像鬧翻了似的？「之前不是妳求我幫他的嗎？怎麼現在……」

「沒什麼，您愛去就去，跟我沒關係。」九月皺眉，連祈老頭的房間也不去了，轉身往外走。

「欸……」祈豐年一愣，站起來欲喊，九月已經出了院門，他不由看了看遊春。「這丫頭，主意大得很。」

「伯父，是我的錯，惹九兒生氣了。」遊春苦笑，站了起來，朝祈豐年行了一禮。「我去尋她回來。」

「嗯，有話好好說。」祈豐年點點頭，倒也沒攔著，年輕人的事，自有他們自己去面對。

祈豐年站在堂屋裡發了會兒呆，才轉身進了屋子，收拾行李去了。

九月順著路，直接到了工地，此時祈稷等人已經回去了，工匠們正在臨時搭的草棚裡做飯，看到九月過來，紛紛打招呼。

如今，九月的那間房子已經結頂上瓦了，工匠們正準備蓋前面的三進院子。

九月略略關心了幾句，便獨自前往新房子。

工匠們的動作快，楊大洪的動作也不慢，短短幾日，樓下的門窗已經安好，樓梯居然也做出來了，只差扶手還沒有完成。到了樓上，卻是堆放著各種未鋸開的木頭、剛鋸開的以及刨好的木板，楊大洪的工具也都放在一邊。

屋裡已有些暗，九月卻還是走了進去，一間一間，都與她畫的圖紙相似，砌的磚牆也密實，九月有些好奇地摳了摳磚縫間的東西，想看看在這個沒有鋼筋水泥的時代是用什麼砌牆的……

「九兒。」遊春從窗戶中一掠而進，來到九月身後。

「你來幹麼？」九月繼續研究手指摳出來的東西，除了泥土還有……

遊春緩緩伸手把她攏在懷裡，下巴擱在她肩上，低低地說道：「不生氣了好不好？」

「不好。」九月冷哼一聲，卻沒有推開他，過了這麼多天，火氣早就消得差不多了，她本來就是這種性子，爆發過了，也就差不多了。

「那怎樣做才好？」遊春暗喜，沒有推開他，說明他還有很大的機會。

九月搓了搓手指，低頭不語。

「別不說話好不好？」遊春心裡又沒底了，他真怕了她這樣，雙手緊了緊，又哄道：「我知道妳還在生氣，妳打我也好、罵我也好、咬我也成，就是別不說話好不好？」

冷戰什麼的確實最討厭了，九月心道，撣去手上的灰塵，略略側頭睨了他一眼。「真的？」

「真的。」遊春連連點頭。

九月眯著眼，微仰著頭打量他，這模樣說不出的誘人，令遊春心裡一熱，眼眸漸漸深邃起來。

打？自己也會痛。

罵？太降低自己的格調了，她又不是潑婦。

咬？她又不是小狗，咬……咬哪兒？

九月想著該挑哪兒下嘴，遊春已經俯了下來。

唇將將貼上，九月一手肘撞在他腰間，頭一低，他的吻便落在她眉間，燙得她心頭一顫，往日柔情一幕幕湧現。

不得不說，情侶間的吵架有時候就是那麼無厘頭，往往會因為一些芝麻綠豆的小事吵得天翻地覆，卻也會因為一方的低頭，讓這場沒有硝煙的戰鬥消弭於無形。

就像九月，她的靈魂雖夠強大，可她無限渴望溫暖、渴望被愛，渴望這一生得到圓滿，這會兒遊春主動低頭，這一吻頓時讓她心裡剛剛砌起的冰牆瞬間崩塌，下一秒，已經忘了她當初為什麼那麼生氣，又為什麼那麼決絕。

「九兒，原諒我。」遊春對她那一撞絲毫沒有反應，吻在她眉間重重落下，又移到她耳後，喃喃低語，一如當初兩人繾綣時。

「原諒？」九月伸出手指貼上他的唇，將他推離些許，睨著他懶懶地說道：「可以。」

遊春大喜。

「不過……」誰知，九月還有下文。

「不過什麼？」遊春忙問道，只要她高興，只要她不疏離他，讓他做什麼都成。

「我爹既然執意跟你上京，你就必須負責他的安全，如果你能把他安然無恙地帶回來，我就原諒你。」九月嘴上說的是保她爹安然歸來，可實際上，未嘗不是希望他也安全。

「我保證，必定保他無恙。」遊春鄭重點頭。

「還有你，要是……」九月手指下滑，戳在他胸前，狠狠說道：「我就立即把自己嫁出去。」

「我不會讓妳有機會的。」遊春笑了。

有她這一句，心中的石頭終於落了地。

「哼，你自己看著辦吧。」九月瞪他一眼，拉開仍錮著她腰肢的手。「我餓了，回去吃飯。」

「好。」遊春百依百順，不過，他是偷偷避開那些工匠從窗戶掠進來的，這會兒自然不能和九月一起出去。

九月沒理他，逕自下了樓，出了屋，往祈家大院走去。

工匠們已經開始吃飯，看到九月出來，還站起來打招呼。

九月揮揮手，笑著應了一句便快步離開

第一百二十二章

剛到祈家院子的坡下，遊春已緩緩從路邊走來，看到她時，暖暖一笑。

九月朝他皺了皺鼻子，快步進了院子，可唇角還是忍不住上揚。

「吃飯了。」祈豐年站在堂屋簷下，看到九月進來，目光落在後面，直到看見遊春也回來了，才鬆了口氣，轉身進屋。

吃過飯，祈豐年又提起入京的事，這次他是對郭老和祈喜說的。「岳父，您就住在這兒吧，家裡也沒別人，九月要經營鋪子，家裡就八喜丫頭在，您要是住遠了，她們怕是照顧不到。」

「我哪用她們照顧。」郭老聽到祈豐年要進京，目光微閃，看了看遊春，卻沒有點破。

「這麼多年，我們也沒能好好孝敬您，如今就讓兩個丫頭代我們彌補吧。」祈豐年極力說服，有郭老在，他也能放心離開。

「知道了，你顧好自己就是了。」郭老想了想，也有些不放心九月、祈喜兩個在家，便點點頭。

「八喜，九月比妳有主意，有什麼事，記得多請教外公和九月，知道嗎？」祈豐年又叮囑祈喜。

「嗯。」祈喜點頭，眼中隱隱有些淚光。

這麼多年來，爹雖然也住在家裡，卻從來沒像現在這樣關心她，有時候出去喝酒不回來，也不會過問她一個人在家會怎麼樣，現在，他真的變了。

「九……」祈豐年又看向九月，正要說話，便看到九月不以為然地扭開頭，只好咧咧嘴打住話，這個女兒比他還有主意，他就不廢話了。

「行了，家裡沒什麼可不放心的，有我們呢，倒是你們，路上當心。」郭老說到後半句，頗有深意地看了看遊春，又看了看九月，緩緩從腰間摘下他長年佩帶的玉珮，遞給遊春。「這個你拿著，借你的，不能弄丟了。」

「謝郭老。」遊春一怔，隨即單膝著地雙手接過，鄭重地道了謝。

「在京都若是遇到解決不了的困難，就拿著這玉珮去刑部找王平暉，他會幫你們的。」郭老單手扶起遊春。

遊春鄭重應下，心裡感動不已，他之前不是沒想過求郭老出手相助，可最終還是沒付諸行動，畢竟現在他還有出路，便不想做太多讓九月誤會的事，沒想到郭老竟主動提及。

遊春要入京，準備的事情已經安排下去，這兩天他倒是悠閒，一直待在祈家，不過九月也沒和他說太多話，更多的時候，他們都是遠遠地互相看上一眼。

九月開始著手安排「符」的事情。

這兩天，來她家「聯絡感情」的人還是很多，九月乾脆明明白白地告訴他們——五月初五，她會派送一次福袋，數量不過十個，到時候還得看他們是不是真的需要。

這種福袋，必須本人親自來領，不得冒用更不得轉手，否則後果自負。

那幾個人頓時大喜，紛紛回去，他們甚至私下約定，這個消息千萬不能傳出去，要說也得等他們領到了福袋再說。

離五月初五端午也不過半個月，九月想了想，便讓祈喜幫著繡小福袋出來，也不用太複雜的花樣，一面繡「福」，另一面繡「卍」，等繡出來，她還打算浸上各種香，到時候，也不用擔心誰會解了她福袋的秘密。

祈喜自然樂意，拿著九月給的布當天就開始裁剪。

兩天，一晃即過。

祈豐年要去鎮上替九月開鋪子的消息傳了出去——這自然是煙幕彈。

一早，九月和祈豐年坐了馬車去鎮上，遊春和郭老派的兩個侍衛騎馬相隨，祈康年、祈瑞年喜孜孜地出來送行，一個勁兒地說會到鎮上看祈豐年。

「我是要去外面進貨做事的，不一定天天在，你們有這個閒工夫，還是多去看看爹，陪他老人家說說話。」祈豐年黑著臉拒絕。

「二叔、三叔，回去吧。」九月見他們老跟著也不是辦法，掀開車簾朝他們說道。「改天你們想去，我帶你們去就是了，今兒卻是不方便呢，我們趕著去見一個客人。」

「好好。」祈瑞年連連點頭，停下腳步。

祈康年見狀，張了張嘴，也停下來。

九月等人才順利啟程。

馬車拐進半路的林子，齊孟冬安排的馬車已經等在那兒了，來迎的除了齊孟冬，還有康俊瑭和魏藍夫妻，看到九月的那一刻，幾人對遊春好一番擠眉弄眼，尤其是康俊瑭和魏藍兩個。

九月打過招呼，便到了祈豐年這邊。

分別在即，她這兩天也沒閒著，給祈豐年和遊春都做了一個福袋，雖然她不相信自己的符有什麼效用，卻還是做了。

這一刻，她有些理解那些求符的人，他們所求的，莫過於寄託心願。

「九月，家裡就交給妳了。」祈豐年伸手拍了拍九月的肩，目光中滿是歉意。「妳八姊的事，也交給妳了，等爹回來，就給妳們辦婚事。」

「嗯。」九月點頭，沒有多餘的話，這是他決定的路，她尊重他的選擇，她能做的，也只有祝福。「多保重。」

祈豐年把福袋貼身掛在脖子上，眼眶有些潤意，卻沒有多說，便鑽進齊孟冬準備的馬車裡，把時間讓給遊春。

「這個，你拿著。」九月無視一邊「虎視眈眈」的康俊瑭等人，把福袋送到遊春面前。「記住你說過的話。」

「嗯。」遊春把福袋緊緊攥在手裡，他聞到了她喜歡的馨香，看著她的眸越發柔情似水。「孟冬會留在鎮上，妳有事都可交代他做。」

九月撇嘴，上一次他離開時，就說過差不多的話，結果呢？她被那個韓樵耍了。

遊春顯然也想到這件事，目光中多了歉意，他抬頭朝齊孟冬看了一眼。

齊孟冬快步過來，把手上的盒子遞給遊春，笑著看了看九月，又退回圍觀群眾裡。

「這個，妳收著吧。」遊春把盒子遞給九月。

「這是什麼？」九月好奇地問，順手就打開盒子，只見裡面放著一疊皺皺的銀票，下面則是一疊契約，她抽出第一張，竟是她那排鋪子的地契房契，戶主的名字居然寫著「遊春、祈福」，她不由愣住。「這是……」

「九兒，我的就是妳的，別再跟我見外了好不好？」遊春含笑道。「這些地契房契妳收著，銀票也收回去，想把那條巷子做好做大，花費可不是小數目，我不干涉妳做這些事，卻也不想妳這麼辛苦。」

「我自己有辦法解決的。」九月把東西收起來，正要推回，遊春卻伸掌擋住了。

「九兒。」遊春的表情有些受傷。「我知道妳的想法，妳也說過，妳不想做金絲雀，我也沒想讓妳做金絲雀，這些只是我的心意，如今我大仇未報，什麼也不能為妳做，反而讓妳為我付出良多……等我回來，我必為妳撐起一片天，妳想做什麼就做什麼，外面的風雨，讓我來扛，好嗎？」

九月默默聽著，微垂了頭，手卻慢慢撫上盒蓋，蓋起盒子抱在懷裡，再抬頭時，已帶著溫柔的笑。她直視著遊春，輕柔卻堅定地說道：「子端，我不想當金絲雀，更不想當菟絲花，那些鶯鶯燕燕尚且能為你出力，何況是我？我會證明給你看，你看上我，絕對不會錯。」

「說得好！」康俊瑭誇張地鼓掌，大聲喝采，卻換來魏藍一頓好打，最後還是齊天拉開魏藍，康俊瑭才免遭「毒手」。

九月和遊春兩人往那邊看了一眼，相視而笑。

「不過，你想為我撐一片天有點難，因為這天，有一半是我的。」九月心頭的最後一絲陰霾也被自己的豪言壯語驅散，既然兩情相悅，又何必惺惺作態？

無視於一邊圍觀的人，九月伸手戳著遊春的胸膛。「看在你表現不錯的分上，我收回那句話，那件事，就這麼過去了。」

遊春開心地笑了，正當他要握住她的手，卻聽九月繼續說道：「不過你去了京都之後，不許接近那些鶯鶯燕燕，有什麼事，你讓康俊瑭去，他那張臉保證比你好用，多好的美男計不用，太浪費了你。」

「哈哈──」這次是魏藍爆笑，康俊瑭不滿地跳腳，要不是被魏藍攔住，他只怕會跳過來找九月理論。

黃錦元帶著兩個侍衛遠遠地站著，卻也聽到九月的話，忍不住撇開頭暗笑，肩膀一抽一抽，忍得很是辛苦。

九月卻只是瞟了康俊瑭一眼，繼續對遊春說道：「你也不許離他太近了，他那張臉太妖孽。」

這回連遊春都忍不住笑了，他是被她的話逗的，抬頭看了看暴走中的康俊瑭，帶著笑意點點頭。「好。」

「告訴你，機會只有一次，要是再有那樣的事，你也別回來找我了，我直接嫁人去。」

九月撇撇嘴，藉著撂狠話的空檔掩飾住心頭的不捨和擔心，一恍惚，便被遊春抱了個正著。他什麼多餘的動作都沒有，這麼多人看著呢，這樣已經踰矩了，不過他不在乎，趁著這機會，向眾人宣告主權。

上次黃錦元當著他的面抱她走，心頭那絲不舒服直到這會兒才算徹底消弭。

鐵臂緊緊錮著她的腰，感受著懷裡的溫暖，心底的不捨如潮水般洶湧，有那麼一瞬，遊春真想放棄所有，留下來陪她。

可是，那些事已經不是他一個人的事了，有那麼多兄弟為他奔波忙碌，有那麼多人把身家性命繫在他身上，他要是妥協，對手就會凶猛地反撲過來，到那時，他護不住任何人，被斬草除根在所難免……

「等我……」千言萬語，只化作了兩個字。

「嗯。」所有埋怨氣憤，只剩下柔柔一應。

再不捨，也擋不住分離的腳步，兩人都是理智之人，相擁了一會兒，九月輕輕離開遊春的懷抱，什麼都沒有說，彼此的眼神已經傳達了他們的心聲。

祈豐年在車廂裡不是看不見外面的情況，恰恰相反，他全部看在眼裡，心裡五味紛雜，當年他砍下遊家人的腦袋，他也為遊家擔了這麼多年的風險，可現在，他的女兒卻與遊家的兒子綁在一起，這算不算是因果？

「祈姑娘，妳不和我們一起走啊？」康俊瑭吊兒郎當地看著九月笑，方才被九月取笑，讓他著實鬱悶了一會兒，不過他這人就是忘得快。「京都繁香樓的頭牌，可是這小子的忠實粉絲呢，妳就不擔心嗎？」

他從小跟著他爺爺長大，自然知道他爺爺的所有事，這會兒說起「粉絲」，何嘗不是帶著試探的意圖。

「粉絲？」九月眨眨眼，笑道：「康公子愛吃粉絲嗎？等你下次來，祈福巷的鋪子應該經營得不錯了，到時候我讓他們做給你吃。」

「呃……」康俊瑭頓時一滯，她聽不懂嗎？可是那些香熏燭，看著很像他爺爺以前逗他奶奶開心時的招數啊，她若不是與他爺爺來自同一個地方，怎麼也會？

京都繁香樓的頭牌？

九月挑挑眉，隨即便拋之腦後。目送他們離開林子，她才重新登上馬車，在黃錦元等人的護送下前往鎮上。

康俊瑭著實納悶了一番，方才還在為那些鶯鶯燕燕吃醋的九月，這會兒竟無視他說的京都繁香樓頭牌？唉，女人啊，真是琢磨不透……

九月可不管康俊瑭怎麼想，坐在車上開始整理盒子裡的東西，除了那幾間本來就寫著她名字的地契和房契沒有更改之外，其餘有遊春名字的全都加上了她的。

遊春、祈福……

九月不由輕笑，這組合就好像「遊春祈福」似的，外人要是不知情，誰能聯想到這是兩個人的名字？

放回地契房契，九月開始清點那些皺皺的銀票，一張一張地展開撫平，一張一張地數過，竟比她之前給的十五張還多出十張。

兩千五百兩，都用在祈福巷必是夠的。

九月開始思考怎麼安排這些銀票，聽過方才遊春的話，她如今心裡已豁然開朗，他想為她撐起一片天，為她擋去所有風雨……

康鎮不是他的地盤？沒關係，那就讓她來為他奠基吧。

很快，馬車就停在鋪子後門，九月抱著盒子下了車，黃錦元跟在她後面，其他人自去安頓。

舒莫聽到敲門聲打開門，便看到九月，不由驚喜地喊道：「姑娘回來了。」

緊接著，張義、阿安還有五子嘩啦啦地從屋裡跑出來，皆是一臉擔憂地看著她。

第一百二十三章

舒莫的目光落在九月額上，沒發現不妥，才疑惑地問道：「姑娘，前幾天妳派人說要在落雲山養傷，妳究竟傷到哪兒了？」

「沒事呢，一點小傷，已經好了。」九月心裡暖暖的，額角的傷被她用劉海擋住，這樣看根本瞧不出來。

「是真受傷了？」五子皺著眉問。

「小傷罷了。」九月笑了笑，抱著盒子走進去。「阿安，去幫我把楊掌櫃和吳掌櫃請過來。」

「嗯。」阿安偷偷打量九月一番，見她氣色確實不錯，才點點頭，往前面鋪子走去。

張義見沒他的事，便回雜物房去忙了，只有五子還一臉狐疑地打量她。

九月想無視都不能，便笑道：「五子哥今兒不上工嗎？」

「上工。」五子竟臉一紅，看了看舒莫，舒莫白皙的臉上也現出可疑的紅暈，藉著關門的時機掩飾她的不自在。

九月見狀，會意一笑，看來兩人有進展了。

楊進寶和吳財生沒過來，祈夢和葛根旺倒先跑了進來，祈夢緊張地拉著九月上下打量，問了和舒莫相同的問題。「九月，妳沒事吧？」

「三姊，我沒事呢。」九月對她安撫地一笑。「你們這幾天生意怎麼樣？還好吧？」

「除了頭兩天險些應付不過來，這幾天倒是穩了，小英一個人就能管好棉花糖機，還多了不少回頭客呢，小山昨兒已經交了束脩進學堂了。」

葛根旺和阿安一樣，見九月氣色不錯就沒有細問，簡單地說了一下這幾天的情況，倒是挺讓人欣慰的。

九月知道他們做得很好，也就徹底放心了，以後如何，還得他們自己打拚。

沒多久，阿安跟著楊進寶和吳財生回來了，少不了又是一番詢問。

九月接受眾人的關心，心情極好。

絮叨完閒話，葛根旺和祈夢擔心外面的攤子，便又匆匆回去了，五子替舒莫抱了一捆柴去了廚房，兩人雖然面薄，卻也沒有因此避諱，大大方方地一起準備午飯。

「四姊夫、吳伯，樓上說話吧。」九月拍拍手中的盒子，笑著說道。

楊進寶和吳財生立即明白，這盒子裡肯定有重要東西給他們看。

到了樓上，九月直接打開盒子，取出兩千五百兩銀票，加上之前她留下的五百兩，一共三千兩。

「這兒有三千兩銀票，其中兩千兩我要還給外公，餘下這一千兩就作為祈福巷的本錢，你們看可夠？」九月數出一千兩放在楊進寶面前。

「這是……」楊進寶有些驚訝，短短幾日，她去哪裡尋來這麼多錢？

「這一千兩是遊公子給的，帳上也不用細寫，我們心裡有個數就好了。」九月笑著解釋一下銀票的來源。「反正這生意也有大半是他的，他投些錢也是理所應當。」

吳財生眼尖，看到了敞著的盒子裡最上面的契書上兩個名字，會心一笑，點點頭。「東家說得是，有了這一千兩，我們的鋪子馬上可以開業了，這幾日已經陸陸續續有客人上門，您交代的幾個鋪子也在準備中，紮紙的、做壽衣的、製冥童的都齊了，只是那花圈，還沒個章程。」

「那個簡單，有紮紙的藝人就行了。」九月點點頭。「另外在外面貼張告示，就說鋪子還接主持喪葬事宜……」

「九月，我們難不成還要招師婆和道士？」她話沒說完，楊進寶就脫口問道。

「師婆就免了，那些我也會。」九月笑道。「至於道士，也無須特意去招，和人打聽有沒有那口碑好的，互相合作就行了，或是和尚也行。」

「東家，您這是……」吳財生和楊進寶面面相覷，人家做生意的，對這些可是敬而遠之，便是張師婆那時，也沒有這般光明正大，她倒好，一條巷子還特意設這個，就不怕影響到其他家的生意？

「生老病死，這是人之常情，這病的，我們怕是也賺不了，生、老、死，可做的生意多著呢。」九月忍不住輕笑，她就知道他們不會輕易接受。「再說了，如果我能為那些過世的人主持體面又省錢的葬禮，讓死者安息，生者豈不也受益？這對我來說，未嘗就不是積德的事。」

九月眨眨眼，繼續分析起這其中的細節來。

一個縣城，一天會死多少人？又會降生多少人？死者的生意可做，那麼新生的呢？

楊進寶和吳財生互視一眼，思緒飛快轉了起來，他們是生意人，對生意之道自然敏銳，九月的一番話下來，他們已經衍生出更廣更遠的路子來。

福女的名頭，是不是可以更好地運用一下？

「是了，險些忘記一件事。」九月聽他們說到福女，才想起之前的決定。「香燭鋪裡也出張告示，每月初一、十五派發十個福袋，至於怎麼派發，就勞四姊夫和吳伯提點。」

楊進寶不由笑了。「想通了？」

「想通了。」九月咧咧嘴。「與其讓別人賺，不如自己好好運作，興許還真能幫到一些人。」

「符，真的能幫人？」楊進寶是知道內幕的，所以才有此一問。

「符能安人心，合香才是根本。」在明眼人面前，九月也沒想裝，再說了，合香不便宜，成本可不能折了去，她自然得交代清楚，好讓他們運作。

「原來如此。」吳財生恍然大悟，隨即便和楊進寶細談起想法。

死的說完了、生的說完了，餘下還有個老字，這又得怎麼做？

九月也有想法──「跟五姊夫合作啊，老人麼，行動不便，可以做枴杖、輪椅。」

「輪椅？」楊進寶疑惑地問。

「喔，就是帶輪子的椅子，等有空了，我畫圖稿給你們。」九月挖空了心思想著還有什麼。

三人坐著討論半天，到最後，便敲定了祈福巷的路線，九月便拿了紙筆把歸納的結論一一寫下來，又改了幾番，最終三人都滿意了才停手。

這時，舒莫已經做好飯菜恭候多時了，見他們總是不下來，這才上來請。

楊進寶和吳財生吃過了飯，帶著一千兩銀票和那一疊寫得密密麻麻的紙離去，他們還要安排人手，準備各項事宜，五月初一，巷子正式營業。

九月也沒閒著，開始推敲各個細節還有沒有遺漏，一抬頭，便看到回雜物房的張義和阿安。

這兩人對她的忠誠無庸置疑，巷子的籌備以及以後的種種事宜都需要人手，讓這兩人守著香燭鋪未免有些可惜了。

「張義、阿安，上次說招夥計的事，可有眉目了？」九月想了想，跟了過去。

「東家，這兒有我們就行了，招夥計做什麼？」張義一臉驚訝。

「如今張信都是掌櫃了，你們倆就打算一直在雜物房裡幫我做事啊？」九月好笑地問，看了看阿安。「現在整條巷子快要開業了，正是用人之際，你們倆不出來幫我，我去哪裡找可靠的人幫楊掌櫃、吳掌櫃他們呢？」

祈福巷的各項事宜在楊進寶和吳財生的安排下有條不紊地準備著，香燭鋪裡也添了三個張義推薦的人，他們原都是鎮上的小乞丐，之前小虎、阿德自賣自身進了祈家，他們都羨慕不已，現在又有了機會，他們自然不會放過，畢竟街頭乞討的日子太難熬了，他們寧願用勞力換飯吃。

九月見到張義給他們準備的賣身契時，大大地驚訝了一會兒，不過她什麼也沒說，花了十兩銀子買下這三人，交給張義和阿安調教。

九月開始著手畫各種圖稿、做各種福袋，這些東西都在她腦袋裡裝著，別人是沒辦法幫忙的。

一晃又是三天，這日，齊孟冬帶著葛玉娥母子上門來了。

「九月姑娘。」齊孟冬今兒穿了一身雪白長衫，還騷包地拿著一把扇子，笑咪咪地站在院子裡看著九月下樓。

「你這是中了康俊瑭那小子的毒了？」九月眨眨眼，打趣道。

「呃……」齊孟冬頓時無語了，低頭看了看身上的衣衫，收起扇子。

「她……情況如何？」九月看到齊孟冬身後的葛玉娥，忙問道。

「穩定許多了。」齊孟冬回頭看了看葛玉娥母子，笑道：「聽說妳這兒缺人，我就把他們送過來了，這小子力氣大得很，妳可以讓他做事抵診費。」

九月瞧了瞧面帶不悅的葛石娃，點點頭。「行。」

「那我就把他們還給妳了。」齊孟冬又打開扇子一晃一搖的。

這兩人與祈豐年的糾葛，這段日子他已經瞭解得很透澈了，這會兒送他們過來，也是賣人情給九月，畢竟，這小子將來很有可能就是遊少的小舅子啊。

「謝了。」九月點頭，看著齊孟冬問道：「你上次答應去大祈村義診，什麼時候有空？

不如初五吧？一起回去。」

「義……」齊孟冬嘴角抽了抽，他只是答應會去給大祈村村民們看診，可沒說義診好不好？

「對了，你醫術這麼好，為什麼不考慮開醫館？」九月眼珠子一轉，又要打齊孟冬的主意。「我們祈福巷的生意，涵蓋了生老病死，現在還缺一樣，你到這兒來設個藥鋪吧。」

「妳都做全了，當心遭人妒忌，斷人財路會被人劈的。」齊孟冬挑眉看著九月。她倒是不客氣，把他都盤算進去了。

「就你那成衣鋪子有什麼好玩的，找個掌櫃的看著就行了，一品樓自有其他人管著，你閒著也是閒著。再說了，開藥鋪為人治病，積德行善的大好事，又不浪費你一身醫術，一舉多得啊。」九月不遺餘力想要說服齊孟冬加入祈福巷，要是把藥鋪也開起來，這兒真就占全這四項了。

齊孟冬扇子「啪」地一收，指著郭老原來那兩間鋪面說道：「讓我開藥鋪可以，我要妳對面那兩間鋪面。」

「你早看好了啊？」九月瞪眼說道。

「也不是，剛剛被妳提醒的。」齊孟冬嘿嘿一笑，放低聲音。「遊少說妳有心把祈福巷做大，我當然要全力支持了。」

「行。」九月點頭。「不過，那兩間必須付租金，畢竟是我姊姊的。」

郭老的那幾間鋪子沒有指名哪間給誰，她們姊妹之間就按著長幼順序排了下去，最前面那兩間應該是祈祝和祈願的，祈祝已經把鋪子交給九月處理，祈願遠在鄰縣，也很少來這邊，所以租給齊孟冬倒也不錯，不怕他賴了租金呀。

「成。」齊孟冬爽快地點頭。

「那你去找我四姊夫和吳掌櫃談細節吧。」九月把事情推了出去。「記好了，初五一早去大祈村義診喔，別讓那兒的大姑娘小媳婦失望了。」

齊孟冬滿頭黑線，什麼大姑娘小媳婦？為了防止九月說出更離譜的話，他趕緊腳底抹油，找楊進寶去了。

院子裡便剩下九月和葛玉娥母子大眼瞪小眼。

葛石娃一臉抗拒地站在葛玉娥身後，不過他沒有離開，方才那人確實救了他娘，自己也確實沒有錢付診費，剛剛來之前，他也答應那人幫忙做事。只不過，沒想到竟是讓他來給祈九月做事。

葛石娃的心情複雜至極。

葛玉娥心思卻簡單許多，她雖然瘋癲，不過這會兒卻安靜地站在一邊，藍底白碎花的衣裙配著同花色的頭巾，倒是跟換了個人似的。

四十七歲的婦人，容顏早已老去，臉上滿是皺紋，長年營養不良的臉顯得蠟黃，可偏偏眸色竟這樣純粹、乾淨。

九月看著她，心裡驚訝不已，互相打量了許久，九月見他們母子也沒有想開口的意思，只好主動說話。「我能喊妳玉姨嗎？」

葛玉娥眼中有些怔忡，隨即驚喜便湧了上來，有些激動。「好……好。」

「玉姨，妳想留在這兒還是回大祈村？」九月微笑著問。

「我……想和石娃一起。」葛玉娥經過齊孟冬這麼久的診治，病情已經穩定下來，如今倒是清醒的時候比較多，說話也沒那樣離譜，她看了看身邊的葛石娃，有些侷促。

「那好，以後妳就和我們一起住這院子吧，這兒還有一位莫姊，正好作伴。」九月點點頭，葛玉娥在大祈村遭遇那麼多事，現在不回去倒也好，省得被人閒話，到時候再刺激到就不好了。

「那……石娃呢？」葛玉娥有些不安，她不想和兒子分開。

「這巷子兩邊的院子都是我們的，他住這院子不合適，卻也不會離妳太遠。」院子多得是，以後自然是男女分開住嘍，九月想到這兒，便決定一會兒跟張義和阿安說說，讓他們搬到隔壁，這樣舒莫和葛玉娥住在這兒也更方便些。

「我要去對面做事。」葛石娃終於開口，指的方向便是齊孟冬方才指的。

「你想學醫？」九月頭一次這樣認真打量這個有可能是她哥哥的年輕人。

「我想試試。」葛石娃難得這樣心平氣和地看著九月，他也在打量這個讓他娘記掛的女子。頭一次，他沒有排斥她可能是他妹妹的念頭出現。「我欠的是他的診費。」

九月點點頭。「只要齊公子答應，我沒意見。」接著，又補上一句。「其實，並不是只有學醫才能幫到玉姨。」

葛石娃果然感興趣，猶豫了一會兒便問道：「還有什麼？」

「香。」九月微微一笑。「你們跟我來。」張義和阿安得抽出空來做別的，這兒也不能只有那三個夥計看著，要是葛石娃能出力就好了。

說罷，便往雜物房走去，進了屋，尋了一個小小的安神香熏燭，點燃了端到葛玉娥面前。

「聞聞，這個舒服嗎？」九月面帶微笑地看著葛玉娥，柔聲問道。

「好香。」葛玉娥接過香熏燭，湊近聞了聞，微閉上眼睛讚嘆了一句。

葛石娃看看他娘，又看看那香熏燭，疑惑不已——這東西也能治病？

九月看出他的心思，站到他身邊輕聲說道：「我這個也只能緩解她的情緒，心病還需心藥醫，在找到癥結之前，讓她平靜過日子也是個不錯的選擇，你說是嗎？」

這心藥如今去了京都，還不知道什麼時候回來呢。

葛石娃聽罷，頓時沈下臉，心裡五味雜陳。

「玉姨，這個好聞嗎？」九月不理他，上前哄葛玉娥去了。

「好聞、好聞。」葛玉娥睜開眼，連連點頭，指著心口說道：「我這兒都不悶了。」

九月失笑，安神效果是有的，可這話卻有些誇張了，她這些東西又不是神藥。「那我多挑幾個送妳，妳睡覺的時候點一會兒，有助睡眠。」

然而葛玉娥這話落在葛石娃耳中，卻又是另一番體會。

「我……」葛石娃幾番欲言又止之後，總算憋出一句完整的話。「我留在這兒。」

——未完，待續，請看文創風422《福氣臨門》5

中華民國105年
7月4日至8月2日
線上書展

狗屋夏日閃報

A1
頭條

發行人：站長　7/4(8:30)~8/2(23:59) 熱愛發行❤　love.doghouse.com.tw

巨星現身！！獨家揭露秘辛

記者旺來特地邀請七組大牌巨星，來為各位揭開他們私底下的一面XD，各位看倌們，喝口茶，來看看他們怎麼說吧～～

(記者 旺來/台北報導)

江邊晨露《追夫心切》全三冊、
青梅煮雪《丫鬟不好追》全二冊、**芳菲**《巧手回春》全六冊
雷恩那《比獸還美的男人》、
莫顏《江湖謠言之雙面嬌姑娘》、
單飛雪《真正的勇敢》上+下、**宋雨桐**《流浪愛情》

辦公室八卦外洩?! 折扣搶先曝光！

福利來～～了～～據外派記者潛入編輯辦公室偷聽到的最新優惠，今年照例釋出超低折扣，想乘機搜羅好書的讀者可以開始鎖定下手目標啦！

(特派記者 金綿綿/辦公桌下報導)

這裡整理出表格供大家參考：

書展新書首賣75折	75折	2本7折	6折
NEW 橘子說1227~1231 文創風424~434	橘子說1188~1226 文創風401~423	文創風 291~400	橘子說1127~1187 采花1251~1266 文創風199~290

小狗章（以下不包含典心、樓雨晴）

5折：橘子說1072~1126、花蝶1588~1622、采花1211~1250、文創風100~198
5本100元：PUPPY001~458、小情書全系列
1本50元：橘子說1071以前、花蝶1587以前、采花1210以前

不負責專欄之讀者有話說

花蓮Y小姐 38歲：
「等了單飛雪一年，終於等到她的新書了……(拭淚)」

台中S小姐 26歲：
「每次下班衝去租書店都租不到新書，用買的比較快啦！」

嘉義X先生 32歲：
「一本50元？原來我家老婆的私房錢都是花在這裡……」

結論：一本50元實在太殺了，不下手對不起自己，記者也要先衝了(奔)

邀請狗屋明星貓豆漿大爺來客串

不顧矜持《追夫心切》，情非得已竟換得良人一枚！

文創風 424-426 江邊晨露

旺來：嘖，作為一個古代女子，竟敢主動追夫，不簡單啊妳……

肖文卿：這……說好聽是時勢造英雌，說大白話就是狗急跳牆了啦～～

旺來：哈，不得不說這隻狗兒就算急了，還真是選對了一堵金貴的好牆啊！

肖文卿：有道是好狗運不是？! 那天正好就他一個男人經過，為了不作通房不作妾，只好自己找個男人撲上去了，哪知這麼巧，竟然撲到絕世金貴又專情的好男人……老天有眼啦！

凌宇軒：怎麼感覺我老婆選夫選得很隨便，竟然只是剛好看到一個男人而已……

旺來：看來男主角心裡不平衡了，快～～給你機會一吐為快！

凌宇軒：生平第一回被女人告白求婚，我一時傻了，再想到我明明臉上化了個疤痕大醜妝，她居然撲上來說要嫁我，我懷疑這女的是瞎了……沒想到，她只是剛好，只是剛好，只是剛好……因為很驚訝所以說三遍！

肖文卿：矮油喔～～雖然當初是瞎矇到你，但現在我們還不是愛來愛去一輩子……只愛你一個是不是？! (抱～啾～)

旺來：喂，兩位放閃也要有極限，現在還在進行訪問，跟讀者說說你們想生幾個？

肖文卿：算命的說我老公剋母又無子送終，遇到我才能旺子有後，所以，想生多少個我都奉陪……嗯，愈多愈好……

凌宇軒：我老婆這麼嬌貴，我可捨不得她一直生下去，不過製造小孩的過程我很樂意全心全力投入……

肖文卿：老公……(羞～～)

凌宇軒：老婆，等一下我們……(躍躍欲試～～)

旺來：這兩位是想逼死誰啊，慢走，不送～～(單身無罪啊～～)

6/17鎖定狗屋官網會有新書詳情喔～～
全套三冊，7/5出版，新書75折，一本送一個書套，送完為止。

《丫鬟不好追》

愛情三十六計，總有一計能拐得美人歸？

文創風 427-428 青梅煮雪

旺來：要不要說一下你們是怎麼認識的？

顧嫒媛：還不就是某位大爺先在路上耍威風，之後又莫名其妙指定我當他的丫鬟……

謝意哼道：妳該慶幸的是被爺挑到身邊，如果是謝妍，我看妳怎麼辦！

顧嫒媛：也是啦，那時候真是有驚無險，可也是因為你，害我遇到多少糟心事，哼！

謝意：還說？我記得有一晚某人喝醉——

顧嫒媛：等等等！現在又不是爆料大會，你怎麼能洩我的底！

謝意：反正讀者到時候去看書就會知道了。

顧嫒媛：那還是等到出書日再說好了……至少能保留一點面子，呵呵～～

旺來：**請說出對方的三個優點，或是愛上對方哪一點？**

謝意想了想：做的包子好吃，煎的鍋貼好吃，泡的茶好喝。

顧嫒媛：……我看你愛上的根本是食物吧？你乾脆去跟食物成親好了。

謝意：不如妳說說我的？

顧嫒媛：好像只有愛吃？

謝意無言：……妳乾脆去跟豬成親好了。

旺來：**殺青之後最想去做什麼事？(笑)**

顧嫒媛：種種花草、遊山玩水，或是到空明和尚那裡串門子。

謝意：妳敢再去空明那裡就給爺試試！

顧嫒媛：當初也是你帶我去的，我在那邊待了一段時日也都沒事……

謝意冷哼：總之妳已經是爺的人了，心裡就只能想著爺！

6/17鎖定狗屋官網會有新書詳情喔～～
全套二冊，7/12出版，新書75折，一本送一個書套，送完為止。

《巧手回春》

一顆仁心也能為自己「救出」幸福！

文創風 429-434 芳菲

旺來：要不要說一下你們是怎麼認識的？

劉七巧：那時我到林家莊去查事，沒想到林家的少奶奶正好要生了卻胎位不正，我只好施一手剖腹取子的功夫。但他們又趕著去請了京城的少東家來，我一看這個男的長的是不錯，但給人治病的人自己先病著，一副快病倒的樣子，真是奇怪得很……

杜若：我那時大病初癒，看林家莊的人急得很才偷偷出來，哪裡知道趕上了一齣好戲——

劉七巧：什麼好戲?!我是救人哪！你那時還很不客氣，說要『請教』我呢！

杜若：誰教妳那時太衝動，萬一剖腹時出了事，產婦因此沒了性命，家人把妳告上公堂，該怎麼辦呢？那時運氣好，母子平安，若是碰到不好說話的人家，母子死了一人，妳原本是為了救人，最後豈不是害了自己？

劉七巧：杜若若……

杜若：我說得不對嗎？

劉七巧：我現在才知道，原來你那時就對我上心啦？

杜若：……(起身走人)

旺來：請說出對方的三個優點，或是愛上對方哪一點？

杜若：古靈精怪、頭腦聰明卻心地善良，她讓我覺得日子變得精采了。

劉七巧：杜若若……沒想到你那麼愛我～～(感動)

杜若微笑：回家以後，妳知道該怎麼做了吧？

劉七巧：……

旺來：殺青之後最想去做什麼事？(笑)

杜若：好好經營寶善堂和寶育堂，把父親傳給我的事業和七巧的理想代代傳承下去，幫助更多需要的人。

劉七巧：好好睡一覺，睡得飽飽的。(打呵欠)

杜若：妳……我是讓妳過什麼苦日子了嗎……

6/17鎖定狗屋官網會有新書詳情喔～～
全套六冊，7/19陸續出版，新書75折，一本送一個書套，送完為止。

關注狗屋閃報，好運就會跟著閃爆?!

狗屋大樂透舉辦多年，每年的獎品推陳出新，根據時下討論熱度，搭配實用性進行嚴選，從流行的豆漿機、棉花糖機、自拍神器，到關照讀者需求，方便又實用的循環風扇、火烤兩用電火鍋，而今年……狗屋又將推出什麼樣的獎品呢？

(記者 吉吉/台北報導)

頭獎 2名 Chromecast HDMI媒體串流播放器

長輩緣狂升！

常聽到家裡長輩看著手機哀嚎：「唉唷，這螢幕這麼小怎麼看啊？」這時就好懊惱不能把手機畫面瞬移到電視上，但現實沒有小叮噹，只能靠自己完成長輩的願望～～
只需將播放器插在電視的HDMI插槽，連上網路，手機上的畫面就會出現在電視上，長輩看得好開心，以為是佛祖顯靈……(有沒有這麼誇張？)

二獎 2名 飛利浦智慧變頻電磁爐

婆婆媽媽最愛趴萬！

堪稱人人家裡都要有一台，家裡沒廚房的更是不可或缺，煎炒/烤/火鍋/煮湯/蒸/粥/煮水一台包辦，外觀簡約時尚，是不是很心動？

三獎 3名 好神拖手壓式旋轉拖把組

婆婆媽媽最愛趴兔！

只需將拖把輕輕一壓，輕鬆脫水不費力；水桶貼心設計，倒水不再漏滿地，只能說好神拖真的好神。

四獎 3名 秒開全自動彈開式帳篷/遮陽帳

韓國熱銷款

現在野餐正流行，但又不想太陽曬，方便的彈開式帳篷幫你搞定哦！海邊玩水、溪邊烤肉也適用。

五獎 10名 狗屋紅利金200元

忠實讀者指定

關照多方需求，狗屋紅利金又來報到，堪稱書展的鎮台之寶，是不是該頒給他一個全勤獎？(笑)

讀者Q&A，豆漿下凡來解答

Q：大樂透獎品好誘人，想知道如何得到？

豆：只要在官網購書且付款完成後，系統就會發e-mail給你，附上流水編號，這組編號就是抽獎專用的！

Q：萬一我只買小本的書，是不是就無法參加抽獎了？(泣)

豆：狗屋是公平的，不管買大本小本、一本兩本，無須拆單，每本都會送一組流水編號喔～

Q：請問什麼時候會公布得獎名單呢？

豆：8/12(五)會公布在官網，記得上去看！

Q：如果平常想關注你們的活動，只能上官網看嗎？

豆：狗屋/果樹天地 持續活躍中！書展期間會在臉書上舉辦小活動，咱家的貓咪近況也會不定時在上面更新唷～

貼心備註：

(1) 購書滿千元免郵資，未滿千元郵資另計。請於訂購後兩天內完成付款，未於2016/8/4前完成付款者，皆視為無效訂單。

(2) 如果訂單上有尚未出版之預購書籍，會等到書出版後一併寄送。

(3) 活動期間，親自至本社購買亦享有相同折扣，但請先電話聯絡確認欲購書籍，以方便備書。

(4) 特賣書籍因出書時間較久，雖經擦拭、整理，仍有褪色或整飾痕跡，故難免不如新書亮麗。除缺頁、倒裝外無法換書，因實在無書可換，但一定會優先提供書況較良好的書給大家。若有個人原因需要換書，需自付來回郵資。

(5) 各書籍庫存不一，若遇缺書情形可選擇換書。

(6) 歡迎海外讀者參與(郵資另計)，請上網訂購或是mail至love小姐信箱(love@doghouse.com.tw)詢問相關訊息。

狗屋．果樹有權修改優惠活動的實施權益及辦法。

狗屋官網 http://love.doghouse.com.tw 狗屋臉書粉絲團 狗屋/果樹天地
狗屋．果樹出版社 台北市中山區104龍江路71巷15號 電話：(02)2776-5889 傳真：(02)2771-2568

2016年4月出版

暖心小閨女

文創風 398～400

「五哥，我只恨不是男兒身，
不能回報你一二。」
唉，幸好妳不是男兒身呢！
這傻丫頭，究竟啥時才能開竅啊？

兒女情長 豪情壯闊／醺風微醉

從鬼門關前走了一遭，姚姒重新回到九歲那一年，
這一年母親遭人陷害葬身火窟，她因而被祖母幽禁長達數年，
唯一的姊姊抑鬱寡歡以終，最終她也心如死灰，遁入空門……
所幸重生一回，而今禍事尚未發生，母親仍然活著，
偏偏府裡各懷鬼胎的親戚、包藏禍心的下人依舊存在，
唯有提前布局，才能護著母親、姊姊一世平安，
豈料當她揭開層層謎團後，這才發現——
原來前世母親的死，竟牽扯上龐大的朝堂陰謀，
憑她一個閨閣女兒想要力挽狂瀾，無疑是螳臂擋車！
然而都死過一回了，她還有什麼好害怕的？
只要能帶著母親逃出生天，哪怕墜入地獄也在所不惜！

霸氣說愛 威風有理／花月薰

2016年4月出版

旺宅好媳婦

嫁錯人不如不嫁人！前世命殞的慘痛教訓讓她明白——

後宅求生大不易，靠男人還不如靠自己呢！

文創風 401 1

想起死不瞑目的前世，薛宸心頭的恨意便熊熊燃燒，
今生報仇的時機到了，可正當她忙著執行宅門大計時，
俊美無儔的衛國公世子婁慶雲居然成了她家的座上客，
還不時逗逗她，再送上高深莫測的微笑，讓薛宸非常疑惑——
他家乃京城第一公府，而她爹不過區區小官，他倆應該沒交集不是？
為何這腹黑世子對她生出興趣了？她怎麼想都覺得不妙啊……

文創風 402 2

整頓好自家後宅，薛宸終於可以喘口氣，過起愜意的少女生活，
唯一的煩惱就是——一天到晚私闖她閨房的婁慶雲！
雖然知道他視規矩如浮雲，但以美男之姿投懷送抱實在太犯規，
她的心防再怎麼堅不可摧，總有被攻陷的一天……
這還沒煩惱完呢，老天爺竟又對她開了大玩笑——
前世渣夫再次盯上她，面對侯府強聘卻無力反擊，她該如何是好？

文創風 403 3

今生得遇良人，辦了得體的婚禮，薛宸歡喜嫁入衛國公府，
不過掌家真難啊，婆母鎮不了人，後宅簡直亂成一鍋粥了！
儘管挑戰當前，可薛宸跟婁慶雲的感情依然好得蜜裡調油，
他為她請封一品誥命，還把私房錢全交給她管，
喝醉酒也不讓別的女人靠近，樂得當個妻管嚴。
有夫如此，夫復何求？鎮宅之路雖任重而道遠，她也沒在怕的！

文創風 404 4

國公府的媳婦果然難為，除了努力做人，還得關心朝堂。
捲入奪嫡之爭是皇族宿命，但二皇子跟右相的手實在伸得太長，
人想作死果然攔不住，婁家人不是想捏就能捏的軟柿子，
這筆帳她記著了，絕對要加倍奉還給他們！
當她這一品夫人是瞎了還傻了，想跟她比後宅心計簡直自尋死路，
誰要了誰的命，不到最後還不知道呢～～

文創風 405 5 完

為了勤王保家，薛宸與婁慶雲聯手幫助太子奪嫡，
夫君在外圖謀大計，她就負責在敵人的後宅煽風點火，
明的不行來暗的，說起這些豪門，誰家沒有點齷齪事，
女人不必當君子，能讓對手雞飛狗跳、無心正事的都是好招！
但正值成敗的關鍵時刻，婁慶雲卻闖下大禍，只得連夜潛逃，
夫妻有難要同當，她堅持愛相隨，不管天南地北，她都跟定他了！

福氣臨門 4

國家圖書館出版品預行編目資料

福氣臨門 / 翦曉著. --
初版. -- 臺北市 : 狗屋, 2016.06
冊 ; 公分. --（文創風）
ISBN 978-986-328-602-8（第4冊：平裝）. --

857.7　　105006111

著作者　翦曉
編輯　余一霞
校對　黃薇霓　許雯婷
發行所　狗屋出版社有限公司
地址　台北市104中山區龍江路71巷15號1樓
電話　02-2776-5889～0
發行字號　局版台業字845號
法律顧問　蕭雄淋律師
總經銷　知遠文化事業有限公司
電話　02-2664-8800
初版　2016年6月
國際書碼　ISBN-13　978-986-328-602-8
原著書名　《祈家福女》

定價250元
狗屋劃撥帳號：19001626
網址：love.doghouse.com.tw　E-mail：love@doghouse.com.tw
版權所有．翻印必究　倘有倒裝、缺頁、污損請寄回調換